魅影神捕

1 杀之境

王珂◎著

江苏凤凰文艺出版社
JIANGSU PHOENIX LITERATURE AND ART PUBLISHING, LTD

图书在版编目（CIP）数据

魅影神捕. 1, 杀之境 / 王珂著. -- 南京 : 江苏凤凰文艺出版社, 2017.10
ISBN 978-7-5594-1007-8

Ⅰ. ①魅… Ⅱ. ①王… Ⅲ. ①长篇小说–中国–当代 Ⅳ. ①I247.5

中国版本图书馆CIP数据核字（2017）第207975号

书　　名　魅影神捕 1 杀之境

作　　者　王　珂
出 品 人　陈昌芳　刘　迁
策　　划　高瑞贤
责任编辑　牟盛洁　李　黎
出版发行　凤凰出版传媒股份有限公司
　　　　　江苏凤凰文艺出版社
出版社地址　南京市中央路165号，邮编：210009
出版社网址　http://www.jswenyi.com
印　　刷　北京市平谷县早立印刷厂
开　　本　710 × 1000毫米　1/16
印　　张　18
字　　数　282千字
版　　次　2017年10月第1版　2017年10月第1次印刷
标准书号　ISBN 978-7-5594-1007-8
定　　价　38.00元

黎斯：29岁，大世四大神捕之鬼捕。办案风格大胆诡谲，常以他人无法想象的角度窥破案件真相，性格执着坚毅。

蒙锐：28岁，大世四大神捕之青锋神捕。脸有狰狞青胎，疾恶如仇，背后一柄『死神』专斩天下不平事。唯一的弱点是他早年失踪的妹妹。

老死头：60岁，或70岁，他的年龄没人知道。黎斯挚友，大世王朝第一仵作。因早年失意，心灰意冷，终年以尸为伴，座右铭是人会撒谎，但尸体永远不会欺骗你。验尸功夫精湛，乃黎斯最得力助手。

沈柔：24岁，黎斯初恋情人。后被大世王朝最神秘可怕的组织『黑夜』掳走，多年来黎斯一直苦苦寻找，心中有愧。

白珍珠：17岁，黎斯的红颜知己，天真烂漫，敢爱敢恨。梦想着同黎斯一起隐居，过世外桃源的生活，冰雪聪明，常常也能帮助黎斯找出案件的蛛丝马迹。

轩辕善：33岁，大世四大神捕之铁捕，为人处世如同一块铁疙瘩，一丝不苟，用黎斯的话来形容就是极端无趣之人。但做事光明磊落，眼睛里不揉沙子。

严成：50岁，鹰捕，大世四大神捕之首。做人处事低调不露锋芒，执掌大世六州总捕门。

『黑夜』：大世王朝百年来最神秘的组织。拥有恐怖的杀手、庞大的体系，其幕后之主更是拥有撼动大世王朝根基的强大实力和神秘身份。

大世王朝一百四十六年，鸿运三十二年，鸿运乃当今大世王朝皇帝世德宗年运号，大世至今分别经历了开国皇祖世太祖、世合宗、世德宗三代政朝。世合宗第十年，大世发生了震动皇朝根基的三王叛乱，叛乱持续六年，三王最终被剿灭，但同时也损害到大世国运及国力，自此外忧内患不断。世德宗即位后，大力推行仁政，大世显现出复苏之态，国民渐渐安业守家。世德宗十六年，大病，病后身体孱弱，随即准立皇二子周迢为储君，并恩封周迢舅父杜方郎为太子鸿父，恩封原太子管书黄流生为太宰辅佐太子周迢。

至鸿运二十九年，大世国土历经前朝崩乱，被外朝蛮族有所蚕食，国域并分六州一荒。六州，乃宿州、南仙州、归云州、青州、幽州、金州；一荒，则是皇朝根本所在的天荒城，亦被称作圣城。

世德宗共五子——

长子周道，分封定王，居金州天原府。

次子周迢则是世德宗钦点的储君太子，居圣城内，同天子为伴。

三子周逐，分封平道王，居宿州牧云府。

四子早夭。

五子周邈，分封康王，居青州天南府。

现年世德宗身体日渐孱弱，而储君周迢又过于软弱，导致其余三王都在暗中窥伺皇位，大世王朝一百四十六年，看似风平浪静的王朝天下，实则波涛暗涌。

目录

魅影神捕 ❶ 杀之境

目录

魅影神捕 ❶ 杀之境

魔罗

楔子　戾气垂云夜哭郎

远处似有缥缈的乐声，傅年余两眼直勾勾探入门外长街尽头的黑暗里。身后蓦然传来大喊声：

「年余，年余！快，有人抢走了丹丹！」

傅夫人牛枝英的尖叫声像一把巨锤砸碎了傅年余的浑噩，他立即冲回家中，跟随夫人来到了后院。后院有一棵百年古槐树。傅年余睁大双眼，在古槐的树杈上蹲着一个身披黑氅的男人，他大部分脸被黑氅遮挡，仅露出一双幽绿的眼珠子盯着自己，喉咙里发出呕哑的喘息声。

黑氅男人的怀里是熟睡的傅丹。

傅年余大呼：「放了我女儿！」喊罢，傅年余冲到了树下，却苦于不会攀树。傅年余退后一步，却意外嗅到了莫名香气。

黑氅男子倏而纵身，从高大古槐纵跃到了墙外，傅年余一怔，随即赶到门外长街，但黑氅男人连同自己女儿已然消失了。

长街上久久传来女子哀声痛哭的声音，撕心裂肺，渐渐荡开……

十五年前，我从这里走出去。一个人。

十五年后，我回到了这里。还是一个人。

这是记忆里困锁了自己十五年的祖屋老宅，里面的点滴是关于两个人的，两个笑容甜美的孩童。

我伸出手，记忆被搅乱，眼中的干涩渐渐转为久违的湿润。

挽香……我的妹妹……我回来了。

呼唤着名字，我的脸颊抽动，夜色阑珊里，我凶恶如兽。

第一章 鬼巫夺童

沉重的城门发出扼人咽喉的嗍唽声，他进入斗鼓县。

斗鼓县位于大世宿州之北，毗邻青州，被群山包围。斗鼓县人口不足两千，因为背靠大山，可种植的耕地不多，所以这里的百姓生活比较清苦。

斗鼓县只有一条可并行两辆马车的长街，走过繁华的门街店铺，尽头是斗鼓县衙。巳时二刻，斗鼓长街传来熙攘的吵闹声，习惯了安静、一向与人无争的百姓涌向吵闹的源头——斗鼓县衙门外。

一名发钗斜去一侧，发髻披散在额前的三十余岁妇人在县衙外痛哭，旁边是一个沮丧的中年男人。县衙门口出来了一名蓝衣捕头，名叫陈尚。陈尚见妇人堵在县衙门外哭闹不止，眉头皱起来说："傅年余，县令大人已经派人寻你们女儿了，你们还在这里哭闹做甚？有这工夫还不如赶紧找去。"

"夫人，捕头大人说的是，咱们先回吧。"懦弱的傅年余想扶起夫人。傅夫人牛枝英却是个直来直去的脾气，她甩开相公的手，道："找？这几年在斗鼓县无缘无故失踪了多少家的女童，你们有哪一个找回来过？说的好听，县令大人会帮我们寻女儿，也不成是在帮他寻第五房小妾。"

牛枝英说的难听，却是实话。这斗鼓县令叫杜逸安，在斗鼓任了十年的县令，虽然没有升迁，但日子是越过越安逸，不仅修建了两座气派的府邸，十年里还娶了四房小妾。杜逸安为官最大的本领就是得过且过，睁一只眼闭一只眼，所以在百姓眼中他就是一个纯粹的酒肉父母官。

“你这泼妇，竟然敢诋毁县令大人！来人呀，将这妇人抓进大牢里去。”陈尚脸上挂不住了，杜逸安是他的顶头上司，骂杜逸安同骂自己没啥区别。一名衙役挎着官刀刚扭住牛枝英，只觉得胳膊一麻，双手顿时无力地垂了下去。

傅年余则觉得眼前一花，一个身着纻衣的男子不知何时站在了自己身侧。

纻衣男子头发披落，发下的左侧脸颊上有一道明显的青色兽头样的胎记。男子背着一个长盒，瞅向陈尚。

陈尚身子忍不住一阵发寒：“你谁啊，竟敢阻拦官差拿人！”

“不过是一妇人因失去女儿后伤心欲绝说的气话，细想也可以理解。捕头大人，你不会同长舌妇人一般见识吧？莫非看她不见孩子不够，再将她下狱你才痛快？”青面男子几句话一说，周围百姓都是呼应。陈尚不想将事情闹大，于是道：“我也是一时生气，也罢。傅年余，你快带她走吧。”

“好。”傅年余拉着牛枝英一步一停地离开了县衙。牛枝英回过头向青面男子深深一躬道：“敢问侠士姓名？”

“蒙锐。”青面男子微微一笑，脸上的狰狞缓和了许多。

斗鼓最大的酒楼杏花居中。一个黄衫男子喝得兴起，嘴里骂咧道：“我为你们做牛做马了这么久，一脚就把我踹了，想得美……想赶老子走，老子偏不走。你们想继续干，也得问问老子愿不愿意！”

“马爷您喝高了，少喝点吧。”店小二好心相劝。马贺牛眼圆瞪，一脚踹倒了店小二，怒喝道：“狗眼看人低，是害怕老子没钱？拿去。”马贺将一锭银子扔在桌上，继续要酒喝。

杏花居外，两名青短衣男子嘀咕了几句，一人离开了杏花居，另一人留守在原地。

短衣男子奔入北边的一片树林，林里有一辆紫漆马车。短衣男子在马车外小声回报，一盏茶工夫后马车里传出了低沉的话语：“继续盯着他。”

“是。”短衣男子领了命令，奔出树林。

马车里渐渐响起两人的窃窃私语声。

“爹，这马贺是想找死，竟然敢在县城里说这些话。”一个声音愤愤道。

“唉，我早看出这小子贪心有余，早晚会成祸害，但我也念他替我们做了不少事，给了他一条活路。没想到他是活路不走，这就怨不得老夫了。”方才低沉的声音说。

“爹，你是想……”

蒙锐浑浑噩噩地在斗鼓游荡了一天，酉时他入住了一间小客栈。半夜风起，睡在床上的蒙锐眼皮直跳。

着黑色大氅的幽灵从地下蹿了上来，他一把就抓住蒙锐怀里的妹妹。蒙锐想把妹妹救回来，怎奈力气根本不够，黑氅幽灵挟着妹妹跳进了漆黑的夜里，蒙锐咬牙一路狂追。

最后他迷路了，迷失在一片瑰丽神奇的花丛里。

还有一种浓烈的气味。这种气味于多年后，在大世第一仵作老死头的黑屋子里他再次嗅到，老死头告诉他说，这是尸体在慢慢腐烂变臭的气味。

妖艳的花朵、腐尸的气味、着黑氅的幽灵、妹妹挽香最后的啼哭……

“不！”蒙锐从噩梦里惊醒，他紧紧抓住床边的弯刀“死神”，这是他十五年里唯一的依靠。

窗外夜色正浓，蒙锐走到窗外发呆，不知为何，这一刻，尘封了多年的关于妹妹的记忆再一次在蒙锐脑海里翻涌。

“挽香……”蒙锐如是念道。

蒙锐眼神闪过一丝光亮，他冲出客栈，冲进斗鼓县衙里。陈尚发现白天阴森吓人的男人再一次露面，握紧了官刀问：“你来干吗？”

“我来找人。”蒙锐取出了一个紫色的令牌，上面绘有一条团龙，龙侧有一柄利剑。

陈尚瞧了半晌，突然喊道：“这是神捕令牌？！”

“你是青锋神捕蒙锐。”陈尚盯着蒙锐的狰狞面容道。

“是。”蒙锐收起令牌，“现在能帮我找人了么？”

“能，能。不知蒙大人想找谁？”陈尚知道神捕乃是领从四品官衔且直属老皇帝管辖。

蒙锐一顿，道：“傅年余。”

傅年余的家在斗鼓东南的贫民区，大片简陋破烂的房屋接踵相连，将人层层套牢在这个巨大的圈内，让人有一种喘不上气来的压抑感。

傅年余听烦了牛枝英的哭声，走到门外想透透气，打开门，门外赫然站着一个人。

“是你？”傅年余愕然地看着门外人。

蒙锐点了点头：“又见面了。”

傅年余将蒙锐请到了屋里，傅家家徒四壁，什么都没有。牛枝英整理好衣衫从里屋走出来，她眼圈红红的，不难看出又哭过。

“傅夫人，这次来是想谈一谈……你的女儿。”蒙锐轻叹道，“其实我也是官门中人，我想或许可以帮上忙。”

牛枝英点了点头，傅年余详细说起女儿傅丹被掳走那晚发生的点点滴滴。一个黑氅男子幽灵般从窗户跃入抱走了熟睡的傅丹，傅年余边说着边引蒙锐来到后院。

傅家后院极小，却有一株巨大的古槐弯身扎根于院内。蒙锐盯着古槐看了一会儿，纵身上了树杈问：“黑氅男子当晚就蹲在这里？”

“对，就是你站的地方。”傅年余仰首瞧着蒙锐，点头说。

蒙锐仔细瞧了瞧树杈周围，倏然，他眼中微微闪动光芒。

这边树杈不远就是围墙，只需要轻轻跃身就可落在外面长街上，谅傅年余文弱身体是追赶不上。蒙锐从树上下来，再问傅年余有没有别的疑点或者细小的线索可以讲，傅年余思索后摇摇头。

牛枝英像想起了什么，拉了拉傅年余的手臂道：“你不是说闻到了一股香味吗？”

“香味？”蒙锐一怔。

“对，对，我在树下曾闻到了一股香气。怎么讲，像是女人涂抹的胭脂香，但又不太像……又好像不只有香气，唉，我这笨嘴啊，就说不出来那种气味。”傅年余支吾半天也说不明白，快子时蒙锐离开了傅家。

牛枝英相送到门口，虽不说话，但眼中的希冀已经说明了一切。

蒙锐望着牛枝英，恍若看到了十五年前茫然无助的自己。

十一月二十日，斗鼓县衙。

蒙锐见到了县令杜逸安。

杜逸安肥头大耳，很有福相。他对于蒙锐的到来表现出无比热情，颔首说：“四大神捕威名远播，可惜杜某一直拘于狭隘边陲，从未得见。没想到今日终于得偿所愿了。”

“杜大人言重了。”蒙锐淡淡回应一句。

“听属下讲蒙大人在打听傅年余的情况，不知蒙大人是想……”

“我想帮忙找他的女儿。”蒙锐如实道。

杜逸安语气突然一变，有些神秘地说：“其实不瞒蒙大人，在宿州尤其是依临深山老林的偏僻之地有许多种恐怖传说……什么噬鬼吞心啊，林魅剥皮啊，其中有一个传说是讲鬼巫。”

“鬼巫是十万大山中原始部落的巫师。传闻他们将死归天时都会想方设法来到城镇里，掳走幼女幼男吸食他们的鲜血续接阳寿。”杜逸安吸一口冷气，“鬼巫行踪飘忽、神出鬼没，掳走幼儿后就潜回十万大山中。据传他们喜穿一身黑氅，将自己的身体全部裹进黑氅里。”

“唉，可怜的孩子们。”杜逸安作泫泪状。

蒙锐嗤之以鼻道：“看来杜大人对此深山传闻是深信不疑了。”

“这倒不然。只是这几年斗鼓县及周边村落果然平白不见了许多孩童，许多人也看到了身穿黑氅幽灵般的人。所以，哈哈，由不得自己不怀疑。”杜逸安眼光藏在一堆肥肉里，盯着蒙锐道。

“鬼巫吗？”蒙锐面无表情，“杜大人可曾派人进入深山里寻找孩子？”

“找过是找过。但蒙大人你也知道，宿州和南仙州同样有十万绵延大山，在十万深山密林中找寻几个孩子，又怎会是容易的事？而且野兽毒蛇经常咬伤了捕快衙役，渐渐也没人敢再去了。”

“哼，他们害怕蛇虫野兽，我却不怕。”蒙锐笑笑道，“忘记同杜大人说了，我也是斗鼓人，家就在山里。”

“啊，你也是斗鼓人！斗鼓哪里？”

“三坟村。”蒙锐平静地说。

第二章 三坟古村

三坟村在斗鼓县东二十里。如果斗鼓县是位于群山脚下，那么三坟村则完全淹没在十万磅礴大山的阴影里。

午时，蒙锐收拾好行装准备去三坟村。

一出客栈，在长街对面站着两个人，正是傅年余同牛枝英。

傅年余面有难色道：“蒙大人，枝英听你说要找寻丹丹，非得跟着你一起找。我执拗不过她。”

牛枝英双眼望着蒙锐：“求求你，大人。我一定要找回女儿，我不能失去她。”

蒙锐心里某一处被触动，十几年来封印在记忆深处的那个影子被揪了出来，点点头：“好吧。”

“真的么？谢谢大人，谢谢大人！”牛枝英正要给蒙锐下跪，却被一个低头走路的乞丐撞倒。乞丐穿着破烂灰袍，不停赔不是，牛枝英并没责怪乞丐，乞丐点头哈腰地端着破旧饭碗走了。

蒙锐瞧着乞丐饭碗愣了一会儿，而后告诉傅年余要去三坟村的打算。傅年余夫妇回家收拾了几件衣服也跟随蒙锐上了路。

群山安稳，如同亘古洪荒时就存在天地之间，无缝无隙的厚实感让靠近的人们仰叹。山路艰涩难行，二十里路走了大约三个时辰，酉时刚过，蒙锐终于来到了三坟村。

三坟村的名字来源于它的贫穷。据说最早的时候因为村里太穷，村民只能住茅屋，唯一的建筑就是三坟村东坡的三座老坟，老坟外有着一圈陈旧的白石栏杆。后来外乡人说起这里的时候都是讲“有着三座老坟的村子”，久而久之就有了三坟村的村名。

三坟村东坡一团黑魅的影子就是古老的三坟了。三座老坟再往东是一条大山包围中的峡谷，据传峡谷中曾经死了上千名逃难进去的饥民，之后就只会生长一种臭气哄哄的花，除此便是寸草不生，连凶猛野兽进了峡谷也是尸骨难存，所以峡谷成了三坟村的禁地。

蒙锐回到了离别多年的祖屋老宅，老宅已经破旧不堪，屋前屋后长满了野草。破陋的门洞里可以依稀瞧见老宅里空空荡荡的黑暗。

老宅门脚隐约显露出一朵怪模怪样的花，形状如同一张人脸。蒙锐瞧了好久，没有动，也没有说话。

记忆恍似被擦去了厚重的灰尘，露出了曾经无比鲜活的面容：

“哥哥，快来瞧我用石头刻出来的花好不好看！”天真的女孩歪着头询问身旁的哥哥。

“好看什么呀，哪有这样的花？”哥哥说。

“就是好看，我亲眼见过的，花开得可美丽啦。”妹妹不甘心地说。

“我怎么没见过……你在哪里见的？”哥哥问。

“嘻嘻，不告诉你，这是秘密。”

“谁稀罕知道。喂，别跑，等等我！”哥哥喊，妹妹撇开他先一步跑走了，跑进了午后刺眼的阳光里，身影渐渐模糊，不见了。

蒙锐身体微微颤抖了一下，从方才的回忆中苏醒。

傅年余夫妇担忧地互相对望一眼，傅年余问：“蒙大人，你怎么了？”

“没事。”蒙锐推门进入。木门斡转，发出呕哑之声，蒙锐望着曾经生活了十五年的家，心里不知何般滋味，目光凝望每一间屋子、每一个角落。

左边卧房里只有一张孤零零的木床，木床凹陷已深。蒙锐眼眶微微湿润，十五年前妹妹被掳走后，娘的多年沉疴再没有一丝好转的迹象，两个月后娘就病死了。

临死前，娘就躺在这张床上拉着蒙锐的手，浑浊的眼神里升起最后一丝光亮，说道："锐儿，你是挽香唯一的亲人了……找回她，找到你的妹妹！"

娘临终的嘱咐回绕在蒙锐耳边，蒙锐深吸一口气，走出卧房。

老宅外响起了叫嚣声。蒙锐走到门口，院里站着几个三十岁上下的男人，几个人来来回回瞅了蒙锐一遍，狐疑地说："你谁啊，怎么闯进别人的家里？"

这几人都是三坟村的村民。蒙锐道："这里是我家，我以前就住在这里。"

"你家？"其中一个身材高大的男人突然怪叫了两声，"你们看他脸上的胎记，是青驴！真是蒙家的青驴呀。"

蒙锐小时给村里富户赶过驴，加之脸上难以遮掩的巨大青色胎记，便被村里的顽劣孩子唤作"青驴"，他小时受尽了那些坏孩子的欺负。蒙锐不怒，安静地瞧着几个男人。

"没想到这么多年了，你这头青驴还知道回来。"高大村民就是当年欺负过蒙锐的恶小孩，他拍了拍蒙锐肩膀说，"青驴，十几年前你妹妹被人掳走，你娘也死了，我们都以为你在外面饿死了，原来你还活得好好的。"

高大男人突地坏笑起来："你还是这鬼样子，跟你妹妹蒙挽香可没法比。那小丫头从小就肉皮子白净，大眼睛也水灵灵的，可惜被人掳走了，要不我肯定娶了当媳妇。"

"啊！"高大汉子的坏笑声变成了惨叫声，他的手被蒙锐轻轻地从肩膀上掰了下来，所有人清楚听到了骨头被掰断的咔嚓一声。高大男人痛苦地缓缓矮身，跪在蒙锐面前。

蒙锐面无表情地看着曾经欺负过自己的恶汉，安静地说："这么多年了，你们还是没长记性，我就再跟你们讲一遍。"

"我不叫青驴，我叫蒙锐。"蒙锐松手放了高大男人。其他村民小心翼翼扶走了高大男人，撒丫子逃离了老宅。

天色黑沉下来，稀薄的月光透进窗户。仿佛在每一个有记忆的角落里都氤氲出了淡淡的小影，静驻凝望蒙锐，蒙锐在一片片的光影迷幻里睡去。

十一月二十一日，黑曜阴鬼，煞气冲南。

阴霾的山雾从黎明前就笼罩了这座山中小村，卯时差一刻，蒙锐起来后发觉傅年余夫妇早已睡醒。两人翻出带来的米粮正打算熬粥，苦恼在何处取水，蒙锐笑了笑取了水盆来到一口古井取水。

三坟村里不止是昨日无赖的一帮，也有不少热心的村民，尤其是许多老人问清是蒙锐后，有几人眼中还泛着泪光。不多会儿，就有村民送来了菜园里刚采摘下的新鲜蔬菜，还有馒头、大饼等吃食，蒙锐自回到三坟村后第一次露出了笑容。傅年余夫妇做好了饭，饭后蒙锐决定去三坟村里转一转。

三坟村还是同十五年前一样贫困，蒙家老宅周围大部分是破旧土坯房，有几个老人跟蒙锐聊天，蒙锐一边走一边询问老人村里的情况。在三坟村最东头鹤立鸡群地出现了一幢高墙青瓦的大院子，院前牌匾写着两个字——金府。

“这是哪家？”蒙锐问。

“金府还能是哪家，金耀光啊！”一位老人道，“十五年了，金耀光都是三坟村的村长。”

蒙锐捕捉到老人眼里鄙夷的目光，追问：“整个三坟村都这么穷，怎么偏偏金家富了？我记得当年他住的也是土坯房。”

“金耀光多年前倒腾山货去斗鼓县里卖，开始没怎么，后来就越做越大了，也越来越有钱。”老人讲。另外一个瘦长老人突地摇头道：“那是骗人的鬼话，做山货买卖的有那么多人，在金耀光之前也有人做，但没一个能发大财。真想赚出这样一座大宅子，怎么可能只靠卖山货草药？肯定还有别的见不得人的勾当！”

“行了，少说两句。”先前说话的老人劝阻说，“要是被金闯和他手下听了去，小心打散了你这一身老骨头。”

瘦长老者闭嘴不说了。

蒙锐身后突然来了人，一回首发觉竟是傅年余夫妇。

傅年余拉着蒙锐回到老宅，神秘兮兮地将一样东西交给蒙锐，是一张卷起的牛皮纸，纸上有许多纵横交错的线条。

“这是地图。你从哪得来的？”蒙锐不禁问。

傅年余夫妇皆是摇摇头。牛枝英讲：“我今早起来整理衣物时发现的，塞在我的袖兜里，但肯定不是我们的东西。”

蒙锐仔细端详地图。地图左角有一团墨色，墨色旁边写着三个不容易被看到的浅红色小字——三坟村。

竟然是三坟村？！

而仔细辨识下，这地图好像只有一半。

蒙锐沉吟良久："谁会将绘有三坟村的地图塞进你的袖兜里呢？"

"对了！"牛枝英一拍巴掌，"乞丐，一定是那个乞丐。"牛枝英回忆道。昨天在大街上自己被乞丐撞倒后，乞丐主动拉牛枝英站起来，当时她感觉乞丐的手在袖口扫过，因为只顾得同蒙锐讲话，自己也没在意这些。

"我也大意了。"蒙锐将地图放在桌上，"其实我发觉了那乞丐很古怪。"

"怎么古怪？"牛枝英好奇问。

"首先乞丐的全身很脏，头发凌乱，但指甲里却很干净。还有就是他手里的碗，碗虽然破旧，但碗口边缘却很光滑，也没有污渍，说明这个碗并不是讨吃用的。根据这两点，不难得出一个结论。"蒙锐缓缓说。

"什么结论？"

"他根本不是一个乞丐。没人愿意去注意一个全身肮脏的乞丐，他可以借助乞丐的外衣做一些隐蔽的事。"蒙锐瞧着牛枝英，"比如神不知鬼不觉将地图塞进你的袖兜里。"

"但他这么做为了什么？这幅地图又是什么地图呢？"傅年余道出了更多疑问，蒙锐长叹道："这恐怕只有留地图的人才可以讲清楚了。"

"赶紧收拾下，咱们要尽快赶回斗鼓县城，找到这个乞丐。"蒙锐收好地图，对傅年余夫妇说。

傅年余夫妇点头应着，匆忙收拾去了。蒙锐嘴里喃喃讲："只希望回去时，他还是个乞丐。"

第三章 裂尸

卯时，斗鼓县城，杏花居。

雅间里的马贺一整天没有从房里走出来过了，掌柜打发店小二去问问，店小二推了推雅间的门，门吱呀呀地开了。

马贺张着大嘴趴在酒桌旁睡着了。店小二愁眉苦脸地走了过来，叫了几声“马爷”没见动静，于是晃了晃马贺的手臂。突然“啪”的一声，一样东西掉在地上，店小二嘴巴一点点咧大……掉在地上的赫然是马贺的手臂！

店小二还没有来得及惨叫出声，接连的是“噼里啪啦”一阵乱响。

马贺另外的手臂、腰、背、双腿倏然裂开，一截截糊在地上，血肉一摊，最后滚下来的是马贺的脑袋瓜子。

黑洞洞的眼眶里流露出了无尽的恐惧和愤怒……

“啊，杀人啦！”店小二终于杀猪似的号叫出声。

蒙锐回到斗鼓县城，同傅年余夫妇将遇见乞丐的长街找了两遍都没有发现。牛枝英突然头晕起来，她本来就有病，又跟着蒙锐将三坟村、斗鼓县城跑了个来回，身体自然吃不消了。蒙锐将傅年余夫妇劝说回家，向其保证一旦有关于傅丹的消息会最快告知两人。

傅年余夫妇听从蒙锐安排回了家，蒙锐决定去找杜逸安帮帮忙。来到斗鼓县衙就遇到了焦头烂额的捕头陈尚，陈尚讲今天卯时在杏花居发现了一具诡异可怕的尸体。

蒙锐跟随着陈尚来到县衙黑屋子。

黑屋子里尸味特别浓厚，身材瘦小的仵作举着油盏将陈尚和蒙锐引到黑屋子最里面。仵作掀开尸布，尸体正是卯时被发现惨死于杏花居中的马贺。

“这人看着有点面熟。”蒙锐突然问了一句，“他是不是三坟村人？”

“是啊。莫非你认识他？”陈尚有些诧异。蒙锐摇头：“我不认识他，但也许以前见过。他的身份查清楚了么？”

“清楚了。死者叫马贺，三坟村人，曾在村长金耀光的春风堂里做管事，帮金耀光处理山货、药材买卖。”陈尚顿了顿，“不过他最近好像被赶出了金家。”

“知道原因么？”蒙锐问。陈尚摇头：“还不清楚。但已经派了人去找金耀光，还有春风堂的孙掌柜，应该很快能搞清楚。”

“听杏花居店小二话里话外讲，这马贺挥霍跋扈，兴许是私贪了金家的钱。”陈尚揣测道。蒙锐目光随着仵作的手上下移动，马贺四肢和头颅都被斩断，每处相连接的地方都有一道明显血线。

凶手极其冷血凶残。

蒙锐本想等金耀光来衙门见一面后再走，但在县衙外等候的过程中，他突然瞅见了一个眼熟的背影，浅灰色残袍，莫非是将地图塞进牛枝英袖兜里的神秘乞丐！

蒙锐赶追了半条街后抓到了乞丐，却发现认错了人。毕竟乞丐的打扮相差不多，而身形相似者也多。乞丐被蒙锐扭住了手臂，疼得呲牙咧嘴，眼泪鼻涕一把流地告饶：“大爷，我只是个乞丐，没干坏事……你放了我吧。”

蒙锐心有歉意，连忙放了乞丐。乞丐揉着手臂转身就跑，蒙锐望着他后背，突然又一把扣住了他。

乞丐哭丧脸问：“大爷，你到底想干吗？”

长街风至，露出了蒙锐狰狞的青色面容，乞丐吓了一跳，整个人用力向后退。蒙锐抓牢了他手腕，笑说：“我不想找你麻烦，只想问你一件事。”

“什么事？”

蒙锐掏出了一块碎银放在手掌心里："问你想不想赚钱。"

乞丐瞅着银子，眼睛里闪着贼光。

一个时辰后，大汗淋漓的乞丐回到了这条巷子："大爷，你想找的那个假乞丐有消息了。"

蒙锐将碎银子扔给了乞丐："说吧。"

如同每一个州县都有官衙辖制一样，乞丐也有自己的地盘划分，如果有不速之客闯入自己的地盘，那么后果可想而知。乞丐上气不接下气地讲，在昨天傍晚一群老乞丐暴打了一个新乞丐。新乞丐被打得头破血流，最后被老乞丐们扔到了乱石岗。

午时，蒙锐来到了斗鼓西郊的乱石岗。

乱石岗顾名思义全是乱石，乱石铺满了整座山头，还有一座座凸起的坟头。这里人迹罕至，除了偶尔传来几声野狗吠叫外，几乎听不到别的动静。蒙锐按照乞丐的交代，在乱石岗外一块空地上找到了些许血迹，跟随血迹蒙锐来到了乱石岗边缘的一幢破旧大屋中。

屋前挂着一块落满灰尘的横匾，上写两字——义庄。

但凡从县衙黑屋子出来无人认领的尸体，或者客死他乡、无亲人安葬的无名尸都被送往义庄，由义庄人安排埋进坟场，蒙锐以前也去过义庄，但没见过一间义庄这般简陋残破。

义庄屋顶已经露了三个大洞，小洞无数，窗户散了一侧，冷峻的坟场阴风阵阵袭进义庄内，让蒙锐后背发凉。义庄有五个侧室，正堂用简单的祭桌供奉着引领死魂的判官使者，一半侧室里都摆放着棺材，有些棺材早已破损不堪，缕缕尸体腐烂的气味从棺内飘出。

义庄空阔，但没有一人。蒙锐来回只看到了十二具木棺，血迹消失在了一具掩好的棺材前。蒙锐迟疑了下，伸出手探向木棺，倏然，木棺一阵晃动……有窸窣声从棺内传出，接着一只白花花的人手伸了出来。

蒙锐惊心凝视，耳边忽地起了一阵冷风。蒙锐猛地回头，一个佝偻老人举着木棒正朝蒙锐脑袋上砸来，蒙锐侧转避开了老人的偷袭，而同时面前的棺材盖被推开，一个虚弱的声音问：“夸老，是你吗？”

一个全身破烂，额头有伤的男人从棺材里坐直了身体，当看清楚蒙锐和老者后，男人怒喝一声道：“你们要杀就冲我来！别为难夸老，这事跟他没关系……他只是好心救了我而已。来啊，来杀我吧！”

男人颇为激动，额头的伤口崩裂，鲜血滴落在棺里。

“唉，作孽呀。”老人心知自己无力争抗，手里一松，木棍落在地上。

蒙锐有些迷茫，但很快他走到了棺中人面前，从怀里抽出了神捕令牌，语气诚挚道：“我不会杀你，我是个捕快。”

“你，你真是捕快……”男人似有了一丝希望，眼里闪光。

蒙锐点点头：“你叫什么？”

“我叫温南生。”棺中人缓缓吐出几个字。

当蒙锐讲清楚自己的来意，并将从牛枝英袖兜中得来的半张地图递给温南生看过后，温南生如释重负地松了一口气，点头承认道：“是，地图是我塞进妇人袖兜里的，她叫牛枝英是吧？我是想让她留着这半张地图。”

“为什么你想让她留着？”蒙锐不禁问。

“因为这可能是帮她找回女儿唯一的办法了。”温南生言罢，一阵幽冷之风荡进义庄堂中。灰白棺材、神秘棺中人、青面狰狞的蒙锐、面如死灰的老者，一派诡异场景在相融。

第四章 义庄惊闻

斗鼓西郊，义庄正堂里。阴邪的风将侧室里的棺材架吹得吱呀呀乱响，像是有人在棺材里抠挠，蒙锐目光闪烁地望着棺材内受伤的温南生。

“这地图究竟通往哪里，又跟傅年余不见的女儿有何关系？”蒙锐直接说。温南生沉沉一叹，双手撑住棺材两端道：“其实所谓‘鬼巫夺童’传闻的受害者又何止傅年余一人？”

蒙锐一怔，即刻说：“莫非你的孩子也……”

温南生缓缓点头：“大约是五年前，我的女儿同样被身穿黑氅幽灵般的男人掳走了。女儿失踪后，我第一时间去衙门报案，但是那个酒肉县令杜逸安只在表面上应承我会帮我找女儿，其实根本没派人找寻。更荒谬的是他还对我讲出了什么乱七八糟的‘鬼巫夺童’，我自然不会相信这些无稽之说。既然官衙不找，我就自己找。”

蒙锐瞧着温南生渐渐激动的神情，心中妹妹蒙挽香的身影又虚虚幻幻地明暗起来，蒙锐微微闭眼再睁开，听温南生继续讲述。

“我倾家荡产找了整整三年，两年前终于有了意外的收获。”温南生平复了下激动的情绪再道，“我悬赏重金寻找女儿，有人提供线索，在三坟村山路上撞见过一辆马车，当时风吹起车帘，车里坐着一个全身黑氅的男人，他旁边躺着一个昏睡的女童。我得到这条线索第二天就赶往了三坟村。”

“可有发现？”蒙锐问。

温南生点头：“我装扮成收山货的游商潜入了三坟村，四下打听但没有人见过陌生的女孩，也没有人见过黑氅男子。就在我怀疑这条线索的真假时，突然遇到了一个人。”温南生语速变得很慢，“我认出了那个人。但不是因为我见过他，而是我嗅出了他的味道。”

“味道？”蒙锐皱眉。袭击蒙锐的老者像是累了，走到正堂椅子上坐下，老者走路一高一矮，竟是个跛子，坐好后闭眼不语。蒙锐看老者打扮，大致猜出了他是义庄的埋尸人，义庄这么多无主孤魂，当然需要一个人将他们埋进黄土。

温南生本能地摸了摸鼻子道：“不错，就是味道。女儿温屏失踪的那晚，我嗅到过黑氅男子身上分明有一种香气，特别刺鼻的异香。”

“不似女子胭脂的芬芳，也不像寺庙燃烧的檀香，是一种说不出来的异香，后来我也曾以这种香气为线索进行过追查，都无果而终。这种香气应该出自有人特别炼制的香药，所以无从查起。”温南生讲述到这里，蒙锐不由得想起傅年余也嗅到了一股说不明的特殊香气。

“你认出了那个人，因为他身上也具有这种异香。”蒙锐道。温南生点点头，而后道：“我于是悄悄跟踪那人，看到他进入了三坟村唯一的豪门大院中，便是金耀光的金府。”

“又是金耀光。”蒙锐喃喃自语，来时发生的裂尸惨案的死者马贺，也是金耀光府里的管事，这个金耀光甚是可疑。

“金府很难混进去，我只能租下一间距离金府相近的小屋，日夜不停地监视金府里的一举一动。”温南生一声叹息，“我苦等了三个月，事情终于有了转机。那是月暗星稀的一晚，大约戌时三刻，金府后门突然冒出了两个全身裹着黑氅的男人，其中一人怀中有个长布袋，布袋里鼓鼓囊囊装着东西，从布袋形状看很像个孩童。我紧紧尾随着两人一路向东，来到一条阴冷潮湿的峡谷入口。”

“峡谷内几乎寸草不生，两个人鱼贯进入峡谷，我也跟了进去，很快我看到了令人惊异的一幕。”温南生瞳孔放大，似是现在回想起来依旧无比惊诧。

“你看到了什么？”蒙锐也有微微的激动，问道。

“花……峡谷里长满了花，巨大无比的花。花的高度跟人差不多，巨花还未开放，花苞硕大如盘，开在凸出地面的茎蔓上。还有，巨花散发出强烈的腐尸味，让人无法靠近。”温南生回忆着诡异巨花的点滴，继而道，“我看见那两人已经钻进了巨花丛里，我只能硬着头皮也往里面钻，但只走了十几步就再也无法忍受强烈尸臭味而退了出来。我退到谷外后依然头昏脑涨，好一会儿才缓过神来，我不敢再进去，只能等那两人出来。大约一个时辰后，两个黑氅男人出来了，但长布袋已经不见了。”

“难道藏进了峡谷里？”蒙锐揣测道。温南生赞同道：“我也这么想，布袋里的幼童被藏在了峡谷中的某处，虽然希望渺茫，但我希冀着失踪了多年的女儿也藏身在这峡谷深处。我一定要进入峡谷内，但前提是必须克服巨花的强烈尸臭味。”

“我渐渐明白为何黑氅男人身上会有强烈的异香了，这异香是为了减缓巨花臭味对人的影响。我没办法搞到异香，不过亦开始尝试一些味道浓郁的香粉、香料。我尝试潜入峡谷，果然比第一次进入峡谷时好受了些，但持续时间不长我就又被尸臭味熏了出来。这尸臭气味里含有微量的毒素，吸入体内过久就会令你头昏眼花。”温南生喘息了两口气，接着说，“不可能一次或者几次完成探查峡谷的目标，为了不将每次辛苦得来的线索遗失，我便将探查清楚的峡谷路径画成了地图，并渐渐完善。在最近的两年里我就只做这一件事，或偷偷潜入峡谷探求，或跟踪两个黑氅男人进入峡谷进行冒险，终于我画出了一幅比较完整的峡谷地图。”

“令我感觉奇怪的是两个黑氅男子每隔一段时间会带布袋进入峡谷，我每次跟踪到最后，他们就都神秘消失了，而等我再次发现他们时布袋往往就不见了。他们将布袋藏在了何处，我怎么也没找到这答案。”温南生摇头说，“一个月前，就当地图完成得差不多时，我也大意地被金府人发现了。”

“谁发现了你？”蒙锐问道。

“发现我的是金府管事，马贺。”温南生吐言。蒙锐吃了一惊：“马贺……你可知他已经死了？”

“我刚刚知道没多久。”温南生不自觉瞅了一眼端坐的老者，而后说：“马贺逼问我的身份并威胁说要将我交给金耀光。我肯定不能落入金耀光的手里，否则便是前功尽弃，于是我乞求马贺放我一马。”

“马贺知道我的目的后，竟然高兴地大笑起来。过后我才明白原来马贺跟随金耀光多年，但最近几年金耀光开始倚重自己的儿子金闯，对于马贺就渐渐冷淡下来，还将以前马贺掌管的春风堂转给了其他管事，这让马贺尤其不满。所以马贺早就惦记着报复金氏父子了。”温南生说到这里，蒙锐听出些东西，于是道：“马贺想利用你手里的地图要挟金耀光父子？”

温南生点头：“马贺太嚣张了，他不认为金耀光敢对他怎样，于是明目张胆地去暴露自己威胁金氏父子。而怯于马贺的威逼，我将地图分成了两半，将前面一半交给了马贺，自己偷偷留下了后一半。”

“马贺被杀后，地图岂非落入了凶手手中？”蒙锐道。

“凶手是谁我不敢讲，但地图绝对没有落入凶手手中。马贺获得地图后在杏花居狂饮多日，我早趁他熟睡后将地图偷换了出来。只是我担心自己的安危，于是想找个人帮我收藏地图。”

“于是你就找到了傅年余？”蒙锐替温南生说了出来。

温南生承认道：“我在斗鼓县衙前面见到了傅年余夫妇，也很钦佩傅夫人敢怒敢骂的胆色。而且他们跟我一般也被掳走了女儿，若知道真相定然会好好利用这地图，所以仓促下我装扮成了乞丐，将地图塞进了傅夫人的袖兜中。那之后我发现金府家仆暗中监视杏花居里的马贺，我知要坏事，本想赶紧取回地图的下半部分再会合傅年余夫妇，但没成想却被一群乞丐围殴，然后又被扔到了荒郊野地。等我浑浑噩噩醒来后，已经被夸鹿老前辈救回到了义庄里。”

“夸老是我的救命恩人，我也不愿对你有所隐瞒，故全盘托出了这秘密。”温南生从棺材里挣扎着爬了出来。夸老将椅子让给温南生坐，开口道：“老朽是行将就木之人，见多了死人，能救下一条活生生的性命也算是功德了。方才你说的话里，有一句最中听，斗鼓县令杜逸安是个酒肉县官。非但是酒肉无能之官，更是卑劣恶毒的小人。”

蒙锐听出夸老话里有话，便问：“夸老何出此言？”

夸老缓缓讲述起自己的故事。原来夸老以前是斗鼓县衙的仵作，因为一次溺尸案同县令杜逸安意见相左而被罢职，之后杜逸安更是找人暗中打断了夸老的一条左腿，还将夸老安排到这义庄整日同死人坟地相守。夸老对于杜逸安那是真的恨得牙痒痒。

夸老沉吟了一会儿："你方才提及的巨大的有臭味的花，我可能知晓一二，不过最好能亲眼见一见方能下结论。"

"我也想去一趟那三坟村里的禁忌峡谷。"蒙锐缓缓地说。妹妹刻画的诡异人脸的花朵依稀呈现在蒙锐脑海里……莫非十五年前妹妹被掳走也同峡谷内的巨花有关?

第五章 天魔罗

酉时三刻，蒙锐、温南生还有夸老三人赶到了三坟村。温南生受伤未愈，夸老又是跛子，所以蒙锐雇了一辆马车，驶入三坟村后蒙锐将马车藏到了山脚栾树林里，为避人耳目三人步行进到三坟村范围。

三人爬上了三坟村东侧的山坡，山坡上除了漫膝荒草就只有孤零零的三座老坟。老坟灰驳的字迹早已模糊不清，坟墓边缘往地内凹陷，蒙锐瞅了一眼老坟，跟上了夸、温二人。

两刻钟后，温南生将蒙锐带到了被三坟村视为禁忌的死亡峡谷。峡谷入口寸草不生，一片深黄色，峡谷两侧还有几具动物死尸，淡淡的恶臭气息随谷内阴风阵阵吹来，蒙锐禁不住皱了皱眉头。温南生取出了一个红色香包，将里面的香粉扑打在身体上，尤其是鼻子周围，然后将香包递给蒙锐。

“涂点吧，用得着。”温南生劝说。蒙锐接了过来，只在鼻子周围涂了少许，顿时一股浓厚的香气钻进鼻子里，蒙锐打了个喷嚏才好受些。夸老打眼瞥了瞥温南生递来的香包，摇头道：“我跟死尸打交道惯了，不怕尸臭味。”

三人进入峡谷，温南生在前面带路，大约走了一盏茶时间，峡谷豁然开朗起来，南北走向的峡谷有了六七丈宽度。再往前走，温南生语气变得有些急促，指了指黑黝黝的前方说：“巨花就在那里了！”

蒙锐尚未见到巨花，一股冲进头脑里的腐臭味已让他喉咙发干，胃内同样一阵翻涌，他强压住胃里的排山倒海，抬头看见了温南生所描述的巨花。

这巨花并未开放，巨大的花苞如同一柄收拢的油纸伞，个头却足有人高，巨花生长在一块突出地面的花茎块上，花茎周围有几片翠绿的花叶包围。花苞呈现绛红色，阵阵腐烂的死尸气味就从花苞里面飘出来。

巨花并非孤朵，而是一片片相连相靠，如同一张密布的花网轻而易举地将峡谷空间占据。稀疏月光映射下，挺立的花苞如同瘦长的人影，一朵朵花苞、一道道人影将这传说中布满死亡危机的峡谷充盈得诡异非凡。

温南生向花丛里走去，夸老跟在后面，蒙锐最后。三人探入巨花花丛中，行走了没五十步，蒙锐就觉得一阵头晕眼花，强提一口真气将腹内恶气压住才勉强没有晕倒。温南生稍好些，夸老的反应最弱，如同腐烂恶臭气味对他没有影响。

再走百步，温南生走得慢下来，四下张望。这巨花都一个模样，而且花与花之间没有一条真正的路径，完全需要清晰的辨识才不会走错路，否则一朵花就是一个岔路，稍有不慎就会跌入无法回头的巨花迷宫内，无法自拔。

温南生身体已虚弱到了极限，示意夸老和蒙锐往回走。三人按照来路又缓慢地退了出来，离开巨花五丈外，蒙锐贪婪地呼吸空气，温南生脸色有些苍白，摆手说：“不行，没有地图参照，即便我自己也容易迷路。”

刺骨的冷风吹过峡谷，巨花丛里有几朵小些的花张开了部分的花瓣，露出了里面神秘的花蕊，蒙锐死死盯着，花蕊如一张张人脸般奇绝。而这巨花也像极了十五年前妹妹挽香刻下的怪花形状，这是否意味着挽香也来过这片峡谷内？真如此，挽香为何会出现在这禁地中？她怎么忍受得了这谷内阵阵恶臭，或者她根本是由不得自己……

蒙锐心乱如麻，无数的巨花花苞渐渐成了一面坚固的花墙，阻拦蒙锐所有思绪走向终点。旁边的夸老吐出一口浊气，望着峡谷深处这未知名的巨大花苞，开口长叹：“天魔罗，真的是天魔罗啊！”

温南生茫然看过来，蒙锐眼中一亮：“夸老，你知道这花的来历？”

夸老点点头道：“这巨花名叫‘天魔罗’。天魔罗从洪荒时代就存在于这片大地之上，至今已有万年的花龄。天魔罗的花根可延伸入地下数丈，将地里所有的养料全部吸走，所以天魔罗周围几十丈内寸草不生，它吸入的养料和水分都聚集在突出地面的坚实花茎中，供养盛开在花茎上的天魔罗花。天魔罗之花硕大无比，我以前也只是听闻，今日却是亲眼见到了。天魔罗花艳丽妖娆，但是会散发让人无法忍受的腐尸气味，为的是吸引腐蝇、尸虫来产卵，成虫后将天魔罗的花籽带走，繁衍后代。也因为会散发死尸的气味，天魔罗也被称作'尸花'。"

"天魔罗，尸花。"蒙锐喃喃自语。温南生道："尸花这名字倒不假，气味跟死尸一样难闻。只是天魔罗是什么意思？"

夸老脸色庄重地说："尸花只是后世起的别名，天魔罗才是真名。天魔罗一词乃是上古梵语，意思是'魔鬼之花'！这种上万年的古老之花传说中是阴间魔王的守护者，守护着魔鬼的神秘宝藏，所以天魔罗只能生长在阴气极重的阴煞之地。这峡谷一路走来处处阴风阵阵，地下肯定埋了无数尸骨残骸，正是一处阴气极盛的阴煞之地。"

蒙锐想起了关于这死亡峡谷里惨死了上千名饥民难民的传闻，不由得倒吸一口寒气，背后阴风如刀割肉。

"自然这只是天魔罗的现世传说而已。所有关于天魔罗的记载都只存于古书里，我也是当了仵作后才从师父口中得知了'尸花'的传说，再从古书里将其资料找全，但我活了五十多年却从未有幸见过。今天算是我这一辈子里最幸运的一天了。"夸老脸皮子抽了抽，像在笑，他转头对温南生道："老头子，谢谢你。"

"在义庄夸老应该就猜出巨花的真正面目了吧。"蒙锐说。夸老点了点头："猜到了，但不敢相信。直到自己亲眼见过了，我才敢开口讲。"

"天魔罗虽为'魔鬼之花''尸花'，但其实只要人不过分接触，根本不会伤害到人。而且古书里提及天魔罗有宝，可做辅药。"夸老顿了顿，"只不过古书残缺，尚不知天魔罗有何种药用。"

"夸老这般说，我倒是想起来了。"温南生道，"跟踪黑氅男子时他们有许多次没有进入峡谷深处，就在天魔罗丛中徘徊，手里还拿着奇形怪状的用具，莫非是采集天魔罗的某个部分？"

"有可能。"夸老道。

风冷夜黑，就当三人准备离开峡谷再做打算的时候，倏然从四面八方传来了窸窸窣窣似无数雨点溅落在芭蕉叶上的声音。再看从峡谷陡峭峡壁的周围涌出了一道黑色流水，蒙锐摸了摸背后的弯刀，却发现黑水乃是由数不尽的甲虫前拥后簇行进而产生的错觉，这些甲虫独角六足，移动极其迅速，身上同样散发着一股恶臭。

在夜空里也飞来一种带翅的甲虫，灰白色，有一双巨大的虫眼。

温南生看到这些虫子，望向夸老。夸老眼中光芒一闪，说：“这是腐虫的两种，地上爬的叫‘地鬼’，天上飞的叫‘萤翅’。地鬼和荧翅都是被天魔罗散发的腐尸气味吸引来的，如果以这个规模来看，天魔罗可能距离开花不远了。”

温南生问：“天魔罗花期多久？”

“这上古异花的花期相当漫长，寿命越长的花期越久。古书记载，一般天魔罗的寿命在一百岁至一百五十岁，每二十年开一次花，当然如果是天魔罗中的师祖花，那就无法说了。”夸老眼中被虫潮填满，缓缓道。

“走吧。”蒙锐许久后说。三人出了峡谷，商量之后还是决定先乘马车回到义庄。

亥时，三坟村金府。

一脸疲倦的金闯走进密室，这间密室只有金氏父子知道。金闯之父金耀光坐在昏暗的一角，揉了揉发涨的太阳穴，他面前有一张乌木桌，桌上摆着几个拳头大小的瓷瓶。

金耀光没抬头，他知道是自己儿子，于是道：“这是最后一批存货了，春风堂那边催要得紧，你明天一早就带阿豹送去。”

“是，爹。这次是从金州过来的南轩县令的姨太太，据说很有背景。”金闯顿了顿说，“还有马贺的事，杜逸安假惺惺派人来请爹去一趟县衙，我已将今年的捐银托给衙役带回去了，这趟算是省了。只不过杜逸安现在的胃口越来越大了，这次竟要一万两的捐银。”

金耀光近六十，须发半白，但目光矍铄。他望着自己儿子说：“我不怕他胃口越来越大，胃口越大说明他越离不开我们，越依赖我们。哼哼，就当是给守家护院的狗扔根骨头，不算什么。”

"是，爹。"金闯对于金耀光言听计从。片刻金闯又开口道："还有件事，前两天三坟村来了个人把寸头的手给掰断了，而且听说不费吹灰之力。"

"寸头？"金耀光眼睛眯了起来，寸头和阿豹都是他聘用的金府护院，两人虽说没多少脑子，但一身硬肉硬皮的外家功夫还是可以拿出手的。金耀光捋了捋长须问："是什么人？"

"是咱三坟村人，不过离村好久了，叫蒙锐。"金闯从寸头口里问清楚了，于是回答道。

"这人还在村里吗？"

"好像昨天走了。"金闯说，金耀光摆摆手："罢了，一介武夫而已。现在咱们没心思操心这个，再过几日就又是五月之期了。"

"同马贺在三坟村内窃窃私语的男人，身份调查出来了么？"金耀光眼神倏然犀利尖锐，金闯忙说："我查到这人曾经去杏花居找过马贺，我安排了画师按杏花居伙计的口述画出了脸相，然后交给了县衙的陈尚在全城范围内搜查这人。一有消息，县衙就会来人告之。"

"办得不错。"金耀光赞许地笑了笑，正色道，"马贺之所以敢跟我们翻脸，从他言辞之间不难猜出他定是知晓了天魔罗峡谷的秘闻，还掌握有地图。这地图绝非出自马贺之手，肯定跟这同马贺秘会的男人有关，所以必须将他揪出来。"

"是，爹。"

"还有我让你秘密暗访的事。"金耀光压低了声音，"马贺的死……花爷……关联……"

幽光起伏，金氏父子的交谈渐渐也湮灭在这光波中。

第六章 一掷万金

十一月二十四日，在义庄休养了三天，温南生的伤渐渐好转。温南生、蒙锐和夸老商量好，等温南生身体康复就寻出峡谷全图，再往死亡峡谷中一探究竟。夸老的义庄几乎没人来，除了气味有些腐臭，睡觉时有些心惊胆战外，倒也不失为一个养伤的好地方。

夸老照顾温南生，蒙锐也没闲着。蒙锐先来到傅年余家，看到牛枝英日渐瘦弱的身躯和深陷的眼窝，他心里一阵哀痛，思量一番，还是大略提及了失踪案有了新的线索。

牛枝英虽没多问，但眼中重新燃起了希望。

蒙锐离开傅家后来到斗鼓县衙，从陈尚口中得知金耀光压根没有听从县衙传令，杜逸安竟也不以为然，草草询问了金氏春风堂孙掌柜后，就停止了调查。蒙锐气得发笑，但也不便同杜逸安翻脸，思虑之后他决定亲自去春风堂调查一番。

蒙锐询问地址后来到春风堂，他亮出了神捕令牌并说明调查马贺一案的来意。春风堂孙掌柜并不在，出面的是一位药堂支应。支应将蒙锐请入春风堂后院雅室，说："掌柜在前面会客，不多会儿就会过来。官爷您稍候，茶点这就上来。"支应吩咐茶点去了。

春风堂后院有一排低矮的平屋，平屋不远停着一辆马车，雄壮的幽州密丰马领车。蒙锐悄悄来到平屋外，一溜身钻了进去。

平屋里甚是奢华，一阵阵沉醉的檀香从平屋深处飘了出来，地面上铺着深红色的羊绒纹毯，一整排列架上摆放着名贵的瓷器和青铜器，穿过两重厚帘，蒙锐听到了呕哑人声。

蒙锐迅速掩身在帘侧的暗影里。

“孙掌柜，我要的东西不应早就到了么，怎么两日了还未见着？”从厚帘缝隙里蒙锐瞅见了几个人，说话的是一名身穿华丽飘逸碧绿藕丝裙，绾流云髻，髻侧斜插凤鎏金的暖水钗，踩檀云细花靴，颜面大方落落得体的夫人。夫人身侧是丫鬟和家丁，除此外是掌柜打扮的中年男人，想来便是春风堂孙掌柜了。

“窦夫人，让您久候了两日，我们老爷十分抱歉。您放心，老爷交代今日内窦夫人需要的东西定会送来。”孙掌柜点头哈腰地陪不是。窦夫人秀眼中神光一闪：“既如此，就再信你们一回。”

正说话工夫，平屋外响起一阵脚步声。转眼进来了一红袍男子，三十岁左右，威风凛凛，身后跟着一个壮实的随从，随从捧着一个红漆锦盒。

孙掌柜见到红袍男子脸露笑容，立刻介绍说：“窦夫人，这位是金家少公子，金闯。”

原来他就是金闯，蒙锐心里暗道，其实小时候他见过金闯两次，但没有相识交谈，所以印象并不深刻。金闯同窦夫人寒暄了几句后，给随从阿豹使了个眼色，阿豹将红漆锦盒放在窦夫人面前桌上。

窦夫人手有些发颤地打开锦盒，锦盒内是一只白色精致的瓷瓶。一股幽香混在檀香里飘了过来，隐隐还有一股不一般的味道，蒙锐一时没想明白。

窦夫人捧起瓷瓶，望向金闯：“可以闻闻么？”

金闯伸了伸手：“请。”

窦夫人扭开瓷瓶，在瓶口深深嗅了嗅，脸色顺时变得一青，而后又满脸喜色地将瓷瓶扭好：“对了，就是这股香中有臭的味道，上官夫人便是这般形容的。”

“小梅，将银两交给金公子。”窦夫人握着瓷瓶，吩咐丫鬟小梅说。小梅唤家丁将四口黑色木箱抬到金闯跟前。

阿豹稍微打开箱子，白灿灿的银光霎时射了出来，阿豹查看后将箱子关合。

“按照你们的要求，十万两现银。这里每箱两万五千两现银，四箱正好十万两。”窦夫人语气里带着一丝不屑，金闯拱手道：“窦夫人果然女中豪杰，佩服。”

窦夫人轻吐言：“十万两一瓶秘药，你们真会做买卖。”

金闯淡淡笑说：“各取所需而已，我保证窦夫人不会对结果失望。”

两人又低低谈了些话，蒙锐又悄悄回到雅室。孙掌柜不多会儿来了，蒙锐简略问了些关于马贺的情况，比如有无仇人恩怨、有无感情上的纠葛，再者具体因为什么马贺被赶出了春风堂。

孙掌柜的回答滴水不漏，同捕头陈尚推测大致吻合。马贺自恃乃金家发迹的功臣，处处嚣张跋扈，还私自挪用春风堂药款，故金耀光才将马贺赶出了春风堂。马贺没有什么明显的仇敌，至于感情更谈不上，孤家寡人的他多年一直住在春风堂厢房里。

蒙锐听孙掌柜说明情况，眼睛有意无意盯着院内平屋。大约两刻钟后，窦夫人上马车离开了春风堂，蒙锐随即也告辞。

孙掌柜对蒙锐雷厉风行的举止有些错愕，望着蒙锐背影，渐渐担忧起来。

未时过，三坟村下起了一场山雨，山雨冰寒。金耀光毕竟年岁有了，多裹了一层狐裘。

金闯气喘吁吁地闯进密室，金耀光眉头一蹙：“说过多少次了，你年纪也不小了，做事须谨小慎微，切勿着急慌张。”

“是，爹。”金闯平静了下呼吸，“窦夫人已经走了。我回来时碰到了陈尚，同马贺有瓜葛的男子已经查出。”

金耀光神情平静，问：“他是什么人？”

“温南生，斗鼓县人。”

“找到他。”金耀光凝结出一个凶狠的表情。金闯心领神会：“我明白了，爹，我去办。”

金闯走出密室，金耀光方才明亮的眼睛瞬时暗淡下来，他咳嗽了几声：“是不是真的老了呢？”

斗鼓县南郊三里外，马车陡然停住，马车内窦夫人猛地扑向前，险些磕破脑袋。窦夫人杏眼圆瞪怒喝着："外面怎么回事！"

窦夫人气恼地撩开车帘准备教训马夫，却赫然发现自己的随从都倒在地上，一个黑衣男人裹着面纱站在车前，手里提一把鬼头刀。

"你，你是谁？"窦夫人声音恐慌。丫鬟惨叫了一声，瞬间被黑衣人击倒在车内，窦夫人躲避着黑衣人，指了指身后道："车里有银两，都给你……你别伤害我。"

黑衣人没动银两，而是用鬼头刀挑出了一个丝缎包裹着的红漆锦盒。

"这个不能给你！"窦夫人神色紧张地想阻止，但被黑衣人一个凶狠的眼神吓退了，她小声说："盒里的东西对于你没有用的，你把银子全拿走好了，盒子留下。"

"哼，我倒是很好奇盒子里究竟是什么。"黑衣人话声冰寒，"我有个特殊的毛病，就爱知道别人的秘密。"

"说，盒子里什么东西？"黑衣人大喝一声，刀锋抵在窦夫人脖前。窦夫人闭眼哭了出来，不住点头说："我说，我说……"

蒙锐回到义庄时已是半夜，蒙锐叫来了夸老和温南生。

"怎么了，蒙捕头？"温南生问。

"我知道金耀光春风堂里的勾当了，也了解他为何这十年里突然风生水起，聚敛横财。"蒙锐将白色瓷瓶放在棺盖上，而后将黑衣扔在旁边，原来他就是拦下窦夫人的黑衣男子。

"瓶子里有什么？"夸老猜出重点是瓶内东西，于是问。

"是一种秘药。这种秘药药效强大神奇，可以令产后的女子恢复完美的身姿，更可以提高女子怀上孩子的机会。喏，就区区一瓶秘药便值白银十万两。"蒙锐并不是坏人，他只取走了窦夫人秘药的五分之一，装进自己的瓷瓶里带回。

秘药的神奇药效也是自窦夫人口里得知的，夸老"嗯"了一声，温南生恍然道："原来金耀光就是靠这种秘药发了大财，但蒙捕头将秘药带回来做什么？我们又用不着。"

蒙锐笑而不语，夸老目光灼灼道：“你想说秘药是用天魔罗秘制而成的？”

蒙锐点头，温南生盯着秘药说：“黑氅男人采摘天魔罗，就是为了制作这秘药。”

“天魔罗对于金氏父子乃是巨大隐秘，温兄见过的两名黑氅男子应就是金耀光、金闯。”蒙锐说。温南生点点头，又立即摇摇头说：“就算金氏父子为制作秘药而采摘天魔罗，但他们为何要劫走无辜的孩童呢？这些孩子同天魔罗、同秘药也有关联？”

“这其中隐秘，暂时无法得知。”蒙锐盯着义庄外道，“但我坚信真相大白的时日不远了。”

温南生随之点头，夸老目光则紧紧追随着那白色瓷瓶。

这一夜，三坟村的雨幕里，两个黑氅男人来到了三坟村禁忌的死亡峡谷，其中一人肩上扛着一个长布袋。长布袋耸动了一下，黑氅男子将布袋重新按下，而后凝望了一眼无比深沉黑暗的谷内，走了进去……

第七章 杀人灭口

十一月二十六日，接连两日的阴霾笼罩在斗鼓县上空。蒙锐监视了春风堂两日，但自从窦夫人离开后没有再出现新的买家。

再是从斗鼓县衙历年的案件卷宗里，蒙锐发现近十年间县城发生了不下四十起的失踪案，离奇失踪或被劫持的都是十岁左右的女童，自己的妹妹挽香也在这失踪女童之列。这些失踪女童的背后隐隐有着一场可怕而庞大的阴谋，甚至持续了十年，蒙锐想到此，不由得心中一阵悲恸。

失踪女童肯定与三坟村金氏父子有关联，金氏父子突然发迹则源于死亡峡谷中的天魔罗秘药，究竟失踪女童、金氏父子、天魔罗峡谷有着一种怎般的联系……蒙锐百思不得其解，于是他决定铤而走险。

二十六日傍晚，蒙锐只身回到三坟村。蒙锐来三坟村前已经同温南生和夸老说明了情况，并让两人安稳待在义庄中，不要轻易外出。临行时温南生欲言又止，回忆温南生跃跃欲试的神情，莫不是他想取出天魔罗峡谷地图的下半部分，而后再探死亡峡谷……蒙锐心中也有期待，但此时此刻他无法再想许多。

金府的府宅前后簇拥十几间大院小亭，红宅绿瓦间清泉幽径，甚是古朴雅致。蒙锐从后院越墙潜入，沿幽阁踏长廊一路往里探查，倏然发现对面走来一身材高大的红袍男人，不是金闯又是哪个？蒙锐将身形隐藏在亭榭间，待金闯走过，蒙锐尾随而去。

金闯来到金耀光书房，左右环顾无人后开了机关，进入密室。

金耀光面色枯黄。金闯道："爹，你面色不好，是不是旧疾复发了？"

金耀光有着肺咳的沉疴旧疾，他摇头说："不碍事，就有些气闷。你可有收获？"

金闯抿了抿嘴道："有。我在斗鼓县撒了网，重金悬赏提供温南生线索的人。今个未时有几个衣衫褴褛的乞丐来领赏，说他们打过一个人，样貌很像温南生。"

"乞丐。"金耀光目光沉沉，金闯点头说："是乞丐。那几个乞丐说打了人后，把他扔在了斗鼓西郊的乱石岗，后来像被义庄里的人救走了。这几个乞丐面黄肌瘦，也不知说的是真是假，不过我已经让阿豹和伙计去了乱石岗那边，如果是温南生，肯定跑不了。"

金耀光眼神阴森冷至："如果他不肯说实话。记住，一定要做得干净。"金闯应了。

"嗯，你回来还有别的事？"金耀光看出儿子还有话说，便开口问。

"对。窦夫人缺失的灵药已经送了，但这两天又先后收到了两封购药的密信，爹，我们该怎么办……继续收口，还是做了这两笔买卖？"金闯寻求金耀光的意见，金耀光微微迟疑道："再等一等。"

"窦夫人的灵药被抢我总觉得有些不安，还有那个突然杀入春风堂里的什么捕快……"金耀光咳嗽了两声，金闯接口说，"我问了县衙的陈尚，这个捕快像是很厉害。而且爹，你知道他是谁么？"

"谁？"金耀光抬头道。

"就是前两日我跟你提过的掰断了寸头手腕的——蒙锐。"金闯道出。

而此时此刻，金府假山后的蒙锐正死死盯着那扇紧紧关闭的书房门。

再一刻钟后金闯从书房里退了出来，反身将书房门关闭得严严实实，而后离开了院子。蒙锐犹豫片刻，还是跟着金闯出了院子。金闯回到了自己的卧房，蒙锐等候卧房里的灯盏熄灭了，悄然现出身形。

卧房里传出了细微而有节奏的呼吸声，蒙锐放心地绕着卧房和廊子转了一圈，在卧房后廊内侧蒙锐找到了一小块灰白色的印记，黏糊糊的像是呕吐物。蒙锐一怔，很快他走出廊子，在偌大的金府府邸似幽灵般游荡起来。

斗鼓西郊义庄，亥时刚至，温南生睁大了眼睛却无法入睡，自从蒙锐走后他总觉得有双眼睛在暗中窥探着自己。他将这感觉告诉了夸老，夸老安慰他说这里除了死人不会有别的人，让他放心。

温南生睡在义庄正堂左边侧室里，隔壁是夸老。耳边风声不断，隐约有着一抹异样的声响融进里面，如女子在呜呜哭泣，又如婴儿间断的悲啼……温南生抱着头，在义庄睡的几晚尤以今晚他觉得最可怖。他想去叫醒夸老，但刚起身又放弃了，以什么原因去叫醒夸老呢，难道就因为这悲鸣之风？

温南生低叹一声，倏然他瞅见侧室外的石板上倒映出一个人的轮廓，并渐渐靠近过来。

夸老？不，人影行动自如，不是跛子。也不是蒙锐，蒙锐不会这般鬼祟。如果不是夸老也不是蒙锐，那会是谁？温南生倏尔想到了裂身而死的马贺，身子猛地一个冷战，他慢慢躲进侧室中黑暗的角落里，目不转睛望着门口。

人的轮廓渐渐清晰，是一个瘦长人影，他马上就来到了温南生的侧室里，温南生大气也不敢喘。突然隔壁传来了夸老的喝问：“谁在外面！”

人影一晃而散，夸老握着一块削尖的木板走出自己的侧室，正堂里只有风吹进棺材缝隙中发出的呼啦声，没有别的动静，更没有人。夸老顿了顿，走进了旁边温南生的房间。

“温南生？”夸老在黑暗里呼唤。而侧室里，温南生不见了。

蒙锐回到斗鼓县城时已是十一月二十七日卯时，卯时一刻打开城门后，蒙锐第一个钻了进来。蒙锐有些放心不下日渐病沉的牛枝英，于是先转来傅家，牛枝英一人在家。蒙锐望着她晦涩的气色，问道：“你相公呢？”

牛枝英惨惨一笑：“还不是我这不该来的心疼病，年余一早就去药铺抓药了。”

“你多保重，傅丹回来不会想见到一位病怏怏的娘。”蒙锐真诚地说，牛枝英苦苦一笑，点点头。

天色蒙亮，蒙锐离开傅家准备赶回义庄。长街上尚未有多少人，一条巷中突然传来不迭的狗吠声，狗吠声渐渐多了起来，此起彼伏。蒙锐一怔，进入到了这条深巷里。

深巷里左转右转来到了一片废弃的旧屋前，旧屋不远是斗鼓城墙。蒙锐站在旧屋前，他嗅到了一股淡淡的血腥味，狗吠声从旧屋后院里传出，蒙锐几个箭步奔了过去。

后院里，一个男人背对蒙锐跪在地上，面前有一个圆形的土坑，几只灰毛老狗绕着男人来回转悠，鲜红色的血水从跪地男人的身下流淌出来。这男人背影竟有些熟悉，蒙锐走到近前脱口而道："温南生？！"

这惨死深巷城墙下的不是别人，正是蒙锐义庄内相遇相识的温南生。

温南生怒睁双眼，胸口有个洞，鲜血几乎从洞里流干了。温南生怎会来到这里？他是怎么死的？蒙锐百般疑窦，目光终落在温南生面前的土坑，温南生双手沾满泥土，他是想挖出坑里埋藏的东西。

会是什么东西？蒙锐渐渐明了，是天魔罗峡谷的下半部地图。凶手杀了温南生，而后夺走了地图，蒙锐默默合起温南生怒睁的双目。

辰时过，县衙里来了人将温南生的尸体运回了县衙，深巷旧屋里并没有什么有用的线索。蒙锐最后一个走出了深巷，巷外聚集了周围焦虑的百姓，斗鼓接连命案让这些无辜的民众多了几分忧心。蒙锐一眼发现了人群里的傅年余。

傅年余问："凶杀案是否跟丹丹失踪的事有关？"

蒙锐沉默片刻说："不仅仅是丹丹，还同别的事相牵连。"傅年余身体晃了晃，告辞了蒙锐往家里方向走。

蒙锐望着傅年余离开，喊说："若有急事，可去西郊义庄找我。"

蒙锐赶回西郊义庄，蒙锐将温南生被杀一事告诉了夸老。夸老布满皱纹的眼皮微微闭合，再睁开时目光已变得浑浊，他道："昨夜有人偷偷潜入义庄，然后温南生就不见了。温南生来了几日，现在走了，又剩我孤老头子一人了。"

蒙锐低头长吁一口气，夸老话声低沉道："温南生的死同三坟村那边甚是相关，他们不想让地图暴露所以杀人灭口。"

蒙锐缓缓点头："我也是这么想的。只是温南生一死，地图下半部也不见了，再想搜集铁证拿住金氏父子，很困难。”

夸老从椅子上起身，道：“蒙捕头，你手中不是还有天魔罗秘谷的上半张地图么？”

“只有半张。”蒙锐有些失望地说。夸老转脸看着义庄外，缓缓道：“我想起了很早以前的一个故事。有一个人叫张牛倌，虽然名字叫牛倌，但他家里很有钱，从小他出门必坐轿或乘马车，一直到他长大成人。有一天张牛倌乘车经过一座孤山，山上突然冲下了几匹狼，马车恰恰又陷入了泥坑中，马夫和随从们仓皇逃命，这张牛倌在车上大呼救命。逃跑的人们不可能再去救他，狼也不可能不吃他。蒙捕头，你猜猜这故事的结局如何？”

蒙锐望着夸老侧脸，淡淡一笑道：“我相信狼吃不掉他。”

“是，很容易猜到的结局。张牛倌自己从马车上蹦了下来，他自己跑了，甚至跑过了早就逃窜的随从们，张牛倌第一次明白原来自己可以跑得这么快。而究其原因，是因为他舍弃了最信赖的马车，而选择了自己。”夸老转过身，平静地望着蒙锐，“如你所说。我相信，你也不会被狼吃掉。”

夸老将一样东西递给蒙锐，是一枚黑色的木制哨子。蒙锐若有所思地问：“夸老，这是……”

“收着吧，你用得着。”夸老缓缓踱进侧室，正堂里只留下了发愣的蒙锐，还有手中的木哨。

第八章

针锋相对

二十八日酉时，山中夜色包围了三坟村这座古村，远处山坡上孤零零地露出三座坟头。昨日的连绵冬雨让空气中多了几分清透，金耀光也忍不住在院中流连，倏然，他的目光牢牢定住了。在东边山坡的背后升起了一缕白烟，那个方向是……天魔罗峡谷。

金耀光马上叫来了阿豹和家丁，一众人匆匆出了金府直奔天魔罗峡谷。金耀光停在峡谷入口，他大约记得白烟就在峡谷入口，但环顾四周并没有异常。护院阿豹瞧着阴森森的峡谷内，倒吸一口凉气说：“老爷，咱们来这里干吗？”

“来这里……算了，回去吧。”金耀光微微摇头。莫不是自己这几日沉疴复发，产生了幻觉？再扫了一遍峡谷入口，金耀光又领着阿豹等人回到了金府。

金闯去了斗鼓办事，身边没有一个可以吐露心迹之人，金耀光将自己关在书房里，他需要冷静冷静。天魔罗峡谷的白烟真是自己产生的幻觉就好了，如果不是，那也就意味着有人在接近天魔罗的隐秘。这个隐秘自己隐藏了十五年，莫不是要被人识破了？

金耀光追忆十五年前，他还是一个穷乡僻壤的村长，突然在某一日出现了一个身穿黑氅的古怪男人，将一个聚敛横财的法子告诉了金耀光，然后让金耀光发了毒誓，无论如何要保守天魔罗峡谷里的隐秘，若有一天这个隐秘被人识破了，那他将取走金耀光得来的财富，还有金耀光的性命。

金耀光猛地睁开眼睛，回忆如同噩梦，他不敢再想下去。十五年里黑氅男人就如同一个梦魇，虽然金耀光如愿得到了权势和金钱，但是这梦魇却似紧箍，将金耀光越勒越紧。

今天是二十八日，按照神秘人的约定，今晚将是送饵入峡谷的日子。金耀光站起身在书房里来回踱步，不时望向门口，不知道金闯何时才能回来。

亥时至，金闯尚未归来。金耀光等待不下去了，他吩咐阿豹密切监视好村内动静，而他穿上了一身黑氅，从金府后门走了出来，在他的肩膀上有一个长布袋。

金耀光出现在天魔罗峡谷入口，他的身上涂了自制的香药可抵制天魔罗的恶臭。金耀光在天魔罗花丛前突然停住了脚步，长布袋里像有一只爪子勾住了自己的肩头黑衣。金耀光将长布袋打开，长布袋里赫然躺着一只昏睡过去的灰毛猴子。

金耀光将布袋扔在地上，冷冷瞅着四周，阴冷峡谷内隐有脚步声。金耀光冷喝道："出来！"

"如你所愿。"一个身穿灰白苎衣的男子缓缓现出身形，后面又出来两人，一男一女。苎衣男子自然是蒙锐，一男一女正是傅年余夫妇。原来蒙锐被夸老点拨后恍然大悟，地图是死的，人是活的，只要擒住了金耀光短处，不用地图他也会引领蒙锐等前往天魔罗峡谷，而这个短处便是长布袋里的女童。

于是蒙锐先放火将金耀光引出，而后潜入金府用睡猴换走了女童，但可惜女童并非傅丹。而就在蒙锐出发来三坟村之前，傅年余夫妇也赶至西郊义庄，死活要跟着蒙锐一起来三坟村缉拿掳童祸首，蒙锐见牛枝英伤心欲绝的模样，也不忍拒绝。于是傅年余和牛枝英也来到了三坟村，帮助蒙锐实施了计划。至于蒙锐如何知晓女童在金府里的囚身之所，却是后话再讲。

金耀光盯着不远处半边长发遮住脸的男人："你究竟是谁？"

"蒙锐。"蒙锐说得清楚。金耀光记起了儿子口中提过的蒙锐，他老奸巨猾地笑了笑："蒙捕头好手段啊，偷梁换柱。"

"哼，只是不想再有无辜的女童被你残害。"蒙锐冷语相对，牛枝英激动得就要扑上来，被傅年余拦住，牛枝英撕心裂肺地呼喊："还我女儿，你这个人渣，你把我女儿藏到哪里了？还我女儿！"

金耀光并不理会牛枝英，瞥了一眼地上的睡猴说："峡谷入口放火的人也是你，调虎离山然后换掉了布袋里的东西。"

蒙锐目光如刀，没有否认。金耀光点了点头："蒙捕头好像计划好了借我送女童入峡谷的时候跟踪我。可对？"

"是。不过可惜早早被你识破了计划。"蒙锐盯着金耀光，"这样也好，不用偷偷摸摸了。我可以光明正大地请金老爷带我们进入天魔罗峡谷。"

金耀光鹰隼般的目光凝视着蒙锐："你已经知道峡谷里有天魔罗？"

"是。这个秘密已经不再只是你金氏的秘密了。"蒙锐走近金耀光，峡谷内冷风凛冽，吹起了蒙锐半遮的长发，发下狰狞的青色胎记露出，金耀光嘴唇轻轻抽搐，向天魔罗花丛退去。

"你想怎样？"金耀光退无可退了。

蒙锐继续逼近金耀光："我想怎样已经说清楚了，带我们进入峡谷救人。"

"如果我不答应你呢？"金耀光说话突然变得冷硬起来，瞧着蒙锐身后。

蒙锐一怔，回过头去。从峡谷入口缓缓走来两人，当先一人身穿红袍，手里擎着钢刀，钢刀架在后面人的脖子上。后面这人容貌苍老而憔悴，走路一深一浅，是个跛子。

蒙锐出声道："夸老？"

夸老闭眼无语，而持刀的红袍男子正是金闯。原来金闯去义庄劫来了夸老，等金闯赶回三坟村听闻金耀光只身去了禁地峡谷，他担心金耀光出事，于是立即押着夸老也来到了天魔罗峡谷，刚巧碰到蒙锐步步紧逼金耀光一幕。

蒙锐没动，金耀光绕过蒙锐来到自己儿子这边："蒙捕头身为官家，自然不会眼睁睁看着无辜之人受到伤害，对不对？"

"可惜你们父子却非无辜之人，而是罪魁祸首。"蒙锐冷冷回说。金耀光目光一凝："无辜与否已经不重要了。我现在只是好奇，蒙捕头既然布下了调虎离山、偷梁换柱之计，说明你早就知道我今夜会送女童进入天魔罗峡谷。我想问清楚，你是如何知道的？"

蒙锐缄默其口，但看到金闯的钢刀渐渐割入夸老皮肉里，不由得心中暗叹一声，开口说："因为温南生。"

金耀光和金闯脸色一变，金闯道："但温南生已经死了。"

蒙锐刀一样的眼神落在金闯脸上，缓缓道："温南生为了找回失踪的女儿，花了三年时间潜伏在三坟村里，而后通过跟踪你们父子绘制出了一幅天魔罗峡谷的秘密地图。温南生本以为靠这幅地图进入天魔罗峡谷可以找到女儿，没想到还未实现愿望就被马贺毁了。不过除了地图外，温南生还将一些至关重要的线索亲口告诉了我。"

"什么线索？"金闯追问。

"就是将女童送入天魔罗峡谷的间隔时间。温南生发现每隔五个月你们父子会先后送两个黑长布袋进入天魔罗峡谷，长布袋里就是被掳劫或买来的女童。两个女童并非一次送完，而是分两次相差四日。"蒙锐缓缓再道，"于是根据温南生提供的具体年月时日，我推断出今晚也是你们送女童进峡谷的时间。"

金耀光咳嗽一声："没想到竟这么大意，被人监视了三年都不知情。但女童呢？女童一直囚禁在金府水牢里，入口十分隐秘，绝非轻而易举就可以发现。你是怎么找到的？"金耀光继续问。

"这个得归功于贵公子。"蒙锐冷笑。金闯吃了一惊："我？"

"不错。"蒙锐道，"还记得你于斗鼓城掳走傅丹的情景么？"

金闯一顿，点了点头。

"傅家后院有一棵百年古槐，你劫走傅丹后曾在树杈上停留，而证据就在那时留下了。"蒙锐道。金闯听得莫名其妙："你什么意思，说明白！"

"那棵百年古槐生疽，疽瘤溃烂，当时你匆忙逃走踩到了疽瘤，于是脚底上沾了古槐疽液。疽液虽透明无色，但时间一长疽液就会由透明变成灰白色，而其黏稠的特性将你的脚印一览无遗地留了下来。"蒙锐一顿，继而说，"我在傅家古槐上发现了被踩烂的疽瘤，傅年余不会攀树，这踩烂疽瘤的人必是劫走傅丹的黑氅男人，我暗中留意了黑氅男人留在槐树上的脚印。"

"竟是如此……"金耀光沉吟，"你还未说你如何发现的金府水牢。"

"义庄相遇温南生，我将嫌疑的目标锁定在了三坟村的金府，再于春风堂中识破窦夫人购买的秘药乃是取材自天魔罗，更坚定了我对你们的怀疑。于是我怀着一个大胆的念头，只身潜入了金府。"蒙锐说到此，金耀光打断他问："什么大胆的念头？”

“古槐疽液有强烈的黏性，一旦留下脚印就很难清除。如果黑氅男人来自金府，那在府邸中必然会留下无法清除的脚印，我便怀着寻找贼踪的大胆念头只身潜入金府。”蒙锐望着金闯道，“果不其然，我跟踪到你卧房外面，并在廊子里找到了半边灰白色脚印，同傅家古槐树杈上的脚印相符。”

“从斗鼓县到三坟村有二十里，为了省时和隐藏行踪，你必定会乘坐马车回到三坟村。而乘车回到金府后，你第一时间要做的事必定是将傅丹藏到隐蔽的密室或监房。于是我先找到了金府马厩，在一辆马车上同样发现了灰白色的脚印，接着我以马厩为始点向周围寻踪，渐渐寻到了一个又一个遗落的脚印。”蒙锐黑冷的眸子盯视金闯，“沿着脚印我最终来到偏僻庭院的一个小水池旁，原来你们将开启水牢的机关藏在了水池内，果然煞费苦心。”

“佩服，佩服！”金耀光拍了拍巴掌，“不愧是当世神捕，蒙捕头让我大开眼界啊。”

“你没有立即救走女童，是不想打草惊蛇？”金耀光问道，蒙锐不置可否，算作默认。

“窃走窦夫人灵药的也是你。”金闯质问，蒙锐不以为然，金闯冷笑，“还算捕快呢，不也干偷鸡摸狗、拦路劫道的勾当，嘿嘿！”

“若非捕快，我早刀起刀落斩杀了你们这些混账。”蒙锐语气冰寒。

蒙锐只身面对金氏父子，傅年余和牛枝英站在蒙锐身后，一时间几人陷入了死一般针锋相对的静默中。金耀光目光闪烁，金闯则死死抓着钢刀不放，而始终未说一句话的夸老突然开口了。

“好美的花……”夸老浑浊的目光似痴迷了，大家纷纷回头，这才注意到就在众人身后的天魔罗古花，渐渐露出了妖艳的花容。

随即，一阵异样的大地抖动从每一个人脚下传来，一群群黑潮自峡谷外冲向天魔罗花丛。

第九章 恐怖虫潮

戌时三刻，天魔罗峡谷，暗影齐袭，花靥妖娆。

金耀光和金闯父子有些慌乱，虽然以前他们也经历过虫潮卷入花丛，但没有一次比此时更让人震撼，天上地下不留余地地铺满了黑色的食腐甲虫，金闯畏惧地拉着夸老往天魔罗花丛退去。

“爹，这虫子这么多，要不咱先走吧。”金耀光望着虫潮和不远处的蒙锐等人，心中也打退堂鼓，只是今晚不送女童入峡谷，那同神秘人的约定就会被打破，神秘人的可怕同样令金耀光忌惮，他陷入到进退维谷的境地。

蒙锐挡在傅家夫妇身前，这般大规模的虫潮也令蒙锐大开眼界，黑压压的虫潮发出刺耳的鸣叫，似一只钻出幽冥的黑色巨手扑向蒙锐这些人。蒙锐心中一动，摸到了怀里。

“要小心了，这些食腐虫里有了大家伙。”夸老提醒道，金耀光也发现在黑色虫潮里混杂了一些婴儿头颅大小的黄色尖角大甲虫，金耀光听出夸老话中有话，于是紧接着问：“这虫子有危险？”

“并不是所有食腐甲虫都只喜腐肉，也有喜欢活物的。”夸老意味深长地道，金耀光露出了惊慌神色，金闯更是喊说：“那黄色虫子过来了。”

黄色大虫于黑色虫潮里蜂拥而至，再闪电般从虫潮里分离出来，似一只只黄色飞鼠扑向峡谷内众人。金闯挥刀斩落一只黄虫，另外几只黄虫早又飞扑而来，另一边金耀光只能狼狈躲窜。黑潮如凭空泛起的巨浪擦着众人膝盖而过，金耀光在黑色潮水里左躲右闪时失了平衡，“砰”的一声坐在了地上。

黄色甲虫群似看到入嘴的美食，全部转向了金耀光。

此时金闯已经顾不得夸老了，他推开夸老，一步冲到金耀光身旁，将钢刀舞成一圈阻止黄虫钻进圈内。但黄虫实在太多，透过刀圈的黄虫狠狠咬在了金耀光的腿、背和胳膊上，虫咬后留下了寸余长的伤口，鲜血汩汩冒出，引得更多嗜血甲虫扑来。

金闯持刀的手快没了力气，金耀光也渐渐被黄色甲虫吞噬，电光火石间金耀光瞅见蒙锐几人面前竟然有一块安全的空地，不仅没有黄色甲虫攻击他们，甚至连巨大恐怖的虫潮都绕开了几人。金耀光脑中百转，在黄虫就要淹没他的刹那大叫出来：“救我，我带你们进天魔罗……峡谷！”

耳边巨声轰鸣，如千军万马奔驰而过，身上巨痛无比，各处伤口不停冒血，金耀光恍惚感觉自己已经迈入了地狱。但倏然身上围拢的黄色甲虫齐齐散开了，虫幕后露出了一个人冰冷的面容，是蒙锐！金耀光没死，蒙锐吹着一个奇怪的木哨子走来，所到之处甲虫纷纷避让，金闯拉起了金耀光，金闯此时也被黄虫咬得满身伤痕，而方才所挟持的夸老已经安然无恙地同傅年余夫妇站在一起。

蒙锐望了夸老一眼，黑哨子是在义庄夸老交给蒙锐的，之后夸老告诉蒙锐这哨子针对食腐甲虫有奇用。蒙锐发现哨子根本发不出声音，夸老解释说哨子发出的声音人类耳朵听不到，但那些不依靠耳朵听物的甲虫却听得到，甲虫会极其排斥哨声并远远避开吹哨子的人。夸老最后说这是他师父临终前交给他的宝贝，他师父曾做过夜灯人，就是俗语里的盗墓贼。老墓阴气重且伴随有许多尸虫，夸老师父就用这哨子避开尸虫。

黑色虫潮完全涌入了天魔罗花丛里，它们盘踞于天魔罗渐渐怒放的巨大花面下，或翻土或成群结队地绕着天魔罗花转圈，蒙锐等虫潮离开后收起了黑色木哨。金耀光满脸血水，无力地瘫坐在地上，金闯也蹲在旁边，蒙锐看着两人：“带我们进天魔罗峡谷。”

金耀光疲惫地应着：“好。”

金耀光和金闯慢腾腾站起身带领蒙锐、夸老和傅年余夫妇进入到了天魔罗花丛中，蒙锐已经从金耀光怀中摸出了特制香粉涂抹在每个人的衣服上还有鼻侧，降低天魔罗花强烈尸臭味的侵袭。虽涂抹了香粉，但蒙锐和傅年余夫妇还是被天魔罗散发的阵阵臭味熏得头昏眼花，蒙锐强作精神防止金耀光父子使诈，夸老走在所有人最后面，尸臭味对他影响并不大。

在天魔罗花丛中转悠了半个时辰，金耀光有几次带蒙锐几人进入了岔路，蒙锐暗中对照温南生遗留的上半部地图重新纠正了路线，并警告金耀光若再使诈走错路就不会客气了。金耀光无奈之下也不敢再有偏差，带着蒙锐渐渐进入到峡谷腹地。

这里的天魔罗花比前面的更加巨大，渐开的花靥如同巨大的伞面罩在众人头顶，花靥诡异如同人脸，蒙锐心中错乱，想起了老宅刻画的花脸也是一般无二，莫非挽香真的进入过天魔罗峡谷内？记忆中挽香天真活泼的脸颊渐渐同花靥相融合，蒙锐一阵揪心。夸老拍了拍蒙锐的后背，蒙锐猛地醒过神来，发现金耀光停在一面石壁前，石壁有一个洞口，只容一人进出。

“被掳走的女童在哪里？”蒙锐想起挽香，语气中多了几分冷寒。牛枝英身形摇摇欲坠，带着哭音问：“丹丹在哪里，你们说啊！”

金氏父子对望了一眼，金耀光道：“每次女童都会被送到这石洞内，然后我们就离开了。至于女童去了哪里，我们也不知道。”

“胡说！你们怎么可能不知道……丹丹，还我的丹丹来！”牛枝英喊了一阵，险些晕厥过去，傅年余忙扶住她。

“春风堂秘药你们摘取的是天魔罗的哪一部分？”蒙锐倏然问道。金耀光略有迟疑，但瞅见蒙锐阴冷的目光，只得回答说：“灵药摘取的是百年生天魔罗的茎汁。”

“我始终想不明白，既然灵药只需要天魔罗的茎汁，你们为何还要掳劫女童？”蒙锐问出口，这个问题也是困扰了夸老、傅年余夫妇心头多时的疑问。

金耀光在石壁前面无表情，金闯努了努嘴，也没说话。

蒙锐忽然笑了，他一步跨前按住了金闯肩头被黄色甲虫咬破的伤口，金闯疼得呲牙咧嘴，金耀光脸上起了变化，蒙锐手下力道慢慢加大，金耀光隐隐听到了骨骼碎裂的声音，叹一声道：“我说，我告诉你。”

蒙锐松开了金闯，望着金耀光道：“说吧。”

“其实掳劫女童，我们也是逼不得已。”金耀光又是沉重地叹息，蒙锐问：“为什么？”

“因为十五年前的一个魔鬼约定。”金耀光眼神里透露出深切的无奈和恐惧。

金耀光慢慢道出了他藏了十五年的心中隐秘。十五年前，一个神秘的黑氅男人找到了金耀光，告诉了金耀光一个聚敛横财的办法，便是采取百年天魔罗的茎汁炼制对女子生育和保持身形有奇效的灵药。黑氅男子将灵药配方告知金耀光的同时，也让金耀光许下了一个约定，约定就是金耀光必须每隔五个月往黑氅男子指定的地点运送两名女童。

金耀光一吐多年的秘密，心中倏地畅快，继续说：“劫女童不久我就想放弃，但那之后家里人接二连三染上了说不出名头的怪病，一个个变得奄奄一息，我才知道了黑氅男人手段的毒辣，只能继续暗中掳劫女童往峡谷内运送。”

“十五年了，算算足足有六七十名女童。”金耀光感慨道。蒙锐皱起眉头：“黑氅男人要女童做什么，这些女童你有没有再见过？”

“他索要女童做什么我不知道，我也不敢过问。而送入峡谷里的女童就再也没有出来过，她们去了哪里，是死是活我真的不清楚。”金耀光摇摇头说。

蒙锐沉默片刻，所有人也都沉默下来，只剩下不远处食腐甲虫窸窣的咀嚼声。

“知道黑氅男人的名字么？”蒙锐想了一下，问。

“他让我们管他叫花爷，名字不知道。”金耀光回道。

“花爷指定的地点在这洞里？”蒙锐问。

金耀光目光飘忽，望着蒙锐身后：“不错，就在里面。”

石壁洞口冰冷狭窄，只容一人进出，蒙锐将脑袋探了进去，身后一道锋利的匕首突然刺向蒙锐后心……

第十章 洞中机关

幽秘洞内蒙锐迅速撤出身形，但匕首已经刺入后心，蒙锐背靠山壁望着匆忙松开匕首的男人，惊诧道："你，傅年余？！"

牛枝英似也不明白相公为何突然偷袭蒙锐，望着傅年余："年余，你在做什么？"

"我，我不知道。"傅年余抱着脑袋，猛烈摇头。

"哼！已经听完了故事的前因后果，送你们去死也不冤了。"金耀光咳嗽两声，冷冷道。金闯目露杀机，蒙锐死期不久矣！剩下的儿人都不是自己的对手，金闯脸上挂上了一抹凶狠的冷笑。

"不，不是！金老爷，你说过放了我和枝英的，你答应过了……所以我才帮你。"傅年余神情慌张，金耀光冷漠一笑："抱歉，我反悔了。对于你这种人我不放心。"

金闯挥拳扑向牛枝英和傅年余，傅年余大喝一声："不要伤害枝英！"傅年余挡在了牛枝英身前。金闯拳风呼啸，这一拳他有把握击碎傅年余的胸膛，金耀光微闭上了眼，但过了许久他都没有听到傅年余痛苦的惨叫声。

金耀光缓缓睁眼，却看到金闯趴在地上，傅年余旁边站着一个人，灰白苎衣，狰狞青面，不是蒙锐又是哪个！

蒙锐身形自如，完全没有被刺中致命死穴的样子。金闯一只手已经废掉了，他不相信地惊诧道："不可能！我明明看到匕首刺中了你的后心，你怎么可能没事？"

匕首还插在蒙锐后背，蒙锐冷笑着将灰白苎衣展开，但见一层银白色齑粉从苎衣内滑落，半截匕首当啷落地。金耀光心灰意冷道："你莫非早就知晓傅年余会对你下手？"

"是。"蒙锐平静地说，"我始终暗中注意傅年余的一举一动，等他亮出匕首时我立即将全部内劲集中在后心位置，震碎了刺来的利刃。"

"我不懂，你是怎么知道的？"金耀光问说。

"我是从春风堂中找到了蛛丝马迹。马贺只身一人住在春风堂里，我监视春风堂时想试试运气于是一探马贺的住处，果有所获。在马贺房间隐秘的墙角缝隙里我找到了两张蜡纸，其中一张是春风堂贩卖秘药的主顾名单，而另外一张上刻写着十几个人名，人名后面是银两数额，我意外地看到了傅年余的名字。"蒙锐转望傅年余，"傅年余的名后，写着纹银五百两。"

蒙锐摇头叹息："傅丹并非被人劫走，而是被你卖掉了。傅年余，是吗？"蒙锐话落，傅年余如遭雷击，晃着脑袋喃喃低语。马贺的第二份名单便是他在春风堂买卖女童的卖主名单，金氏父子非但恶毒地劫抢女童，连买卖女童的黑心生意也做。

牛枝英睁大了眼睛像是完全不认识自己的相公，他拉开傅年余抱头的手，死死盯着他："是真的么？"

傅年余眼中流出泪水，声音哽咽道："我不想再过穷日子了，不想让你跟着我受苦，生病了都没钱看……所以马贺找到我时，我……我就答应了。但马贺说要帮丹丹找一户好人家寄养，他是这样说的，我不知道他原来买走丹丹另有企图。你相信我，枝英，我不是有意要骗你，我不是有意要卖掉丹丹的……我错了。"傅年余跪在牛枝英面前，牛枝英一巴掌掴在傅年余脸上，立即留下了五道血红指印。牛枝英哭道："别叫我名字，我不认识你。你这个浑蛋，畜生！"

"你杀蒙锐也是金耀光指使的你？"夸老也问道。傅年余怨恨地抬眼瞪着金耀光，重重点头说："丹丹被带走后我很后悔，接着马贺惨死更让我惴惴不安。

我想去要回孩子，但马贺已死，我只能去春风堂找孙掌柜，我想马贺做的事他也一定知道。我去了春风堂后，很快见到了金闯。”

那边，金闯冷眼瞧着傅年余。

“金闯蛮横无理，他问我有什么证据说孩子卖给了春风堂。于是我无奈下道出了蒙锐正在调查掳劫女童的案子，并将怀疑目标定在了三坟村金府。金闯将我轰了出去，我惶惶终日不知该怎么办，没想到几天后金闯又找到了我，胁迫我将蒙锐的一举一动及掌握的证据线索都告诉他，如果不按照他说的办，他就杀了丹丹，还要告诉枝英是我卖掉了孩子。我没办法，只能表面上应允他，但我什么也没有说。”傅年余将心中隐瞒讲了出来，“方才转进岔口时，金闯突然将一把匕首塞给我，暗示让我杀了蒙锐。我也不知中了什么邪，竟然真的下手……我不是人，枝英你骂得对，我是个浑蛋，是个畜生。”傅年余再无话可说地低下头。

牛枝英只觉眼前一片黑暗，为什么最信赖的相公会办出这种卑劣无耻之事，竟然卖了他们的女儿，牛枝英扶着山壁无法从震惊中恢复过来。

金耀光苦叹一声：“看到名单后你就对傅年余有所怀疑了，于是时时刻刻注意着他的举动。”

“不仅是名单，在我监视春风堂时亲眼看到傅年余同金闯窃窃私语地从后门出来，如此我才对傅年余真正有了疑心。”蒙锐坦言。金耀光点头道：“天意难违啊！多年做的丧尽天良之事终是有了报应。”

“金闯去义庄劫来夸老，可是害怕温南生同夸老有所交代？”蒙锐突然问。金耀光也坦言道：“是。金闯得知义庄老人救了温南生，我担心温南生会对救命恩人吐露秘密，故派金闯将其绑来。”金耀光道完。蒙锐沉一口气再问：“温南生、马贺可是为你们所害？”

金氏父子对望一眼，金耀光长叹一声说：“他们两人……”

金耀光话未出口，众人头顶突然传来一阵轰鸣巨声。蒙锐猛地抬头，只见几十块百斤圆石从石壁顶端滚了下来。蒙锐大喝一声：“快跑！”

但圆石已经迅猛地砸落下来，金耀光被一块三人腰粗的圆石砸中，口喷鲜血，脑浆迸裂，瞬间毙命。那边金闯惨呼一声想要逃跑，却被傅年余死死抱住，傅年余脑袋贴在地上喊：“我死也要拉你一起死！”

牛枝英像失了魂魄般不知闪避，蒙锐将她拉到旁边堪堪避开了圆石，再回头却发现圆石集中落在了石壁洞口，眼看洞口就要被完全封死了。蒙锐再顾不了其他，跃起冲进了山洞内。山洞里一片漆黑，蒙锐听到金耀光一声撕心裂肺的痛叫，接着是更多圆石砸下来的黑影。蒙锐在黑暗里摸索，倏然脚下一空，直直坠了下去。

最后望向洞外的一瞥里，红色血水飞溅。

蒙锐从昏迷中醒转过来，他坠下来时额头磕到了尖锐石块所以昏迷了，蒙锐静候片刻，渐渐可在黑暗中大致辨物。洞内高度不足四尺，且不知哪里又有突出的尖石，蒙锐只能贴地向前爬行。狭隘的空间、黑暗寂静的四周让蒙锐有了一种莫名其妙的错感，如同置身于一口幽暗冰冷且永无尽头的巨棺中，蒙锐被自己匪夷所思的念头吓了一跳。

如虫蠕行了不知多久，蒙锐双手双腿渐渐都丧失了感觉，终于爬到了一块光滑的空地，又发现了一个大木篮。蒙锐一怔，随即他爬入木篮里，木篮晃荡了两下，竟开始慢悠悠朝上移去。

蒙锐这才肯定木篮是一个精心设计好的代步机关，木篮在冷至的洞里颤巍巍摇晃，蒙锐只能看到四周大片浓墨般的黑暗。黑暗延续，木篮自己改了轨迹，开始由向上移动变成了向下坠去，又过了盏茶工夫，木篮又向上，接着是……最后蒙锐完全迷失了方向和时间，只能任由木篮拉着自己驶向未知的终点。

“砰！”木篮撞到了黑暗里的石壁上，停了下来，一片朦胧的彩色光亮倏然洒在蒙锐脸上。

蒙锐爬出了木篮，走进了那片奇异的光中。

第十一章 魔罗之灵

再走出山洞时，东方天际已明亮。

石壁外的角落里横七竖八躺着几具骨骸，不知死去了多少年，空空的眼洞盯着蒙锐。蒙锐看到骷髅微感惊讶，很快他被一束彩色的光团完全吸引了。

蒙锐惊呆了——在距离他十丈外的空地上生长着一株异常庞大的天魔罗，高有两丈余，巨大如同云彩一样飘在半空里的花叶折射着瑰丽光芒，红如血、蓝如海、紫如晶、黄如玉，美艳似妖。不仅如此，这株非比寻常的天魔罗并没有散发恶臭的腐尸味，却有一股异样淡雅至极的清香萦绕它周围，蒙锐陶醉于那沁人心脾的香气里。

恍然一个天真烂漫的女孩从天魔罗巨大的花枝下冲出，朝着蒙锐挥手！蒙锐一怔，女孩……竟是自己的妹妹，挽香！蒙锐伸出手等待挽香，但忽然有一个黑氅男人从后面追赶过来，手里挥舞着一把长刀砍向挽香。

“不！”蒙锐怒喝一声，掣出背后弯刀“死神”扑向黑氅男人。黑氅男人同蒙锐在异香天魔罗花下大战，一经百回合后，蒙锐大汗淋漓，而黑氅男人似感觉不到疲累。

黑氅男人脸上挂着漆黑面纱，只露出一双眼睛。蒙锐望着他的眸子，在光亮眸子里看到自己如疯如狂地对空气乱砍乱劈着，怎么会这样？黑氅男人一刀划破了蒙挽香的衣衫，鲜血瞬间浸染出来，蒙锐的“死神”如同流星划破黑氅男人的腹部。黑氅男人反手一剑也刺伤了蒙锐腹部。

蒙锐被愤怒遮蔽了双眼，他怒吼一声再同黑氅男人大战，战到中段两人相较内力，结果纷纷被震飞，蒙锐跌在一块光滑的青石上，头磕出了鲜血。

光滑的青石倒映着自己模糊的脸，蒙锐凝望许久，终于按着青石缓缓爬起来。

然后蒙锐闭上了双眼，大踏步走向黑氅男人，黑氅男人竟也不攻击，任由蒙锐走到面前，蒙锐伸出手摸向黑氅男人，结果手只是穿过了空气，没有摸到任何东西。

蒙锐一点点睁眼：“原来只是不存在的幻影。”黑氅男人渐渐消失了身影。不远处，蒙挽香也消失了。

蒙锐摸着腹部伤口，原来根本是自己在同自己打斗，这便是所谓的自相残杀么？

诱人的天魔罗清香犹在，幻影应同这清香有关。蒙锐望了天魔罗许久，而后走到方才青石旁，突然开口道：“出来吧。”

洞中黝黑无声，庞大清香的天魔罗微微摆叶，再远是密不透风的天魔罗花丛，蒙锐说的是谁？蒙锐等了一会儿，不见人出来，冷笑道：“方才我跌落青石时，从石面照影里看到了你，也听到了你的脚步声。幻影是不会有声音的。”

蒙锐话落，天魔罗厚宽的花枝后慢慢走出一个同样身穿黑氅的男人，脸上同样挂着漆黑面纱。黑氅男人挪动得非常缓慢，蒙锐盯着他的面纱。黑氅男人沙哑道：“没想到你这么快就破了天魔罗之灵的幻影。”

“你就是金耀光口中的花爷？”蒙锐问道。黑氅男人颔首说：“是。”

“你说的天魔罗之灵，就是这株拥有异香的天魔罗？”蒙锐问。黑氅男人花爷回首望着巨大的天魔罗说：“不错。你可不要小看它，这株天魔罗乃是上古遗种，活了将近三千年，这峡谷里全部的天魔罗都是它的子孙后代，它就是这片天魔罗峡谷里的王，是天魔罗的灵魂。这也很可能是世上唯一的上古天魔罗了。”

“上古的遗种，怪不得不同于其他天魔罗，这般巨大，还有异香。”蒙锐仰望天魔罗高高在上的妖艳花靥，花爷笑着摇头：“上古天魔罗不仅植株巨大、散发异香让人产生幻影幻觉，而且还具有堪比奇迹的神效。”

“普通的天魔罗都具有配制秘药的功效了，这天魔罗之灵的神效可想而知。”蒙锐冷言，“你索取女童便是为了这株上古天魔罗？”

花爷盯着蒙锐双眼，点头说：“正是。一般天魔罗的寿命是一百岁到一百五十岁，每隔二十年开一次花，而上古天魔罗拥有无限的寿命，它的花龄则需要漫长的一甲子。当我发现这株上古天魔罗时，它已然十年前开过一次花，我需要等五十年才能盼到它再次花开。”花爷怪笑了两声，接着道：“我没有天魔罗的长寿，恐怕难以再等五十年。所以我只能想些超乎寻常的法子让上古天魔罗提前开花。”

花爷长吁一口气，蒙锐等着，果然花爷继续道：“天魔罗乃至阴之物，与天地间所有阴柔之面相融，居阴煞之地，吸阴辟之气，这些阴煞阴辟之存在如同阴食，可以令天魔罗花期正常到来，甚至提前。只要有足够多的阴食喂养上古天魔罗，它的花期可以越来越短，最多可缩短至二十五年，上古天魔罗已开花十年，也就是我只需要再等十五年。”

蒙锐脸色一片铁青，还是没有说话，他知道花爷的话没讲完。花爷接着道：“而最纯的阴食便是少女之血了，纯莹透彻。上古天魔罗吸收少女之血缓慢，所以我让金氏父子每隔五月送两名女童。蒙捕头，这就是我索取女童的缘由。”

“之后呢，那些女童呢？”蒙锐望着花爷，花爷笑了笑：“血都放空了，人自然不在了。”

“用几十条性命来喂养一株花，让花饱饮人血，哈哈，这是我听过最可笑可悲的故事了。花爷，你知道血被一点点放空的感觉么？知道生命渐渐远去，寒冷死神越走越近时的恐惧么？那几十个无辜的女孩一定都知道，你应该也试试。”蒙锐语气虽平静安稳，但左脸青色胎记充血凸出，如同狰狞活过来的青兽准备撕食而吞，这是蒙锐愤怒至极的表现。

花爷没有惊慌，瞧着蒙锐道：“匹夫之勇。蒙锐，你是一个好人，但非一个聪明人。”

“聪明人，哼哼！丧尽人性地牺牲无辜性命就是聪明人？道德沦丧地拆散人家庭的就是聪明人？舍弃了代步马车会逃跑了的张牛倌就是聪明人？不，若我是张牛倌，我会同狼搏斗至死！这就是我，一个笨人蒙锐。”蒙锐眼神灼灼射向花爷，“你觉得呢，花爷……或者是夸老？”

花爷面纱剧烈跳动，许久笑说：“还是被你识破了。”花爷摘掉了脸上面纱，正是斗鼓义庄内的夸老、夸鹿。夸鹿来回走动了几步，捶打了两下酸腿说：“老了，站这一会儿就觉得累了。我倒好奇，你是怎么识破的我？”

“这里。”蒙锐走到方才的青石旁。

青石表面光滑湿润乃是经年被雨水冲刷所致，青石上部边缘有一层灰白石质，深浅不一。蒙锐指着灰白石质道：“青石上层石质被雨水冲刷虽没完全掉落，但已相当柔软细密。在这石质表面我多次发现褶皱的痕迹，显然是曾经有人坐过这块巨大青石，所以身下的衣服褶皱才会印入石质中。而石质下方左右两侧深浅不一，乃是这坐在青石上的人双腿着力不同，左浅右深，右腿吃力。多次褶皱且纹路不同，说明这人来过多次，而左右深浅如此清晰，则说明这人始终是右腿吃力，从未改变过姿势，这人应是个左腿断了的跛子。”蒙锐道完冷冷瞥向夸鹿断了的左腿。

“哈哈，天下跛子何止千千万，为何就一定是我呢？”夸鹿笑道。蒙锐点头说：“这只是我发现的第一条线索，第二条线索则在这里。”蒙锐指向青石底部缝隙，缝隙旁有血，是方才蒙锐按青石起身时留下的。

夸鹿走了过来，青石缝隙里竟夹有一物，蒙锐取出，赫然是一枚黑色的木哨子。

夸鹿一脸无奈，蒙锐道：“这木哨子必然是来过之人所遗失的，木哨加之左腿断了的跛子，如何不是你！”

夸鹿仰天大笑几声：“哈哈哈哈！如金耀光所言，这就是天意吗？我每次喂食上古天魔罗阴食后，会坐在青石上面休息。木哨子也是我遗失的，当时我第一次来到这秘境，也跟你一样中了天魔罗异香的魔产生了幻觉，在我挣扎时撕烂了衣衫，这木哨子就在那时遗失。没成想今日这哨子却成了指正我身份的铁证，可笑，可叹啊。”

“石壁旁的骨骸是怎么回事？”蒙锐见夸鹿已经承认，于是问道。夸鹿瞥了一眼石壁处说：“因为峡谷天魔罗太过密集，即便是我也无法通过。所以我请来了一批能工巧匠进入峡谷帮我凿空了石壁，又制作了一系列洞中机关直通上古天魔罗。然后为了不让他们出去乱说，我就让他们永远留在了这里。”

“马贺、温南生也是为你所杀？”蒙锐继续说，夸鹿点头：“不错。马贺过于贪婪，这类小人早晚必坏我大事，所以我给他下了迷药，而后杀之。至于温南生，开始我是出于好心救了他，后来当他在义庄内吐露天魔罗峡谷和金氏父子的秘密后，我便知道不能留他了。”

“你没有马上杀温南生是为了得到后半张地图。”蒙锐替夸鹿说出口，夸鹿缓缓点了点头：“不错。我不想你们获得完整的地图，于是隐忍不发，等候温南生取图时再下杀手。”

“方才在峡谷内我询问金耀光是否杀害了温、马二人，突然峡谷坠落无数圆石，也是你的把戏。”蒙锐冷冷道，夸鹿笑说：“金氏父子亦有杀人灭口之意，只是我始终不放心他们的手段，故亲自结果了温、马二人，而金氏父子便成了最好的替罪羊，我自然不想让他们破了好局。所以我趁你们不注意时启动了机关，放圆石滚下。”

夸鹿坦白一切，见蒙锐眼中杀机频现，夸老悻悻说：“即便我坏事做尽，你也无法杀我。”

“我为何不能杀？”蒙锐倔强地瞧着夸鹿，身后“死神”弯刀颤晃。

夸鹿揶揄笑道：“因为你已自身难保。可知我为何送你木哨吗，仅是帮你度过虫潮？自然不会。木哨口沿边缘我已经涂抹了一种无色无味的秘制毒药，只需要我摇晃搭配的铃铛，毒药便会在你体内发作，让你功力尽失且刹那暴亡。试问你还怎么杀我？”夸鹿掏出了一个金铃铛。

蒙锐不为所动，一步跨向夸鹿，再一步跨向夸鹿，两人之间仅十步距离，蒙锐瞬间跨出八步。夸鹿脸色变换，哂笑言：“你以为我不敢杀你？呵，本想让你多苟延残喘一会儿，既如此……死去吧。”夸老晃动了铃铛。清脆铃声里，蒙锐跨出了第九步，还有第十步。

蒙锐站在了夸鹿面前，夸鹿看着分毫未损的蒙锐，诧异变声道：“不可能，这绝对不可能！你已经中了我的秘毒，不可能没事？！”

蒙锐掏出木哨在夸鹿面前摇了摇道：“我并非只有你一个肯送我礼物的朋友。我的老朋友里同样有一个古怪神秘的仵作，他很早以前就送过我一个相同的木哨子。”蒙锐想起一脸木讷的大世第一仵作老死头，不由得心中一暖，接着说："所以从一开始我吹的就不是你给的哨子，自然也不会中毒。"

夸鹿全身冒汗，嘴角抽搐，不知该说些什么。蒙锐一手轻松提起了面如死灰的夸鹿，冷说："我说过那几十名无辜少女被放血的痛楚，你也应该试一试。"

夸鹿剧烈挣扎，大叫："放开我，别杀我……你，你不能杀我！"

"哈哈，莫非我又自身难保了？"蒙锐抽"死神"出鞘，夸鹿闭眼喊："蒙，蒙挽香……你记得蒙挽香么？"夸鹿话出，蒙锐的手停滞在半空里，眼神散乱地问："你知道蒙挽香！告诉我，她在哪里，她是死是活……说！"

蒙锐双手将夸鹿摇晃得骨头都散架了，夸鹿吐了几口酸水才能说话："蒙挽香是我第一个送给上古天魔罗的阴食，你若想见她，她就在地下。"

夸鹿指向了上古天魔罗，蒙锐双手一松将夸鹿摔在地上，失魂落魄般走到庞大的上古天魔罗花下，疯了一般用手铲挖。蒙锐似变成了石人，感觉不到疲倦，如此疯狂铲挖了一个时辰，蒙锐倏然触碰到了一个东西，他愕然地僵在原地。

那是一个被天魔罗根须包裹成椭圆形的白色茧体，茧壳氤氲几近透明，蒙锐可以清晰看到茧体内蜷缩着一个女童，女童紧闭双眼，双手抱在胸前一动不动。茧体里的女童并非蒙挽香，蒙锐很快发现土里露出了第二个茧体，他大脑停顿了一会儿，然后继续疯狂铲挖。

不知挖了多久，蒙锐的双手已鲜血淋漓，而上古天魔罗的根系几乎被挖空，星罗密布的根系之间悬挂着六七十个纯白茧体，每一个茧体里都有一名无声的女童。

蒙锐一一辨识，终于他紧紧抱住了根系最下面的一个茧体，茧体里的女孩像睡着了一般，嘴角微微噘起，正是蒙锐不见了十五年的妹妹，蒙挽香。蒙锐不顾一切扯断了根须，破开了茧体，夸鹿大呼阻止却为时已晚，蒙锐将茧体里的挽香抱了出来！蒙锐狂笑，眼泪却止不住流出了这男儿的眼眶。

身后天魔罗根须突然自动收缩，六七十个茧体被瞬间抽压成了骨肉一片。

肉骨溅飞到蒙锐脸上，蒙锐茫然道："怎么了？"

"唉，你扯断了茧体，就似割断了人的一根手指，其余手指便会收缩聚拢，这上古天魔罗也一样，你切断了一条根系，其余根系收拢，茧体就被挤碎了。"夸鹿惋惜摇头，蒙锐一怔，他看着无法唤醒的妹妹，一把扼住夸鹿脖子，喝道："我妹妹还能醒么，她，是死了吗？"

“上古天魔罗将阴食拖入地下包裹成茧，然后慢慢蚕食阴食之血，你妹妹肉体处于茧液里所以并未腐烂，只是全身的血已经空了。”夸鹿道出实情，蒙锐抚摸着妹妹的脸颊：“血……是你十五年前抓走了挽香，是你害了她！今日我要让你为挽香还有其他女童以命抵命，以血换血。”

蒙锐扼住夸鹿咽喉，夸鹿挣扎着吐出几个含糊不清的字：“有……办……法……救……她。”

蒙锐手中微松，侥幸逃过一死的夸鹿大口喘气道：“我守候天魔罗十五年，为的是等候花开后结出的天魔果。天魔果六十年只产核桃大小的一粒，乃是上古秘传长生不老神药的重要配药之一。”

“你等的不是天魔罗开花，而是天魔果。但挽香已经血尽人殒，即便炼出长生不老神药又有何用？可以让她起死回生吗！”蒙锐青面鼓涨，似洪荒凶兽。

夸鹿见蒙锐脸色不对，立即道：“我讲天魔果是想告诉你上古神奇遗种还存在，其中或许有能令你妹妹起死复生的神药。你相信我，只要你不杀我，我，我一定可以帮你找到。”

“哈哈！哈哈！你以为我会相信你这杀人魔鬼吗？”蒙锐抱紧蒙挽香，一手掣出“死神”。

“死神”下，夸鹿满面绝望……

刀光寒影，死神是否已来？！

未知。

尾章

这是一条泥泞的山间小路，一头瘦驴、一辆破旧的驴车、一个走在驴旁的苎衣男人。

山间冷风刮起残破车帘，车内现出一口四尺红棺，棺露一缝，棺内赫然是一位熟睡的少女。红棺旁是一位三十多岁的妇人，口中喃喃颂着童谣，目光痴离。

妇人是牛枝英，傅年余同金氏父子惨死峡谷中，蒙锐将牛枝英救出。她看到蒙挽香便认定了是自己不见的女儿傅丹，蒙锐见牛枝英已变疯癫，于是将她一起带走。

山路颠簸，身后送来一道热浪。苎衣男子蒙锐回头，远处峡谷变成了一条火龙吞噬万物，亦包括那上古之种。

蒙锐深望红棺一角，心中默诉：此生此世，我定永远守护你。

直至……你醒来的一刻。

九婴

楔子　残阳血影

暗黑色一拢的山脉欲刺破大地，仿佛由地狱深渊伸出来的黑色巨掌。除了带来无尽的冰寒，剩下的都是无边的绝望。

这是山脉下的隐蔽山谷，他同它们对上了。

它们是两匹狼，怒睁着暗绿色的狼瞳，在微暮天光里，死死盯着他。

他动了，嗓子里发出不似人类的吼叫，更像是被逼到悬崖边的怪物。

他是一名少年，处在环绕的阴影中，无法看清楚他的目光。

两匹狼被少年的咆哮震慑，如同可以听明白少年叫声里的悲切之意。少年挟风扑了上来，但狼是最敏捷的猛兽，它们更快，两匹狼跳出了少年的攻击范围。

其中个头稍大，耳朵有残的一匹狼趁着少年回身不及，张嘴咬住了他的脚踝。

另外一头尾巴长些的狼张开了血盆大口，跃起咬向少年的脖颈。

两匹狼已经七八天没抓到活物了，少年就是它们的目标，杀死他，就意味着可以渡过难关，活下去。

于是，残耳狼更用力地深咬少年的脚踝，但很快，残耳狼发觉咬住的根本不像人，像是一块石头，坚硬而锋利的石头，甚至刺痛了残耳狼的嘴。

残耳狼从下往上抬起狼头，就在暮霭的冷光中，残耳狼看清楚了少年的面容。

这是一张怎样的脸啊，无法表达，脸上布满了一道道纵横交错的伤疤，有些伤疤已经愈合成了黑灰色的陈疤，有些是新的伤口，还在滴着血，缓缓结成痂。

而最令残耳狼心惊胆战的是少年的眸子，一双似浸透了遥远天山万年冰雪的眸子，这般望着你，你的身体就会变得僵硬，牙齿就会打战。

长尾狼瞬间怒张大嘴，撕咬少年的脖颈。残耳狼没原因地松开牙，少年不管不顾残耳狼，眼神里爆射出一道寒芒，在长尾狼咬住他脖子的同一刹那，他也张开了嘴，死死咬住了长尾狼的喉咙。

血、肉同皮毛混在一起的味道像是无法说出口的魅药，带着巨大苦涩血腥，让少年脑海里一阵疯癫。少年稍微松开了嘴，露出了牙齿。

一排尖锐似钩的牙齿，可穿透猎物生命的牙齿，就那么肆虐地暴露在寒风的山谷中。

少年眼珠子凸出，嘴巴上扬到一个人类无法想象的角度，再一口咬了下去。如果稍微靠近这一人一狼，这一刻你必然会听到「咔嚓」的闷响，那是皮肉连着骨骼被咬断的声音。

果然，长尾狼软软松开了嘴，从少年脖子上掉了下来。

残耳狼眼中充满了仇恨和愤怒，它发出一声短促的狼啸，冲向少年。

少年身子突地蹿高，半空里狠砸了下去，砸中了残耳狼的半边身子。残耳狼在少年身下，发出低低的哀鸣，不多会儿，没了动静。

少年还不肯起来，足足过了半盏茶的工夫，他才爬了起来，残耳狼早已暴毙。

远阳渐落，山谷里蒙上一片死死的黑暗。这一场人狼之间的血斗不经意间就结束在黑暗到来的片刻，少年望着倒在血泊里的两匹狼，方才冰一样的目光有了细微的融化，一缕情愫游动出来，分明叫作怜悯。

怜悯它们，谁又会怜悯自己？

少年看着死狼，更是在望着自己，融化的眼神再一次冻结。

「漂亮！」一个着圆衫的二十岁左右男子，赞赏地从一块大石头后面猫了出来。他心有余悸地瞧了两匹死狼几眼。

「真没想到，这两匹狼这么不顶用。」

「算了吧，不如说是纪少爷眼睛毒，早就瞧出这不祥的家伙能给所有人带来灾祸，也包括这两匹狼。」

眨眼间，又有两个男人从大石后晃了出来。一人长了满脸麻子，另外一人生有一双针缝眼。

被称作纪少爷的圆衫青年带着一抹阴笑道：「做得好，只要听我的话，我就会遵守约定。」

杀狼少年身子矮了下去，血斗凶狼，他耗尽了太多的精力和体力。

鼻尖是浓烈的血腥味，有狼血，也有他自己的。脖子上的伤口仍在冒血，少年简单用破布包裹了一下，转了个身，往山谷外走去。

「这家伙到底是不是人啊，你看他身上的伤，没有一百，也有八十处了。」满脸麻子的男人摇头说。

「你不是他，你如果是他，你早就死了。」纪少爷名唤纪梁，纪梁冷冷道。

「他活着，只因为他是夏九婴。水火之凶，带给他身边所有人灾难的大灾星。」纪梁说。

「心中一隅的温度，是我活下去唯一的原因。找到她，哪怕我会死，哪怕她已死。」

——夏九婴

第一章 明岭县

青州明岭县。

平静祥和的地方，北有一座遮天蔽日的大山，名曰黑虎山。

县城外有渡口，沿青州境内嫣河支流而下十日，可达大世三大府之一的天南府。

青州天南府由康王周邈所镇守和管制。

明岭县土地贫瘠，粮产匮乏。接连两年青州南方多涝，让县城人口从五千户锐减至一千户。

这一日，从明岭县东南方向赶来一群难民。难民有男有女，有老有少。

其中有两个男子，一个青衫三十余岁，一个二十出头年纪，穿着干练的短衣。

两人同逃难难民显得格格不入。城门口有人大呼："快走啊，城中纪家米铺正在施粥，去晚了就赶不上了。"

"有粥吃。走啊，咱们走！"难民蜂拥而入城门，一阵浪般卷向纪家米铺。

待难民赶到纪家米铺时，米铺前前后后早已围满了三层人。一张张饥饿的面孔望向施粥的米铺伙计，伙计们手里不停歇地舀粥、放粥，转眼工夫，三大铁锅的米粥已经见了底。

"停下来！"一个穿锦袍挂玉佩的青年，从米铺外走了过来。

"少爷。"米铺伙计连忙招呼。这青年正是纪家公子，纪家米铺的少东家，纪梁。

纪梁身后跟着一位身姿轻盈、面容姣好的妇人，乃是他的娘子，宁素琴。

“你们这是在干吗？”纪梁面带不悦，低沉问道。

“回少爷，我们按照老夫人的命令，在放粥。”米铺伙计回答。

“胡闹！老夫人岁数大了，脑袋不灵光，你们这一帮人也都脑袋进水了！”纪梁捧一把折扇，将折扇在手掌一扣，道，“这两年青州境内都闹饥荒，最宝贵的就是粮食。这等同是数不尽的银子，让我把银子施舍给这群叫花，休想！”

“收摊！”纪梁喝道。

米铺伙计麻利地收拾了摊子，更多没有得到施粥的难民哀求着，叫嚷着，希望纪家米铺可以再多施一点米粥，只是纪梁已督促伙计封了铺门。

大街上留下了无数暗淡下去的目光，还有绝望的叹息。

“这帮黑心商人，让我教训教训他们。”隐在人群里的短衣男子冷然道。

“莫动怒。”青衫男子拦住他，“米是他们的，放不放是他们的自由。”

“而且最应该放米的是县衙，这群贪官宁可米粮烂在粮仓里，也不肯放粮。”青衫男子淡淡说。

青衫男子乃是大世神捕之一的鬼捕黎斯，短衣男子是他下属，吴闻。

“唉！气死我了。”吴闻瞪大了眼珠子，“难道没别的办法了，就眼睁睁瞧着这些难民饿死！”

“也未必。”黎斯嘴角上扬，一个诡异的角度。

“黎大哥，你有办法？”吴闻道。

黎斯眼望着人群攒动的明岭县长街：“我看明岭县衙离此不远，走吧。”

吴闻瞧了一会儿黎斯的背影，快步跟了过去。

明岭县衙。

县令司徒博眼睛眯了好久，视线才从泛着紫色光泽的令牌上移开，看向黎斯和吴闻。

“果是皇上御赐的神捕令牌。”司徒博并非短见之人，他也熟知紫色神捕令的来历。

神捕令源起于世合宗。世合宗当政期间出现了皇廷大盗，专对皇宫宝物下手，接连犯了几起大案。世合宗震怒，下旨只要可以缉拿皇廷大盗，就御封神捕，赐神捕令。

第二年，这伙皇廷大盗准备再次犯案时，有两位经验丰富的圣城捕快洞察先机，布下天罗地网将皇廷大盗一网打尽，追回了失窃的皇宫宝物，世合宗也遵守约定，赐予了两块神捕令给两位捕快。

然后到了当今世德宗，先后赐予了大世四大神捕——鹰捕严成、铁捕轩辕善、青锋神捕蒙锐和鬼捕黎斯每人一块神捕令。

神捕令携皇帝威泽，持神捕令之人可在地方县府使县首之责。

司徒博手中这块神捕令除了皇威恩示，还撰书了神捕的名字——黎斯。

“司徒大人，可看好了。”黎斯笑了笑，道。

“看好了，看好了。”司徒博将神捕令交还给黎斯。

“方才我提及的事，司徒大人也考虑考虑。”黎斯道，“青州多舛，两年大旱之后又是大涝，不少地方已有灾民闹事，说什么老天不管他们死活，大世皇朝也不管他们死活，总归是饿死不如揭竿而起，谋一隙生路。”

“更南边的栾安县就起了民变，这让圣上十分恼怒。圣上得到密报，青州许多地方官员私藏生粮变卖银子，中饱私囊，这才让青州难民饿了肚子，才有了民变的祸事。圣上已委派多个执命大臣微服私访进入青州，就是为了查办这些贪官污吏。”黎斯不瞧司徒博，依然听得清楚司徒博渐渐变粗的喘气声。

“司徒大人为官多年，是个聪明人。这里面的道理，你应该懂了吧。”黎斯微微笑说。

“懂了。”司徒博立即叫来了县衙管粮的官员，安排放粮事宜。

安排过后，司徒博对黎斯说：“黎大人，就算将县衙全部存粮放出去，也不够用啊。若要缓当今难民之祸，需要找人帮忙。”

“找谁？”黎斯问。

“明岭县纪家米铺，纪梁。”司徒博道。

黎斯眉头挑了挑，放下茶盏：“也好，就见一见这位纪府少爷。”

“那好，我们现在就去找他。”司徒博将黎斯当成了皇帝秘使，谨小慎微地说。

“嗯。”黎斯颔首。

明岭县，纪家米铺。

纪府一大片的连院和大房，高墙深宅。

纪府管家认识司徒博，将司徒博、黎斯和吴闻一路引进了纪府。纪府庭院叠连，比从外面观望的还要宽敞气派，经过花厅时黎斯眼光一瞥，从花厅门缝里，黎斯瞥到两人，一男一女。

女的娇秀端庄，男的温文尔雅。两人守在一张长桌旁，男子似在作画，女子在观赏。女子一会儿瞧瞧画卷，一会儿又看看男子。

这女子黎斯还有些印象，她是纪梁的娘子，纪府少奶奶。

这位少奶奶对于作画公子还颇有别意，黎斯这般想。过了一会儿，管家带着黎斯来到了纪府正堂。

“司徒大人，我这就去请少爷，您稍等。”管家吩咐了丫鬟速上茶点后，转身出了正堂，快步离开。

约莫一盏茶工夫，纪府管家大汗淋漓地奔了回来，带着一脸尴尬地说：“司徒大人，实在抱歉。原来少爷去黑虎山里猎狼了，这，这我才刚知道。”

“猎狼？”黎斯喃喃说。

司徒博面有不悦：“他什么时候回来？”

“少奶奶说，少爷猎完狼后，大概酉时前后就直接去南市狗井了。”管家回禀。

“狗井。”黎斯轻笑道，“纪家少爷的嗜好还不少。”

狗井是闹市勾栏之地专门用来斗狗的地方，将地面挖出半丈深的坑洞，称作“井”。

斗狗就在井里厮杀搏斗。

纪家少爷纪梁在南市就经营着一家狗井，除去米铺外，狗井同样能给他带来大笔财源。

“黎大人，你看……”司徒博看向黎斯。

“去狗井。”黎斯撂下三个字。

第二章 夏九婴

申时，黑虎山密林，密林四周都是悬崖。纪梁挥着描金绿葵扇，走在进山队伍的最后面。

纪梁进黑虎山山岗子，是为猎狼来的。他所经营的狗井最近一段时间颇为冷清，嗜赌好狠的主顾们看腻了斗狗，需要有点新鲜玩意刺激刺激他们，他们才愿意砸银子过来。

狗既然满足不了这群浑蛋，哼哼，那抓几匹更加凶狠、更加冷血的野狼不就行了？

纪梁身旁有一个满脸麻子的男人，他是狗井的掌柜，叫黄丙水。认识他的人习惯叫他黄麻子。

黄麻子凑过来对纪梁说：“少爷，我怎么瞧着那小子迷迷糊糊的，是不是病了？”

黄麻子说的小子，是走在队伍最前头的，一个身形不高的少年。少年破衣烂衫，披散一头乱发，眸子里充满了呆滞和空白。

他叫夏九婴，是纪梁手下一个最低贱的奴仆。

纪梁轻拍扇子，盯着最前头瘦弱不堪，似一阵风就会吹倒的夏九婴，冷笑一声：“没事，如果这么容易倒下，他还是夏九婴吗？”

“不过天色不早了，看这苗头很难有收获呀。”黄麻子担忧道。

“有发现了。”一个家奴小跑着过来，对纪梁说，“少爷，前面发现个狼窝，好像里面还有狼崽子。”

“好啊，看看去。”纪梁随家奴来到悬崖边缘，听得清楚草丛里传来了小狼“唔，唔，唔”的叫唤声。纪梁兴奋地想抓走小狼。

倏然，从密林里跳出了一匹全身纯白的大狼。

白狼护崽，朝纪梁挥了一爪子，纪梁哪还躲闪得及，他伸手挡住面目，结果手臂被划拉出一个大血口子，鲜血眨眼浸透了衣袖。纪梁害怕地大叫：“来人，来人啊！”

白狼对于纪梁觊觎幼崽的行为相当愤怒，弓着身子低吼了几声，又要撕咬纪梁。但很快，白狼的心神被另外一人吸引走了。

少年面带病色，挡在纪梁身面。纪梁指着白狼喊：“我不要狼了。夏九婴，你给我杀了这匹白狼！”

少年木讷的眼神转望白狼，那空白的瞳孔里渐渐升出了一抹狠劲，以及深刻入骨髓的冰冷之意。白狼愣了愣，这空当儿纪梁和黄麻子已经带着队伍远远躲开了。他们忌惮这匹可怕的白狼。

这匹白狼比普通野狼要大不少，扑纵过来足有大半个人高，更别说那锋利的爪子，还有能咬穿一切的獠牙。

白狼还想找寻纪梁，它对着逃走的纪梁吼叫。纪梁端着胳膊，在黄麻子的搀扶下一溜烟撤出了树林，白狼挪动了下身子，夏九婴也挪动了下，刚好挡住白狼追击纪梁的线路。

白狼露出獠牙，深深弓下身子。而夏九婴竟也是同样的动作，双手插进土里，弓着身子，撅起屁股，两只眼珠子贴近地面望向白狼。

白狼又愣了，它想不明白为何这个人类少年在模仿它的动作。因为白狼并不知道，夏九婴九岁时就徒手掐死过独狼，他至今一闭眼仍然可以回忆起独狼迫临死亡时，眼中那抹难以置信的恐惧。

夏九婴今年十四岁，五年里，他已经杀死了不下十五匹野狼。对于野狼的每一个动作，夏九婴了如指掌，他更是将狼搏猎的动作运用在了自己身上。

白狼低吼，完美的身形纵向夏九婴，狼爪挥舞，欲要划裂他的脸。

夏九婴依然弓着身子，待白狼扑到近前三寸，他猛地动了，身子像泥鳅一样紧贴地面从白狼腹下划出，然后侧过身子朝内一蹬，鬼魅地出现在了白狼左边，握紧的拳头重击白狼肋骨。

白狼大惊，猛兽天生的急速反应让它团住身子，成了一个白球，堪堪避开了夏九婴的一拳。夏九婴面无表情，像早料到这一拳不会得手。他飞出一脚踢向狼头，白狼不甘示弱，甩头咬向夏九婴的脚踝。

夏九婴的脚踝被咬出深深的伤痕，白狼脑袋也遭受了一脚，一人一狼跳开，对视、对峙，互相喘着粗气。

这会儿，树林里又猫进两个人，是猎狼队的成员。纪梁派他们来瞅夏九婴和白狼之间的生死斗。

白狼又一声低吼，夏九婴还是面无表情。

一人一狼再次碰撞在一起，夏九婴脚踝受伤，动作慢下来，白狼绝不给他一丝一毫喘息之机。

“咔！”白狼又成功地咬住了夏九婴的左腿。夏九婴吃痛地翻倒在地，后腰就在白狼口边，这般好时机白狼哪里会错过，它一口狠狠咬住夏九婴的后腰。夏九婴双目射出强烈痛楚，但隐隐还藏有一抹杀机，在白狼咬住夏九婴后腰的刹那，夏九婴爆发出一股怪力，侧过半边身子，将白狼压在身下，手肘死死锁住白狼之喉。

后腰鲜血淋漓的撕裂，夏九婴几乎感受不到了。他的眼里翻滚出无尽的杀机和一片片浓烈的寒冰，寒冰包裹杀机，那是义无反顾的决绝。

白狼渐渐无法呼吸，它松开牙，狼眸弥散出一层雾气。白狼努力地将脑袋转向后面，那里有一片生意盎然的杂草，白狼啊呜艰难哀叫，像有话要讲。

夏九婴随白狼望去。

同一时刻，他的手肘狠狠压了下去。

渐入黑夜的黑虎山只能让人感受到一个字，冷。好冷，风冷，林冷，流出的血冷，那抹慢慢凋零的目光更冷。

夏九婴冰冷的目光隐去，重新恢复了他木讷无神的表情。

他从悬崖旁走进树林，鲜血从他的脚踝、左腿、后腰一滴滴溅落，染遍林路，仿佛盛开了一路妖炫的红花。

“白狼呢？”纪梁见到满身是血的夏九婴，先问这句。

“它死了，叼着……狼崽子跳下了悬崖。”夏九婴开口了，这是他进入黑虎山山岗子后说的第一句话，也是最后一句。

夏九婴说狼死了，没有人怀疑，尤其他几乎变成了一个血人。

纪梁将拳头握得紧紧的，恨恨道：“可恶，不能亲手宰了这白狼。”

酉时过半，明岭县南市照往常一样熙熙攘攘，热闹非凡。耍杂技、变戏法、卖唱卖膏药的摊铺一个连一个，舞肆、茶馆、赌坊之地灯火辉煌。

南市里头左拐一条巷子有三间大屋，屋前竖着鲜红刺眼的招牌——山海楼。

山海楼明面是茶楼，其实就是狗井。狗井存在千余年，但世德宗登基后就下令取缔狗井，因为世德宗认为狗井教唆狗类血斗，甚至还包括人狗争斗，太过残忍血腥，故下令取缔。

但千年遗物早已在市井百姓心中根深蒂固，也或许生活太过平淡无味，这些人渴望着让血液飙升的刺激项目。世德宗取缔狗井多年后，狗井也只不过换了个名头，多一层纱，继续热烈地存在着。

黎斯和吴闻，还有县令司徒博在山海楼柜台点了茶单。一会儿过来个茶楼小二，毕恭毕敬引着三人往山海楼后院去，过了后堂院来到了一排平屋前，在屋门口就听到了欢呼雀跃的喊声。

撩开平屋厚布帘，有几个执笔的押头老先生。所谓押头，就是你看中了哪条狗能赢，便下银子押赌这条狗，押头老先生为你留字押赌。桌柜上摆着介绍斗狗的单子，便于客人下赌。

“老胡，我看好了洪老板的‘黑丝豹’，听说这条黑狗在邻近县逞足了威风。其他狗只要见到它，都恨不得找个地洞钻进去。”正在押注的一名客人说。

“黑丝豹凶猛异常，兴奋得我昨晚抱着娘们都没办事。”另外一客人淫邪地笑说。

“呸，瞧你这点出息。”客人们勾肩搭背地进到里面。

黎斯眼瞧斗狗单子，突然道："咦，这单子最后的，是个孩子。"

"狗单资料——夏九婴，十四岁。"

"只有十四岁，他们这是要干吗？让个孩子跟恶狗厮斗，太无耻了。"吴闻愤怒道。

黎斯同吴闻走进了狗井内部，司徒博也跟了进去。

狗井内是一排排围绕的环形椅凳，配有小桌，搁放茶水、瓜子。

狗井十分宽敞，可坐满两百人，中间便是所谓的井口。

斗狗在井内进行，客人俯观斗狗全过程。此刻井里有两条斗狗，两条狗都是体型硕大的北方狼狗，凶狠彪悍。两条大狗互相瞪着彼此，眼中血腥斗气浓厚。

两个狗主拉住斗狗，待井口金锣一响，狗主松开斗狗，厮斗才正式开始。

时辰到了，伙计敲响了金锣，狗主放开斗狗退入后面的隔室里。两只斗狗如同奔跑的狂牛在井中重重碰撞在一起，血口白牙撕咬彼此，其中实力弱的斗狗被对手狠狠咬住了喉咙，然后"咔嚓"一声脖子被咬断了。

狗井里响起了震耳的叫好声，也有唾骂声，唾骂者无疑是买错了赌。

很快，第二场斗狗又要开始了。

此时，井中一间被隔开的小室里，少年夏九婴躺在冰冷的石床上，脑海里回忆着白天在黑虎山与白狼厮杀的一幕幕情景。

白狼最后不甘、眷恋不舍的眼神，让夏九婴如同冰封的心脏猛烈跳动了几下，但仅仅只有那几下，很快又再次被无尽冰寒冻结。

"夏九婴，准备准备了，很快就轮到你出场了。"小室外有人嘿嘿笑了两声，听声音，是黄麻子。

夏九婴没有理会，他木讷的双眼望着黑洞洞的某个地方，漂浮，沉沦。

第三章 震慑

明岭县南市，狗井。

第二场斗狗结束得迅速，然后是第三场，第四场。

第五场，擂主热门的黑丝豹出场了，它的主人是洪老板。

黑丝豹是一条体型硕大的黑狗。斗狗单上介绍黑丝豹是藏獒同狼狗杂配而生，体内流淌着藏獒桀骜不驯、凶猛嗜杀的血液。

黑狗额头上有一道道柳枝般粗细的伤疤，在巨大的脸盘子上如同一根根挂起的丝线，再加之黑狗如豹子般凶猛敏捷，故有了黑丝豹的名头。

黑丝豹的对手是一条黄色狼狗。黄色狼狗看上去十分忌惮黑丝豹，又不能违背主人的意愿，于是它呲牙咧嘴吼叫了一阵，黑丝豹高高昂着脑袋，不屑于黄色狼狗。

狼狗被激怒了，它张开血盆大嘴咬向黑丝豹的脖子。

黑丝豹电光火石间一转身，健壮的后腿踢中了狼狗脑袋。狼狗挟着一阵风撞到了井壁，又重重摔下来，抽搐了几下，便没有了动静。

黑丝豹的实力让众观客唏嘘不已，押注给黑丝豹的人狂喜大叫，那些没押注黑丝豹的人懊悔自己走了眼。

接下来的斗狗一场接连一场，黑丝豹毫无悬念地赢到最后。

最后一场斗狗比较特殊，由狗井派遣一位少年挑战斗狗擂主。正式挑战前，要到押头老先生处重新买赌。赌注一赔十，若押对了就可以拿走十倍赌金。

黑丝豹威震全场的恐怖表现，让观客毫不犹豫地下银子押赌。

在最后一战锣响前，井内另外一间大许多的隔室里，坐着满脸阴寒的纪梁。

门轻轻响动，黄麻子来了。

“少爷，您这招高妙啊。”黄麻子啧啧称赞道，“先派黑丝豹打头阵，让观客见识黑丝豹的威力，最后一场客人们肯定会花银子买黑丝豹赢。嘿，但他们怎么也想不到，少爷手里还有一张王牌——夏九婴。”

“做生意要靠个脑子，所有来看斗狗的都是赌徒。”纪梁用扇子压了压手掌心，得意地讲，“这群人虽然好赌，但并不傻。如果没有十足的把握，想赢光他们紧紧握着的银子，绝非易事。但可惜了，他们的银子就要掉进我的口袋了。”

“去看看夏九婴准备好了吗。”纪梁吩咐说。

黄麻子出去一半又掉头回来道：“少爷，今个在黑虎山夏九婴一人对付白狼，受伤可不轻啊。真就那么保险？”

纪梁的目光在熏香雾气里露出一抹残酷：“放心，没问题。你莫要忘记，他可是七岁就跟野狗撕咬，九岁便杀死一匹独狼的孩子！他是天煞灾星，只会让靠近他的人倒霉。”

黄麻子愣愣出神，忍不住后背一阵发凉，他不再多话，低下头钻出了门。

夏九婴还躺在冰冷的石床上，背下、脸上、眼中、心里渐渐变得同石床一样冰寒，几乎要完全冻结在一起。门喀啦喀啦响了起来，夏九婴呆滞的眼睛里有了一丝波动，他缓缓从石床上坐了起来。

黄麻子走进来，扔给夏九婴一套新衣服：“穿上这套新衣服去吧，把满是血污的破衣服扔了。”

夏九婴一眼都没看那套新衣服，他像一个会走动的幽灵般走向门外。

“等等！”黄麻子咬了咬牙，“夏九婴，小心点。黑丝豹很凶残，不好对付。”

夏九婴如同一尊石塑，等黄麻子说完，消失在了黑暗的过道里。

押头老先生整理押赌单据，然后反馈给黄麻子，之后这场少年同黑丝豹之间的厮斗开始了。

井内有两个入口，黑丝豹堵住左边入口，夏九婴迈着蹒跚的步伐从右边入口走入井内。

夏九婴还穿着染满血污的旧衣，左腿和后腰露出显目的血肉，同白狼搏杀留下的伤口还在往外淌血。

夏九婴完全不在乎，他目光空洞地望着黑丝豹。

黑丝豹的狗主已经开始狞笑，这场所谓的人狗斗简直荒谬至极，这般满身伤痕、表情呆傻的少年，怎么敌得过黑丝豹的一抓一挠?

同狗主不同，黑丝豹的反应却有些奇怪。整晚桀骜不驯的黑丝豹用一双狗眼死盯住夏九婴，两条前腿胡乱地晃动，狗主拍了拍黑丝豹的脑袋："别闹，好好打完最后一场，回去我好好奖赏你。"

金锣发出刺耳的"咣"声，一人一狗两个主角终于面对面了。

金锣声后，夏九婴微微向左瞧了瞧，那里只有一面冰冷的井壁。没人会想到就在这面冰冷井壁后面，有一个执扇男子正悠然冷笑，对于这场血肉翻飞的厮斗他充满了各种欲望的期待。

夏九婴朝黑丝豹挪动了一步，黑丝豹拱动鼻翼，嗅着某种古怪的气味。

夏九婴呆滞空洞的眼神渐渐变了，渐渐变成了一根针，扎在黑丝豹体内。

黑丝豹更困惑了，伴随着夏九婴迈出的第二步，黑丝豹做出了一个让人诧异的举动，它……往后退了一步。

"黑丝豹！上啊，往前冲！"

"奶奶的，咬死他！一口结果了那小崽子！"

"……"

狗井之上的众多观客已经坐不住了，他们押了许多银子在黑丝豹身上，黑丝豹怪异的举动，让他们变得躁动不安。

当然这些躁动的人中不包括黎斯他们。

只是黎斯的吃惊不亚于这些赌徒，他非是吃惊于黑丝豹的退却，而是吃惊井中少年所散发的杀气气场，如同从冰封万里的大海深处吹来的刺骨寒风，让试图接近少年的人不寒而栗，更无用说少年的对手了。

狗同狼一样，是最具有灵性的动物。黎斯相信黑丝豹也是被少年可怕的杀气震慑了，所以才选择后退。

只是，方圆之地，退又能退到哪里？！

夏九婴每往前迈一步，黑丝豹就后退一步，井中总共不过二十余步。夏九婴往前迈了二十步，而黑丝豹就往后退了二十步。

先前高傲恐怖的黑丝豹完全没了可怕的气势，这让黑丝豹的狗主无法忍受，他拍打铁门喊嚷："黑丝豹，给我上！别再退了，要不我宰了你！"

黑丝豹已经不听狗主的命令了，第二十一步，夏九婴走到黑丝豹咫尺前。黑丝豹相对夏九婴都有些庞大的身躯被挤在井壁侧，它用力往里靠，恨不得井壁上有个洞立即钻进去。

所有观客都给黑丝豹叫起倒彩，而接下来的一瞬再次震惊了这帮满脑子暴力的赌徒们。整晚被贴上无敌标签的黑丝豹宛若一只刚出生的小狗，匍匐在夏九婴的脚下，并且发出"呜呜呜呜"的求饶叫声。

夏九婴望着黑丝豹黑深深的瞳孔，须臾，他转身走回入口。

"黑丝豹什么东西啊，就这还号称青州无敌，害得老子输光了钱！呸，贱狗！"观客发泄着心中不满。

压轴战结束，大家悻悻离开了狗井。

夏九婴恢复木讷表情，他再次变成了石塑，直到身后有了声响，听脚步声是黄麻子来了。

"少爷很满意你的表现，让我告诉你，东西明晚就交到你手里。"黄麻子说完，夏九婴没有任何反应。

黎斯站起来对司徒博道："快子时了，明天再寻纪梁吧。司徒大人先行回去，我们这也就走了。"

"也好，是太晚了。"司徒博告别了黎斯独自离开。

吴闻道："黎大哥，你支开司徒博可是为了那少年？"

黎斯淡淡一笑："你觉得他怎样？"

"他身上有一种特殊的气场，不是可以锻炼出来的。这才是他最可怕的地方。"

"说的没错。"黎斯目光闪动，"那气场可瞬间把人世变成修罗炼狱。"

"我对这少年十分好奇。"黎斯轻轻说。

第四章 九婴恶兽

天地寂静，这荒凉的偏僻巷道如同步入地府的黄泉鬼道，带着一股让人脚底生寒的冷意。丑时到了尽头，从一扇极不引人注意的边门里走出一人，面容藏在乱发里，遮体的破衣上挂着猩红血污。

他就是让凶猛如斯的黑丝豹臣服脚下的少年，夏九婴。

夏九婴要回家了。

从这条偏僻巷道，夏九婴继而转入了另外一条更加偏僻的巷道。他有意避开所有人，像一匹独狼穿行于黑夜的风中。只是他不知晓，在某个角落，早有两双眼睛锁定了他。

夏九婴来到一个村落。

这里没有几户人家，零零散散坐落于贫瘠的大地上。穿过村落的有一条嫣河细流，河水清澈无声。

靠近河流的有一座小型的茅草屋，草屋外有一圈木篱笆。

夏九婴推开木篱笆，茅草屋门口摆着一个碗，碗里是冰凉的饭菜。夏九婴没动饭菜，钻进了草屋中。

过了半盏茶工夫，一个老迈的婆婆从相隔不远的村屋走来，瞅见了没有动过的饭菜，发出一声浑浊的叹息。

“孩子，不吃饭不行啊。好歹吃点……九婴啊。”老婆婆苦口婆心地说。

老婆婆无奈地朝自己村屋走去，身后突然冒出两个人影。

“谁啊？”

两个人影是跟踪夏九婴来此的黎斯和吴闻。

“老婆婆，不用怕。我们不是坏人，是想打听草屋少年的事。”吴闻把来意说清楚了。

“你们……是什么人？”老婆追问黎斯身份。

“我们是过河走山的皮货商人。”黎斯开口道，“我相中了草屋少年，想招他做伙计。但我问他什么话，他都不说。所以我想找个熟人问问少年的底，看是否跟我们走。”

“哦。”老婆婆点头，“好心人啊，如果能带走九婴，就赶紧带他走吧。这里是他的是非地，他在这儿太苦了。”

“这少年叫九婴？”

“对的，叫夏九婴。”老婆婆忍不住摇头说，“这不吉利的名字，也害苦了孩子。”

“怎样讲？”黎斯细问。

“你们是走商，可能还不清楚咱明岭县的传说。”老婆婆一指背后巨大的山影，“我们这个村叫落花村，北头的山是黑虎山。从祖辈的老人口里流传下来，这黑虎山以前并不叫黑虎山，而是叫九婴山。”

“九婴山。”黎斯重复道。

“九婴是上古一头可怕的凶兽，传说中它生有九个脑袋，乃是逢水火的怪物……只要它出现的地方就会有数不尽的灾难降临，天火焚烧房屋，地水吞噬生命。后来九婴被羿在天河射杀，从银河坠落凡间。它的尸身一年一年变幻，最终变成了一座大山，就是九婴山。”老婆婆说出九婴山的来历。

“九婴山的名字同样带来了灾祸，附近的村落接连被洪水吞噬，人们于是把九婴山改成了黑虎山。”老婆婆将黎斯和吴闻请进屋。

“莫非夏九婴的苦难也同这上古凶兽有关系？”

“这还得从夏九婴出生时说起。”老婆婆讲。

"十四年前，夏九婴的爹娘就住在嫣河细流边。夏九婴的爹娘都是好心肠的人，我老婆子年轻守寡，膝下无子无女，他们夫妇两个就细心地照顾我。"老婆婆继续道，"夏九婴出生后，乐坏了夏正夫妇俩。但没成想在夏九婴满月时，夏家突然起了一场大火，夏正将娘俩救出火海，而他自己……则被烧死了。"

"惨啊，整个村的人都听见了夏正在火海里痛苦的叫声，就是现在想起来，我老婆子还觉得心惊胆战。"老婆婆难过地说，"夏正被烧死后，人们就嘀咕是孩子带来了不幸，带来了灾难。

"接着在夏九婴百日，洪水突然席卷了整个村庄，房屋被冲毁了几十间，还有许多人葬身洪水。

"悲愤的村民无处发泄痛苦，便把矛头指向了夏九婴，说他是九婴凶兽的转世。"

"夏九婴比其他孩子都早懂事，这孩子坚强啊。他虽然受尽了别人的白眼，回到家还要笑着安慰难过的亲娘娄氏。"老婆婆摇摇头，"但不幸的事又发生了，夏九婴六岁时，黑虎山一伙野狼偷袭村庄。娄氏为了追回下奶的老山羊，独自一人追赶狼群进了山沟子，结果被野狼团团围住，就再也没有回来。"

"六岁的夏九婴就这样失去了爹娘，成了一个孤儿。"

黎斯脸抽动了一下："以后呢？"

"以后？"老婆婆叹一口气，"夏九婴失去爹娘，村里人更把他当成了九婴凶兽的转世，说他是天煞孤星，都避着他。可怜的六岁娃娃在村中乞食，竟没有一个人愿意给他吃的，我想收留这孩子，村长就带了两个人把我关进了地窖。"

"接下去的一个月，夏九婴差点被饿死，但最后他活了下来。"老婆婆老泪纵横，"这孩子是跟野狗抢食，吃老鼠活下来的……我不敢想象，只有六岁的孩子是怎么做到这些的。"

"我被放出来后，夏九婴就变了。他变得呆呆傻傻，他再不会去同人乞讨食物，只去抢野狗叼着的吃食。说也奇怪，那些凶惯了的大狗见到夏九婴，立刻扔掉食物就跑，像害怕这孩子一般。"老婆婆想不明了地说。

"村里没人收留他，他为什么不走，不离开落花村？"吴闻问。

"唉，这孩子认准了他娘还没死，说要等他娘回来。"老婆婆说，"他是太想亲人，太渴望亲人的关怀了。”

“夏九婴九岁那年，在山坡上杀死了一匹独狼。从那以后，就没人敢再骂夏九婴了。”

“九岁杀了一匹狼，好啊。”

黎斯和吴闻出了村屋，老婆婆相送。

“黎大哥，他在那边。”吴闻眼尖，发现了夏九婴。

夏九婴如同块石头，一动不动蹲在河边，望着草丛中的野花。

“好多天了，不管这孩子多晚回来，都会蹲在那里待上好久，也不知为啥。”老婆婆说。

夏九婴没有发觉黎斯他们，或者发觉了而不予理会。他空洞的眼中有点点遥远星光般的闪烁，他是否在等待什么?

第五章 纪府命案

鸿运三十三年，二月初九。黎斯来到明岭县的第三日。

他再次拜访纪府，纪梁还是没有露面，但见到了纪府老夫人。

老夫人身边还有位五十岁上下年纪的妇人，家丁婢女都尊称她容妈。容妈专门负责照顾老夫人的饮食起居。

司徒博将赈济灾民的请求跟老夫人说了说，老夫人很同情受苦的灾民："当初我也是老家发灾，活不下去了才逃难来到了明岭县。多亏了好心人施粥送衣，才没让我们饿死。"

"现在，应该是偿还的时候了。"老夫人说，"我一定劝服纪梁捐出粮食。"

"老夫人深明大义，我代替灾民道声谢谢了。"司徒博拱手感谢。

老夫人吃了一会儿茶点，就回房休息了，吩咐容妈陪客。

纪府宅大院深，楼台亭榭别具匠心，黎斯提议在纪府内转一转。容妈便陪着黎斯三人在纪府内游转，黎斯询问纪家人的情况，容妈简短地介绍了下。

纪家有老夫人，少爷纪梁，还有少奶奶宁素琴。

除此外，黎斯还打听出纪梁附庸风雅，专门在府中请了画师。

请来的画师名叫陆千波。

"陆千波……"

黎斯想起前次来纪府，在花厅同少奶奶宁素琴忘我作画的男子，十有八九是画师陆千波。

黎斯信步而来，走到纪府南院。南院有两间高墙大屋，刚一靠近，大屋里就传出了激烈的狗吠声，而后一个男人怒气冲冲从大屋里跳出来："谁啊，不知道南院不能随便进啊！是不是皮紧了欠收拾！"

"好张狂的东西！"吴闻握拳想过去，被黎斯悄悄拦下。

容妈赶忙过去，同这人低声交谈了几句。

黎斯隔着十步距离打量这男人，男人生着一双针缝眼，几乎瞧不见的眼珠子偶尔射出凶光。容妈交代后，男人望了黎斯这边两眼，晃了晃大脑袋回到大屋里。

"这人谁啊？这么霸道！"司徒博好歹是一县之长，被个凶恶汉子这般呼喝，他脸上有些挂不住了。

"呀，大人们啊，你们千万别跟他一般见识。"容妈指着大屋说，"他是少爷花钱雇来养护家犬的，叫陈二狗。整个人也是一个狗脾气，就喜欢没事汪汪叫。"

"养狗的，哼！"司徒博不屑地冷哼。

黎斯再转了一会儿，便告辞了容妈，离开了纪府。

黎斯刚离开纪府没多久，少夫人宁素琴便偷偷潜入北厢房，轻声呼唤。

一个颀长黑影扑了上来，从后面抱住了她。

"莫要这样，会有人经过。"宁素琴反抗，但声若游丝。

"哼，怕什么。那该死的纪梁并不在府里，说不准又去狗井看狗了。在他眼里，如花娇妻尚不如一头畜生。"黑影露出面容，剑眉星目，正是纪府画师陆千波。

宁素琴嘤嘤哭泣，陆千波翻开她衣袖，衣袖下的手腕有青色瘀伤。陆千波怒眉道："那浑蛋又打你了？"

宁素琴无言诉说，只能轻轻点头。

"可恶，早晚有一天，我定然会让他付出代价。素琴，你放心，我不会弃你。"陆千波信誓旦旦道。

"我信你。只求这无情日子，有个结束才好。"说着，又是嘤嘤一阵哭泣。

陆千波将宁素琴紧抱，往里面床榻走去。

返回明岭县衙的途中，司徒博眼睛眨巴眨巴问：“黎大人，不知圣上派来勘察政务的秘使都到了哪里？”

“呵呵，司徒大人放心好了。”黎斯笑笑道，“明岭县这边只有我一个人，只要我认可了司徒大人是兢兢业业在为圣上办差，就没什么不妥。”

“那就好，那就好，一切仰仗黎大人了。”

“司徒大人先回吧，我跟吴闻还有个人想去见一见。”黎斯同司徒博分开，来到了落花村。

落花村村头不知何时来了一个杂耍班子，杂耍内容还比较丰富，有快板书、腰鼓舞、玩杂技、敲锣击小鼓耍猴的、支张台子变戏法的等等，天南地北各地的拿手活都还有点。

里面要数说快板评书的黑脸汉子，还有黄纱遮脸的腰鼓舞女的表演最为精彩，不时引得落花村村民鼓掌叫好。

吴闻在人群里寻摸了两遍，都没有发现夏九婴的影子。

“他不会在这里，这里也不会有他的位置。”黎斯带着少有的悲愤之情，目光沿杂耍班台望向远方，“是他，夏九婴。”

吴闻顺着黎斯视线眺望，在北边山坡顶，有一个瘦弱的身影，凌乱的长发伴随破衣飞舞，除了夏九婴不会再是第二个人。

这个少年，这个令恐怖的黑丝豹都胆战心惊的少年，这个本应无所畏惧的少年，他却畏惧从山坡上走下去，害怕走到人群里。或许非是他的人们无法体会，同类鄙夷仇视的目光远远比那些野兽妖魔可怕。

他只能站在远远的地方，黑暗里、角落里，躲避这些目光。

申时末，天色暗了下来，黎斯意外发现在夏九婴的破草屋旁，有两个身影徘徊着。

一个是杂耍班说评说的黑脸汉子，一个是黄纱遮脸的舞女。两人形色怪异地望向破草屋内，似是想找夏九婴。只是夏九婴并不在草屋里，两个人鬼鬼祟祟不多时也离开了。

“莫不是想偷东西？”吴闻疑惑道。

“吴闻，盯紧了杂耍班子。过两日悄悄请班头回来，我有事找他。”黎斯交代吴闻，吴闻点点头。

亥时过半，纪梁揉着太阳穴从狗井走出来。

黄麻子跟在后面抱怨道：“自从夏九婴震慑黑丝豹赢了一大笔钱后，已经连着三天都没什么人下银子买赌了。少爷，该怎么办啊？”

“哼，普通的玩法吊不起这帮赌棍的兴致了，想要挖出他们手里的钱，还得再想想别的法子。”纪梁摇折扇轻拍手心，俊美的脸孔因为黑暗而变得阴沉冷酷。

“要不，再让夏九婴上场。”黄麻子出主意说，纪梁微摇头：“上了一次的当，他们不会轻易再上第二次。”

“明天再说吧，太晚了，你回狗井吧。”纪梁吩咐，黄麻子打着哈哈转回了山海楼。纪梁慢悠悠走回纪府。

纪府高院就在百步外，纪梁突觉得背后冷飕飕的，像有双眼睛看着自己。他移过视线，模糊的月光里，远巷的尽头，匍匐着一个瘦长的黑影，纪梁吞了口唾沫，脚下飞快地冲向纪府。

纪梁重重砸响了纪府大门，背后那股子冷意更加深刻，仿佛一块寒冰贴在脊梁骨上。纪梁忍不住大喊：“开门，快点开门！管家，门房……来人啊，开门！”

纪府内有了动静，纪梁心绪刚有平复，但他突然发现有一个快若闪电的影子瞬间将自己笼罩住了……纪梁猛地回头看，只看到一张血盆大口！

“啊！”

容妈最先听到动静，拉开纪府大门，一个鲜血淋漓的人就趴在门边，怒睁双目，不是纪梁又是哪个？

“天啊，少爷……来人啊！杀人啦！”

二月十号一早，黎斯被司徒博砸门叫醒了。司徒博满头冷汗：“不好了，纪府少爷被人杀了。”

“啊！”黎斯吃了一惊。

辰时，黎斯、吴闻和司徒博都来到了纪府。仵作正在检查尸身，纪梁伏身在大门边，脖颈处有四个明显的齿印，血液从伤口喷溅而出。纪梁眼眶崩裂，血丝布满眼球，后背有一大块圆弧形紫红色瘀痕。

黎斯进入纪府，纪府一家上下已经乱成一锅粥，纪府老夫人在得知儿子噩耗后也昏死了过去，至今还没醒转过来。容妈寸步未离地守着她。

黎斯吩咐丫鬟叫来了容妈，容妈来了："大人，您找我？"

"是。"黎斯让容妈先喝口茶，然后问说："是你第一个发现了死者纪梁？"

容妈眼圈变红："是，半夜我起来小解，隐约听到有人砸门。我打开门，竟然是少爷死在了门口！"

"你发现纪梁的尸首后，有没有发现可疑的人，或可疑的事？"黎斯继续问。

容妈摇头道："我没留意，当时满脑子里都是少爷了，哪还容得看其他东西？"

"唔。"黎斯顿了顿，"纪梁回家前，纪府其他人是否都还在府中？"

"应该都在吧。没瞧见有谁出门。"容妈说。

打发走了容妈。黎斯三人刚走出正堂，吴闻远远瞧见两个贴在一起的影子乍地分开。黎斯早看了个明白，贴一起的两个人分别是纪府少奶奶宁素琴，还有画师陆千波。

"这俩人鬼鬼祟祟的，甚是可疑啊，黎大哥。"吴闻小声嘀咕。

"早晚有盘问二人的时候，先回县衙。"黎斯说。

县衙黑屋子。

黎斯等候了一个时辰，仵作和徒弟开门出来了。

"死者的致命死因是左脖颈处的咬痕，这一口准确咬断了血脉，导致血液大量喷洒，失血过多而亡。除此外，死者后背有被撞击留下的圆弧形瘀痕。"仵作判断道。

"还有别的线索吗？"

"有，大人。我用银针验过伤口深度，纪梁脖颈四个齿痕伤口，每一个伤口深约一寸有余。而成年人牙长不足半寸，这显然不是人咬出的齿痕。"仵作疑虑地说。

"不是人咬的齿痕，那是什么咬的……狗？"司徒博刹那想到了斗狗，于是说。

“也不然。再凶猛的斗狗牙长也只有半寸，撕咬不到这个深度。”黎斯说，仵作也赞同道：“黎大人说的没错。”

“不是人，也不是狗，那究竟是什么咬死了纪梁？！”司徒博背负双手，急躁地来回踱步。

“狼！”黎斯突然张口说。

司徒博停下来：“狼？对，是狼。”

仵作也点头：“野狼的獠牙尖锐，狼牙长度也有一寸左右，跟纪梁伤口刚好吻合。”

“伤口虽对得上，但事仍有蹊跷。”吴闻侧着脑袋说，“要知道野狼这种动物生活在密林间，有强烈的领地意识。它们不会轻易离开领地范围，更别说跑到几十里外的县城里，咬死一个人了。”

“那纪梁的死到底怎么解释呢？”

“纪梁是否被狼咬死，还需要再细细思量。”黎斯瞥向黑屋子，“起码还需要更多的线索，来证明。”

第六章 凶牙

黎斯觉得纪府还可能存在线索，于是再次登门。

司徒博叫来狗井掌柜黄麻子、陈二狗、容妈、少奶奶宁素琴和画师陆千波。

司徒博先讲述了致纪梁惨死的脖颈齿痕，黎斯默不作声，仔细观察在场每一个人的表情变化，大多数人都是震惊和恐惧。容妈问："大人，少爷是被什么东西咬死的？"

"齿痕伤口深有一寸有余，这点让人诧异。"黎斯扫过纪府中的一人，淡淡说，"陈二狗了，这是你的真名？"

陈二狗身体一震："大人，俺有大名，叫陈全。因为俺是养狗的，脾气也像狗一样臭，所以大伙给俺起了'陈二狗'这个外号。"

"你倒实在。"黎斯笑了笑，"你在纪府养狗，那我问问你，你养的狗能否咬出一寸深的口子？"

陈二狗先一愣，然后挥动一双大黑手道："不能，俺养的都是看家护院的好狗。狗牙最长半寸多，不可能是俺养的狗咬死了少爷。"

陈二狗一脸苦相，黎斯点点头："我也没说是你养的狗咬死了纪梁，只是问问罢了。"

陈二狗应了一声，放心了。

“黄麻子。”黎斯转脸朝向黄麻子，黄麻子早已满身冷汗：“是，大人。”

“昨晚你是最后一个见到纪梁的人。”黎斯说。

“是。但小人送少爷出了山海楼，就回头了。”黄麻子立马撇清楚自己，黎斯再问：“昨个在山海楼，纪梁可曾同人起过争执？”

“没有。”黄麻子立即说，“少爷一般不露面，山海楼上上下下的迎送打点都是小的在做，观客少有认识少爷的。”

黎斯想理出一条能寻摸得着的线索，但毫无头绪，只得暂时放弃。

这边黄麻子低着脑袋，眼珠子偷瞅了黎斯好几次。黎斯眉毛一挑：“黄麻子，你可是有话要讲？若隐瞒了什么重要线索，司徒大人也是可判罪的。”

“小的不敢，小的不敢。”黄麻子咬咬牙道，“小的是有话要讲，只是不知该不该讲。”

“你且讲来。”

“能咬人一寸深的凶手……也有可能是人！”黄麻子说话遮遮掩掩，司徒博听得糊涂：“黄麻子，把话讲明白了。”

“是。小的知道有人生着比狼、狗更长的牙，而且他跟少爷还有过节。”黄麻子这般说。

“那人是谁？”

“夏九婴。”黄麻子道出人名。

吴闻听后露出了诧异的表情，他转头看黎斯，黎斯也是一怔，但随即又恢复了神态：“你可确认夏九婴有比狼、狗还要长的牙？”

“是的。没那口凶牙，夏九婴又如何咬得死独狼？”黄麻子肯定地说。

“好，那派人将夏九婴带回县衙。”黎斯顿了顿又说：“黄麻子，陈二狗，你们也一同去县衙。”

夏九婴被押回县衙。黎斯深深望了这身世可怜的少年两眼，微叹一声：“夏九婴，张开嘴。”

夏九婴抬着空洞的眸子，昂起脑袋张开了嘴。他的嘴里，锋利狭长的犬齿如狼牙一般刺目，黎斯看着白晃晃的长牙，落花村老婆婆的回忆历历在目。黎斯仿佛可以描绘出，少年是如何靠锋利长牙同凶狠独狼搏斗的，血肉横飞里，少年凄白的长牙准确刺入独狼的咽喉，独狼瞬间致命。

黎斯定了定神。仵作举着一把木尺测量完了夏九婴的牙长："大人，夏九婴上下四颗犬齿长度都足够一寸。"

"非常人啊。"仵作奇道。

黎斯问夏九婴："夏九婴，你的牙生来就这么长？"

夏九婴过了好一会儿，才开口说话。

黎斯第一次听到夏九婴说话。夏九婴声音里涌动着一股不属于他年纪的沧桑苦难。

"牙生来不是这样……六岁后，每跟野狗抢食，就用石头磨尖牙齿……跟野狼搏杀，牙就变长一点。"

夏九婴久未同人交流，说话结结巴巴。但在场的人都听明白了，少年的牙不是生来就长，而是为了活下去一点点变长了。人是种奇怪而可怕的动物，在每一次遭遇逆境不可挽回，被所有人抛弃的时候，人往往可以爆发惊人的潜能，或身体出现某种异变。

夏九婴的牙变长，就是被激发了求生的潜能。

县衙大堂一时鸦雀无声。

黄麻子瞥了一眼夏九婴："大人，夏九婴牙长一寸，且他被少爷胁迫跟黑丝豹那样的猛兽厮杀，他早对少爷怀恨在心了。他的嫌疑最大。"

黄麻子说的并不假，黎斯眼光灼灼："黄麻子说的有理，来人啊，先将夏九婴押入大牢，来日再审。"

戌时三刻，黎斯同吴闻在酒馆里吃晚饭。旁边有个脸色蜡黄的瘦高男人，正对朋友吐牢骚。

"你们是没见到，就昨晚啊，大约亥时末。我打更从青渠街刚转到屯子口，突然蹿来一条黑影，带着一股子难闻的腥臭味擦着我肚脐眼冲了过去，哎哟妈呀，那黑影速度太快了！不过我还是瞅见黑影半张的嘴里，闪着奇怪的暗光。"

"熊三，你昨个又喝多了吧。"友人都不相信更夫熊三的话。

熊三急了："奶奶的，这次我一滴酒都没沾。我在这里敢立誓，若我说的是胡话，就，就……"

"就咋样啊？"

"让我一辈子讨不着个婆娘。"熊三硬气地说。

"哈哈，你就整天想婆娘想的。"友人开玩笑，熊三歪着脑袋喝闷酒。

倏地，桌前冒出一人。这人带着不可躲避的锋锐眸光，自然是黎斯。熊三支支吾吾问："有事？"

"我是衙门中的人，想找你问点事。"

"大爷，不，官爷！我可是奉公守法的好人，不嫖不赌，就……就爱喝个酒，我没做过坏事。"熊三口无遮拦地乱说一通。

"熊三，我找你，是想弄清楚你寻见的那条黑影。"黎斯冷静地说。

熊三所讲的青渠街口，距离纪府不远，是从狗井回纪府的必经之路。故此黎斯上了心，他将熊三拉到自己桌问："你方才讲黑影有一股难闻的腥臭味，究竟是怎样的气味？"

"那气味让人忘不了，就像是……"

"血味。"吴闻突然说，熊三一拍大腿："没错了，就是血的气味！我这脑子一时没想起来。"

"你瞅见黑影嘴里有暗光？"

"有吧。"熊三变得犹豫不决起来，"不过黑影速度太快了，跟阵风一样，我也只是恍似看到了有光。"

"形容下是怎般的暗光。"黎斯望着熊三说。

熊三吭哧了半天，吴闻等得不耐烦了，转了个身。熊三突然指着吴闻喊："慢着，就刚才那光的样子。"

吴闻扭身子没敢动，他腰间别着一把铁匕首，刀锋微露。

"暗光……是铁光。"黎斯喃喃道。

"熊三，莫要随意走动，之后我会派人寻你。"黎斯给熊三扔了五两银子，拉着吴闻冲出了茶馆。熊三赶紧将银子塞进了衣兜里。

"去哪啊？黎大哥。"

"黑屋子。"

县衙黑屋子里，仵作困惑地刚将尸布盖好。

一阵风卷进了黑屋子，是黎斯和吴闻冲了进来。仵作连忙道："黎大人，你怎么来了？我刚想去找你呢。"

"找我，何事？"黎斯问。

"我在纪梁发髻间找到一点东西，但摸不准是否跟凶案有关系，所以想请你看一下。"仵作用手指向木盘子里。

木盘里有一小块比芝麻籽略大的青黑之物，吴闻凝看了一会儿："这什么东西啊？"

"铁粒。"黎斯说道，"崩裂的铁粒。"

仵作赞同地点点头："黎大人判断得没错，就是铁粒。但它并非普通的铁粒，黎大人稍等。"仵作用银针挑翻铁粒，铁粒背面有血迹。

"有血！"吴闻脱口说。

"带血的铁粒，以及神秘黑影嘴里的铁光。"黎斯瞳孔神光飞扬，渐渐变得明亮，"竟会如此。"

二月十一日一早，司徒博刚起床洗了把脸，就有衙役禀报黎神捕在黑屋子相候。

司徒博赶至黑屋子，阴冷难闻的尸臭险些熏晕了司徒博，司徒博用衣袖挡住鼻子，走进黑屋子。黎斯、吴闻和仵作在左边角落，那里还停着一具覆白布的死尸，不用说也晓得尸体是纪梁。

黎斯将沾血铁粒、神秘黑影等各种疑因告知司徒博。司徒博听后也觉得异常，于是问："黎大人，可有发现了？"

黎斯点头："黑影口中铁光！仵作寻到的沾血铁粒！此二者有一个共同之处。"

司徒博思量明白道："铁？"

"不错。接下来黎某分析疑点，首先是熊三撞见的黑影。"黎斯归纳道，"一、黑影是从纪梁被害的青渠街逃离；二、黑影带有刺鼻的血腥味，很可能是人血；三、黑影行踪鬼祟，眨眼就从熊三视线里消失，应是逃跑。"

“这三点大致可推断——黑影就是咬死纪梁的凶手。”黎斯眼睛眯了眯说，“然后再说说黑影口里的铁光。”

“大哥，熊三说自己恍恍惚惚看见了铁光，这人平日喜欢饮酒吹牛，这次会不会又是在胡说？”吴闻心生疑窦。

“若只有他一人的口供，确实尚不足信。但加上在纪梁发髻里找到的铁粒，两者摆在一起，就比较可信了。”黎斯说。

司徒博习惯地背起双手，熏人的尸臭忽地钻进鼻子，他赶紧又抬起手捂鼻子说：“熊三口供可信的话，那么铁光究竟是什么玩意？”

“若我所猜不错，乃是铁牙！”黎斯清晰道出了答案。

“铁牙？”司徒博惊讶不已，“黎大人的意思是凶手戴着铁牙！用铁牙咬死了纪梁？”

黎斯长吁一口气：“还未肯定，但应当是。现在需要做些事，来证明铁牙噬人的推论是否正确。”

“等等，黎大人，”司徒博说，“咬死纪梁的凶手若戴铁牙，那铁牙可长可短，咬进肉内一寸也并不为奇。也就是说凶手可以是任何一个普通人，并非一定是夏九婴喽。”

“正是。夏九婴既然长有凶牙，他没有必要再佩戴铁牙咬死纪梁。”黎斯缓缓说，“故此，杀害纪梁的凶手应另有其人。这人十分狡猾，不仅杀死了纪梁，同时还将杀人嫌疑嫁祸给了夏九婴。”

“黎大人方才讲要做些事，来证明狼牙噬人是否正确，要做什么事？”司徒博好奇道。

“先去纪府吧。”

黎斯带人来到纪府。

黎斯交代过吴闻，吴闻走到纪梁趴死的门前，取出银镊子极其小心地寻觅，黎斯一并寻找。

“有发现。”吴闻没多久就喊道。

“哪？”司徒博先凑上来。

吴闻的发现乃是指纪府门外的一头石狮。石狮昂首挺胸，目光不怒而威，睥睨万物，脚下踩着一个石头绣球。

“大哥，石头绣球有缺损。”吴闻说，石头绣球少了小拇指盖大小的一块石皮，在缺损的棱角处还有细微血迹。

“干得好！”黎斯望着石头绣球，对司徒博解释起来，“我许久没想明白，带血铁粒为何会在纪梁的发髻中。但随着铁牙噬人渐渐明了，问题的答案我也有了。”

“愿闻其详。”司徒博道。

“凶手戴铁牙咬死了纪梁，然后拔出铁牙逃离时，一个没留神，令铁牙磕到了这座石狮上的绣球。石头绣球被磕损了一块石皮，铁牙则被磕掉了一枚带血铁粒，同时血迹也沾在了绣球棱角上。”黎斯沉一口气再说：“磕掉的铁粒偏又飞落到了纪梁的发髻中，再被仵作发现。”

“如此，纪梁发髻里鬼魅而现的铁粒寻到了原由，而恰恰又反证了铁牙噬人的正确性。”黎斯仰首看天，“这可谓就是天意吧，人可欺人难欺天。”

“接下来，需要找出这铁牙魔凶的真面目了。”黎斯坚定道。

亥时，天色漆黑，伸手不见五指。

高悬白布祭奠的纪府大门吱呀呀一声开了半人缝隙，一个模糊的黑影从门里钻了出来。

他走走停停，不时回头张望，然后转身进入了深巷里。

深巷尽头早有两人在等候。

一男一女，男子黑脸，女子面遮黄纱，竟然是杂耍班说评书、跳鼓舞的一对男女。

如此深夜，他们为何来到了纪府后巷?

同两人相会的又是何人?

是否，在纪梁死后，笼罩在纪府之上还有另外一层可怕阴霾?

第七章 黑洼村凶案

下了一夜小雨，清早起来，黑洼村村民陈甲盘算去村头洼地里摸一摸泥鳅。雨后泥鳅喜欢从泥地里钻出来游一游，正是抓泥鳅的好时候。

陈甲带着十岁大的儿子，两个人兴致勃勃来到了村头洼地边。陈甲刚把双脚踩进洼地里，儿子在另外一头大呼起来："爹，爹，这儿有个人趴在洼里。"

陈甲从洼里挪了过去，果然有个人趴在洼地里，一动不动。陈甲认为是酒汉喝多掉进了洼地，但待到近前，吓得张大了嘴，趴在洼地里的男人脖颈上有几个血糊淋拉的口子，血从口里流出来，沁入黑泥里。

陈甲双脚一软，嘭地坐在洼地里。

"爹，咋了？"儿子也进了洼地。

陈甲大骂制止儿子："混账玩意，滚远点！去，去找你村长大伯！"

儿子拍拍屁股，撒丫跑回了村里。

黑洼村地远难行，更是有许多洼地让人皱眉，等黎斯等人赶到黑洼村凶案现场时，已经过了巳时。捕快把围观的村民拦在外面，只让发现尸体的陈甲和村长进来。

黎斯首先注意到，村民为了走路不掉进洼地里，在洼地周围拢了一层厚厚的石沙。

仵作先行检查尸体，片刻后，将趴着的尸体翻了个个儿。尸体正脸涂满了黑泥，但吴闻还是第一眼就认出了他："黄麻子！"

死者乃是山海楼掌柜，也是纪府狗井的掌柜，黄丙水，外号黄麻子。

黄麻子脖颈的血洞让黎斯眼中冷芒闪动，司徒博惊恐地说："又一起铁牙噬人的血案啊！凶手实在太残忍了。"

"先将黄麻子送回县衙黑屋子，待仵作检查后，再做判断。"黎斯下令，几个健壮捕快将黄麻子的尸首抬上驴车，晃晃荡荡往回去了。

陈甲将发现黄麻子尸体的过程讲述了一遍，有人认出了黄麻子，告知说黄麻子一干娘就住在黑洼村。昨夜黄麻子来看望干娘，没料到竟死在了黑洼村。

司徒博询问村民是否见过一名蓬头垢面、衣衫褴褛的少年，村民都说没见过。

黎斯将村民打发回去后，问说："司徒大人，你是怀疑昨日未时被放走的夏九婴？"

指认夏九婴为杀人凶手的证据有偏差，故商议后暂将夏九婴放回去，但并不意味着夏九婴就完全没有了嫌疑，放回夏九婴后，黎斯点派了两名机灵的捕快，暗中盯梢夏九婴。

"昨个刚被放了，半夜就有人死了。难免不让人揣测啊。"司徒博所言也在理，黎斯点点头："找盯梢的捕快问一问就知晓了。司徒大人，先回明岭县吧。"

再折腾了大半个时辰，众人班师回朝，司徒博找来了盯梢夏九婴的捕快。

"夏九婴可离开过落花村？"司徒博迫不及待地问。

"回大人，没有。夏九婴昨个都在落花村里，我跟小邓留守了一夜。"这名捕快回说。

"他都干吗了？"

"先是村头来了个杂耍班子，夏九婴站在山坡上瞧杂耍班子表演。"捕快再说："杂耍班子走后，夏九婴就猫进了破草屋里。戌时前后吃了点东西，又蹲在河边瞅着黑压压的草丛，跟个木头桩似的就那么待了一整晚。"

"一个怪人。"司徒博摇摇头。

司徒博安排继续盯梢夏九婴，然后随黎斯来到了黑屋子。

黑屋子里，纪梁尸体旁多了一具死尸，黄麻子。

仵作擦了擦脑门的汗珠，对司徒博禀报说：“黄麻子跟纪梁死法一样，都是被咬断了脖颈血脉，大量失血而亡。同样是一寸深的伤口，凶手应该是同一人。死者靠近肋骨的部位有紫红色瘀痕，纪梁死后也有瘀痕，只是位置略有不同。”

黎斯问：“遗物可有发现？”

“有个可疑的地方。”仵作拿来黄麻子死时所穿的袍衣，在袍衣腰口有铜钱大小的一块红色污迹。黎斯瞧了几眼，用鼻子嗅了嗅，交给了司徒博。

“一块污迹而已，是不是黄麻子在洼里沾上的。”司徒博并未发觉可疑之处。

“非也，这红色色泽纯正，绝非洼地里的脏水。”黎斯想了想说，“这应当是作画用的朱砂红。”

“小人也这么觉得。”仵作点头。

“作画用的朱砂红？这黄麻子整日跟三教九流的人混迹在一起，他何来的闲情雅致去画画？”吴闻迟疑道，“朱砂红有可能是凶手带来的，杀害黄麻子时不小心沾到了袍衣上。”

“嗯，有理啊。”司徒博点头，黎斯笑了笑说：“吴闻越来越有长进了。朱砂红的污迹可作为一条线索，继续追查。”

黎斯在县衙偏堂取来了几个账本，还有几份口供笔录。

“纪梁案：凶手佩戴铁牙噬杀纪梁，又把杀人嫌疑推给了夏九婴。”黎斯思虑道，“这说明两个事实：一、凶手认识纪梁，且有仇或有瓜葛；二、凶手也认识夏九婴，比较熟悉。”

“几个账本是山海楼这两年的盈亏总账，是我派捕快从纪梁书房取来的。”黎斯翻开账本，有几笔不甚明了的出入账被纪梁用红笔圈画了出来。

“嗯，看来纪梁早就怀疑黄麻子贪柜上的钱走私账了，也许已经准备替换黄麻子。”黎斯说得意味深长。

“这般讲来，黄麻子同纪梁有瓜葛，黄麻子也认识夏九婴。”吴闻说完又立刻遥摇头，“不对啊，黄麻子也被害了……”

“莫急，等我说完。”

黎斯又拿起口供笔录："这是纪府家仆的供词，有不少人提及半年前，陈二狗同纪梁大吵过几次，追其原因是纪梁嫌养狗花钱太多，想送进狗井当斗狗用。陈二狗坚决不同意，两人因此起了争执，陈二狗甚至放出狠话，让纪梁吃不了兜着走。"

"而不可思议的是，竟然是纪梁妥协了。不仅没把狗送进狗井，而且还把南院拨出来给了陈二狗。"黎斯抬高了视线，"这很说不通。"

"莫非纪梁有把柄在陈二狗手里？"司徒博狐疑道。

"这需要再调查。"

"账本和口供将杀纪梁的嫌疑指向黄麻子、陈二狗，但黄麻子也已惨死铁牙下，剩下的就是陈二狗了。"黎斯深吸一口气，"接下来，我们得密切留意他的一举一动。"

"也不可忘记了那个少年，夏九婴。"司徒博最后说，"总觉得他不简单。"

戌时，星光暗淡，黑虎山方向吹来的寒风锋如刀割。河畔静静坐着的少年，将凝望的目光从一丛茂密的草丛间收回，爬起身，冲河面怒吼。

"啊……啊！"少年发泄心中埋藏多年的愤恨，吼叫声惊飞了岸边栖息的夜鸟，温婉平缓的河水也受惊急驰远方。少年将头扎进冰凉的河水里，指望卑劣的人、无情的世间同自己隔离，永不相干……直至不能呼吸了，少年猛地抬起了头，寒风依旧刀子般在脸侧。

少年侧目，就在他睡觉的破草屋旁，隐藏着几双窥伺的目光，不知多久了。

"哼！"少年冷哼，脸部的肌肉因为太久没笑过，僵硬麻木。

少年弯下身，朝黑暗里突然蹿了出去，敏捷得如同一匹狼，一匹渴望鲜血的独狼。

"邓子，别睡了！夏九婴跑了！"黑暗中监视的捕快叫醒了同伴。

"追，追啊！"两人提起官刀，哪里还再见得着夏九婴的影子？

夏九婴狂奔，狂奔到胸口欲裂、心脏要跳出喉咙，耳边嗡鸣作响，眼前黑光一幕接着一幕出现，他也不愿意停下来。只有放空一切奔跑的时候，他才感觉自己是活着的。

“呼！”夏九婴停下了，早已摆脱了监视自己的人。现在他身在一望无际的黑暗里，黑虎山山岗中。

夏九婴闭起眼睛，摸索着往一个方向走，这个山岗，他已经走过不下千遍，即便闭起眼睛也可以找到那个地方。

这是藏在黑虎山山腹的一小片密林，北边是坚实高耸的山体，南边是悬崖，地面铺满了飞落的树叶，树叶密集处有一个刚被填埋不久的新坑。

夏九婴口干舌燥，舔了舔嘴唇迈步走了过去……

星光还是暗淡。

二月十二日，黎斯醒来后听到的第一个消息是：陈二狗死了。

第八章 灵堂

陈二狗死了。

陈二狗的家眷说，他为了追回跑丢的一条狼狗，顶大风进了黑虎山。结果不慎在山腰失足滚了下来，摔得血肉模糊、骨断筋错，当场就死了。

十二日，陈二狗家眷为他设立了灵堂。陈二狗躺在灵床上，闭着双眼，虽经过化妆但脸还是扭曲得可怕，黎斯和吴闻瞧了几眼后，走出灵堂。

灵堂中间安放灵桌，上面摆着供品、香烛、蜡台，还有一盏长明灯。

“脸摔得都变形了，但还能看得出是陈二狗。”吴闻回头望了望灵堂道。

“陈二狗死得太诡异了，也太巧了。”黎斯喃喃自语，他留意了陈二狗的脖颈，上面没有血洞。铁牙魔凶并未对他下手，他就这样摔死了。

“这下好了，黄麻子死了，陈二狗也摔死了，夏九婴又没有作案时间，黎大哥，这案子是越来越棘手。”

吴闻感觉背后一阵凉飕飕，他拉着黎斯出了陈二狗的家：“黎大哥，可还记得纪府有个画师，叫陆千波？”

“记得。”黎斯笑笑说，“你怀疑他？”

“黄麻子袍衣上的朱砂红，总感觉同这画师难逃关系。”吴闻说，黎斯也点点头：“是啊，他是画师，接触最多的就是颜料。”

“而且纪府家仆供词，陆千波同纪府少奶奶宁素琴关系暧昧，有为情而杀纪梁的杀人动机。”吴闻又说，黎斯摸了摸自己鬓角：“但陆千波给我的印象，并不像穷凶极恶的嗜杀之徒，而且还是活活咬死一个人。”

“像与不像是一回事，是与不是则属另外一回事。”吴闻提醒道。

“还有大哥，先前你让我盯紧的杂耍班子，里面的黑脸男子、舞女甚是可疑。盯梢的捕快讲，这两人好几次半夜出门，天亮才回去。捕快们跟踪，发现这两人鬼鬼祟祟同人见面，不过天太黑了，并没有看清楚同男女见面之人的容貌。”吴闻狐疑地说，“至于杂耍班班主，明日我便请他回县衙问话。”

“找班主的事，莫要让可疑男女发觉。”

“放心吧，大哥。”吴闻点点头道。

黎斯嗯了一声，回头望望悬挂白布的陈二狗家，一个惊觉之念顺时打入了脑海里。

守丧之日。戌时三刻。

需至亲骨血为死人守灵，陈二狗仅有一个五岁的儿子，陈阿炳。

陈阿炳留着光光的脑袋壳子，懵懂地坐在灵堂中，面前放着吃点，是娘怕陈阿炳闷了无事准备好的。小家伙吃一口薄饼，看一眼灵床上的陈二狗。

陈阿炳吃了几口薄饼，走过来趴在灵床旁，将饼子往陈二狗嘴巴里塞，口里奶声奶气地讲：“爹，吃饼子了。好吃，娘做的。”

小家伙尚不明白死人同活人的区别，只当爹是睡着了，这会儿要叫醒他吃饼子。陈二狗身如重石动也不动，陈阿炳用手推他。

“喀啦，喀啦，喀啦！”黑暗里，灵堂中蹿出个东西飞速斡转。陈阿炳的注意被吸引过去了，瞪着亮晶晶大眼睛拍巴掌说：“陀螺，是陀螺！”

小家伙最喜玩陀螺，追着陀螺跑进了灵堂外的空地。陈阿炳离开的刹那，灵桌摆放的长明灯火苗扭了几扭，如同一只爬行的光蛇，火苗明灭里，灵堂中传来呕哑沉闷的呼吸声。

火苗跃动，陈二狗的尸首恍惚间眨了眨眼……

蓦地一只手从灵床下冒了出来！青筋暴露，手用力地抓住了灵床，然后，一个灰袍人从下面爬了出来。

灰袍人站立在灵床外，低头望了望死灰着脸的陈二狗，发出一声似有似无的叹息声。空地上陈阿炳捡起了陀螺，返回灵堂。

灰袍人快速穿过灵堂，闪进了灵堂后的一排小院子。

小院子黑漆漆的，没有一丝灯光，这里平常搁放一些废物、杂物，没人住在这边。灰袍人停在小院尽头的石屋前，屋里空荡荡的，只扔着十几个坏掉的狗笼子。

灰袍人搬开两个狗笼子，伸手在地面摸索了一会儿，倏然，他摸到了一扇小门。

灰袍人放心地吐了口气，刚待钻进门里，猛然间，他感受到了一股从未有过的刺骨寒意，仿佛掉进了冰窟窿一样。

灰袍人缓缓转过脸，石屋外匍匐着一个黑影。

黑影脑袋几乎贴着地面，喉咙里发出让人毛骨悚然的咆哮声。

“啊，啊！”灰袍人仓皇失措，双手在怀里乱摸。黑影如同刺破黑暗的闪电，纵身跳进石屋中，灰袍人还未来得及反抗，就被黑影按趴下了。

黑影露出了长约一寸的铁牙，黑影便是铁牙魔凶！

这恐怖的铁牙就要刺破灰袍人脖颈，灰袍人扯开嗓子大喊：“不要杀我！来人啊，救命啊！”

黑影狠狠咬下，当的一声，铁牙没有咬穿灰袍人的脖子，而咬住了一柄铁剑剑沿。

吴闻提着一柄硕大的铁剑救下了灰袍人。吴闻一剑得手，刚要瞧破黑影的面目，却只觉得耳边呼啸一声，黑影早从窗口跳了出去，等吴闻追到门外，黑影已不见了踪影。

灰袍人裆下湿热骚臭，原来是被吓尿了裤。他贴地趴着，全身抖个不停，吴闻皱着眉头一把拉他起来，冷笑说：“又见面了，陈二狗。”

灰袍人一脸窘迫，竟然是“死而复生”的陈二狗。

“走吧。”吴闻说。

陈二狗畏畏缩缩地点头，伸手一摸却发现灰袍沾有鲜血，不由得闭眼惨呼：“完了，完了，流血了，我死了！”

吴闻瞅了瞅，陈二狗肋下藏着一把匕首。匕首刺破了灰袍，刀尖染有殷红色的血迹。

吴闻抹了点血迹放在鼻前，黑沉沉的眼珠子顺时射出一道利芒。

“别号了，不是你的血！”吴闻气恼地掴了陈二狗一巴掌，陈二狗立刻不喊了。

这会儿，黎斯拉着陈阿炳来到了小院。陈阿炳见到了陈二狗，高兴地蹦跳过来抱住他，大声喊：“爹，爹，你睡醒了。”

吴闻不作声，拉开了石屋里的小门，里面赫然藏着几百两的现银、银票，还有珠宝首饰。

吴闻捞出这些金银扔在陈二狗面前，陈二狗身子一软，瘫坐在地。

“走吧，去你的灵堂，谈一谈你是怎么诈尸的。”黎斯讽刺地笑了笑。

灵堂的长明灯忽明忽暗，如同鬼门判官阴阳立断的鬼眸之光。

“你找来的替身，跟你有七八分相似。但你多年待在纪府中，不多行走，而这具尸体脚底板布满了厚厚老茧，显然是个走惯了山间地头的人。”黎斯瞥着灵床上的死尸，说道，“我偷看了他的脚底板后，就知道死的不是你了。”

“还不赶紧把真相讲出来。”吴闻扬了扬铁剑，陈二狗慌忙点头。

“大人英明。死了的是我堂兄，他是个脚夫，就靠一双脚板子挣钱养家。昨个早晨，堂兄不慎从半山摔了下来，摔死了，我才有了让他做我替死鬼的打算。”陈二狗跪地说明。

“为什么要假死？纪梁、黄麻子的死是否跟你也有关？你知道多少内情，说出来！”黎斯声色俱厉，“否则，我们可以救你一次，难保你下次还能活命。”

“是，我说，我全部都说。”陈二狗吞了口唾沫道，“前些年，我跟着纪梁、黄麻子做了不少伤天害理的事，我也深知早晚会有报应，所以看着纪梁、黄麻子先后被害，我害怕极了。我敢肯定，下一个就会轮到我了。”

“我不想死，这才想到了替死的把戏，心想着那铁牙魔凶可以被糊弄过去。没成想，还是被他盯上了……”

“你深夜重回家里，可是想探一探铁牙魔凶是否会来？”黎斯问。

陈二狗点头："是，小的就是这么想的。"

"小院里藏着的金银珠宝是怎么回事？"黎斯继续盘问。

"银子是……"陈二狗变得吞吞吐吐，吴闻喝声道："快说！"

"好，好。银子是我私卖纪府护家犬得来的，珠宝首饰是我从纪府偷的。这趟回来，也是想拿些金银方便在外面躲藏。"陈二狗脑袋垂得更低了。黎斯冷笑说："真是日防夜防家贼难防啊。"

"小人知罪，小人知罪。"陈二狗磕头告罪。

"贪卖纪府家资跟我告罪无用，不说这些。我且问你，从纪府家仆供词得知，你屡次三番挑衅纪梁威严，而纪梁竟还容忍你。说说，你是不是握住了他的把柄？"黎斯说到了至关重要的点上。

陈二狗苦笑道："事到如今，纪梁都死了，也没有什么好隐瞒的。没错，大人，纪梁的所作所为，每一件恶事我都了若指掌。纪梁也是害怕我把他的丑事捅出去，才百般忍让于我的。"

"他，都做了何种恶事？"黎斯有些好奇。

"哼，这家伙表面仪表堂堂，正派儒雅，其实背地里尽做些鸡鸣狗盗、男盗女娼之事，根本见不得人。他怂恿黄麻子绑来了好几个穷家女孩，奸淫侮辱后就卖进了勾栏里；他垄断明岭县的米价，暗地里打断了同样开米铺的荀老板的腿，将荀老板一家轰出了明岭县；此外还有霸占老百姓的土地，赌场抽份子等恶事，那是数不胜数啊。"陈二狗滔滔不绝道，"我把纪梁的恶事都记录在了一个小册上，用来威胁他，让他不敢把我怎样。"

"哼，我只知纪梁非善类，但没想过他做了这么多恶事。"黎斯沉吟片刻，又问陈二狗："好，既然你知道纪梁的全部恶事。那这些恶事里，有没有跟'铁牙魔凶'能牵扯上关联的？"

"大人，这我就不知道了。"陈二狗道。吴闻露出狐疑之色，陈二狗使劲摇了摇头："我真不知道，要知道了还用搞这一出假死的把戏？"

"嗯。"黎斯微微点头。

灵堂外刮来一阵大风，将灵堂前后的白布吹得猎猎作响。长明灯挣扎了几下，灭掉了，空旷的灵堂透露出几分阴森鬼气。

“夏九婴。”黎斯倏然说，“纪梁对夏九婴做过些什么，让夏九婴对他唯命是从？”

“夏九……唉。”陈二狗哀叹一声，道，“回大人，这事得从七年前说起。”

陈二狗缓缓道来七年前的往事——

七年前纪家老太爷还在世，一日至落花村收购药材，突遇到了野狼从黑虎山蹿下来捣乱，老太爷还被野狼咬伤了腿。老太爷回去后，只有十五岁的纪梁得知此事，年少气盛的他直嚷嚷要给爹报仇。天黑前，纪梁赶往落花村。

跟随的人还有黄麻子、陈二狗，以及十几条护家犬。

大约酉时到了落花村，野狼群一击即退，根本寻不到影子。纪梁不肯罢休，领着护家犬扑进黑虎山山弯子里，往内走了大半个时辰也没什么收获，就要撤回去的时候，护家犬突然发现了狼踪。

追去一看，原来是几条狼正在撕咬一个妇人。狗群赶走了野狼，但妇人已经死了。

纪梁安排黄麻子、陈二狗随便找了个山旮旯把妇人埋了。

陈二狗瞄了一眼黎斯，神色微异地继续讲：“这事过去七年，早就忘记了。直到一年前纪梁得知落花村出了个凶狠少年，不惧野狗，还能跟狼斗。这引起了他的兴趣，于是打听少年的来历。”

“少年便是夏九婴。”陈二狗说清楚。

“纪梁打听到夏九婴他娘七年前在黑虎山失踪，而夏九婴七年来一直等候他娘回来。纪梁转念回想，根据衣着、年纪，七年前被狼咬死的妇人就是夏九婴的娘。”陈二狗舔了舔干涩的嘴唇，再说：“纪梁动了邪念。他将妇人被狼咬死的真相告诉了夏九婴，夏九婴如同疯了一样，跑进黑虎山里狂叫，之后纪梁问夏九婴想不想找回他娘的尸骸。”

“夏九婴疯狂完后，整个人变得像木头一样，为了得回他娘的尸骸，就听从了纪梁的摆布。包括黑虎山搏杀野狼，还有狗井斗狗，都是纪梁教唆夏九婴做的。”陈二狗讲完纪、夏二人的恶缘。

“用亲人的尸骸胁迫、威逼一个孩子，连畜生都不如！”吴闻恨得牙痒痒，若不是纪梁已死，他定会用铁锤砸开这厮的胸膛，看他的一颗心是红是黑。

“尸骸是否全部归还了夏九婴？”黎斯同样面色铁青，悲愤难当。

“还没有，还差一颗骷髅头。”陈二狗想了想说。

黎斯稍稍平复愤慨，对陈二狗道：“你已经被铁牙魔凶盯上了，不管逃到哪里都不安全。”

“啊，大人，您不能眼睁睁瞅他杀我啊。”陈二狗磕头求活命。

“放心，我帮你想了一个去处，可保你安全。”黎斯走出灵堂，对吴闻道：“派人将陈二狗押入县衙死牢，三班轮守，看好了。”

“是，大哥。”吴闻应下，将陈二狗拉出了陈家。

黎斯回首又望了灵堂一眼，冷笑一声，用力一扯，扯断了灵堂悬挂的白布。

第九章 朱砂擒凶

二月十四日，明岭县纪府。

“千波，刚熬好的银耳汤，快点来喝了。”一脸关切的女子端来了银耳汤。暖香浮动的厢房内，面容白皙的男子躺在床榻上，病怏怏地说：“辛苦你了，素琴。”

女子正是纪府少奶奶，宁素琴。男子则是纪府画师，陆千波。

“今时今日了，你还同我说谢谢。”宁素琴带一抹娇嗔，对陆千波说。

陆千波拉住宁素琴的纤纤玉手，满足道：“想我陆千波何德何能，竟有你这般温婉美丽、细心体贴的红颜知己待我，我死亦无憾了。”

“休得胡言。再说，我可不理你了。”宁素琴舀一勺银耳汤亲手喂陆千波喝，柔声说，“你怎样待我，我知道。你为了我，做了什么事，我也清楚。”

“你已付出这么多，我如何相舍？女子一辈子，最庆幸的就是碰到一个真心对她好，珍惜她的人，我知足了。”宁素琴嫣然一笑，妩媚动人。

陆千波心猿意马，咳嗽两声镇定下来。他拍了拍胸口：“可恶我这固疾，要不然我早带你远走高飞了。”

“别这样说，你知道……我等你。”宁素琴面颊绯红，“不管多久。”

“素琴。”陆千波情难自已，将宁素琴抱在怀里，宁素琴温存片刻又挣脱了，含羞语：“不行，白天人多口杂，被他们瞧见了不好。”

“晚上，我过来伺候你。”宁素琴温柔似水地说完，快步出了厢房。

陆千波望着宁素琴的倩影发呆，许久长叹一声：“真好啊，可惜只可惜……我不能留下啊。”

午后下起了连绵小雨，天色阴沉不定，人们都躲在自家不出门。这时有一个瘦长男子披着蓑衣偷偷从纪府厢房溜了出来，他提着一个颇为沉重的布包，四下打量后从纪府后院小门出了宅子。

蓑衣男子冒雨出了明岭县，继而往东边嫣河渡头狂奔。半个时辰后，蓑衣男子赶到渡口，一艘渡舟正要划离，男子招手喊：“船家，这里，这里！”

渡舟慢慢飘过来，蓑衣男子刚待上舟，突地听见一个熟悉的话音从舟头飘来。

“陆画师，您这是想去哪里呀？”蓑衣男子抬头瞧，舟头站着一人，乃是纪府容妈。

“怎么是你？”蓑衣男露出面容，就是纪府陆千波。

陆千波张眉张眼，转身想跑，却被一双大手提溜起来，扔在岸边。扔陆千波的是吴闻，吴闻瞪着浓眉，哂笑道：“陆画师，候你多时了。”

申时刚过，天地一片混沌，雨势越来越大了。

明岭县公堂，司徒博巍然而坐，衙役护立两边。黎斯坐于司徒博左侧，吴闻站在他身后。

堂下，陆千波一身湿衣，狼狈地跪着。

“陆千波，你好大的胆子！”司徒博一拍惊堂木，正色说，“你勾引良家妇人宁素琴，苟且所为在先，因情怨生恨，杀死纪梁、黄麻子在后。我且问你，你可知罪？”

“冤枉啊，天大的冤枉啊，大人！”陆千波惊慌失色，呼喊道，“小人天大的胆子也不敢杀人，这都是无稽之谈，一派胡言。大人，您要明察啊。”

“废话少言。”司徒博下令道，“来啊，取证物。”

衙役取来一双布靴，还有一件浅黄色长衫。布靴靴底沾满了腥涩的黑泥，黄色长衫手肘位置有拳头大小的一摊红色污迹。

“陆千波，十一日晚酉时以后，你在何处？”

“十一日……哦，那晚小人独自在房中饮酒，喝多了，早早就睡了。”陆千波回忆道。

“胡说！”司徒博冷冷道，“十一日晚，你分明趁人不注意溜出了纪府，然后跟踪黄麻子到了黑洼村。等他从干娘家里出来后，你就痛下杀手，杀死了黄麻子。”

“没有，大人。我没杀人啊，我没杀黄麻子！”陆千波不停摇头，否认杀人。

“好，且看证物吧。”司徒博先指布靴问，“陆千波，你瞧仔细了，这布靴是不是你的？”

陆千波看了几遍，才点点头：“是小人的。”

“布靴从你床底找到，布靴靴底沾满了洼地里的黑泥。你若没去过黑洼村，这些黑泥从哪里来的？”司徒博厉声喝问。

陆千波一头汗水，想了半天说：“小人记不起了。”

“记不起，还是有意推脱？”司徒博哼一声，再指黄色长衫质问陆千波，“陆千波，长衫可是你的？”

“是。”陆千波点点头。

“长衫的袖子有朱砂红，同黄麻子袍衣上的朱砂红一模一样。乃是你杀人过程中，不慎将朱砂红染在了黄麻子的袍衣上。陆千波，你还想狡辩吗！”司徒博言辞凿凿道。

陆千波跪在堂下剧烈喘息：“大人，就算靴底有黑泥，长衫有朱砂红，也不能说明人是我所杀。我同黄麻子无冤无仇，我没理由杀他呀。”

“果真如此？”司徒博哂笑，大声道，“来人啊，带宁素琴上堂。”

听闻到“宁素琴”三字，陆千波身子一阵发软，几乎跌躺大堂上。宁素琴双眼红肿地走进堂来，对司徒博款款施礼，再跪在堂上。

“宁素琴，本官问你，你夫君纪梁对你可好？”司徒博问。

宁素琴明眸空怨，轻轻摆头：“自从嫁入纪府，纪梁每每对我施以暴行，轻则打骂，重则鞭挞。”

司徒博微微一声叹："本官再问你，你是否将被纪梁欺凌的事告诉了某人？这人应诺会帮你除掉纪梁，并且带你远走高飞。"

"是。"宁素琴轻轻颔首。

"这人是谁，在不在公堂上？"

"在。"宁素琴双眼盯着陆千波，幽幽而言，"这人就是陆千波。"

"小女子情错他人，陆千波在纪府对我关怀体贴，苦诉情长，我被陆千波的真心诚意打动，以为遇到了这辈子对我最好的男子。我把全部给了他，万万没想到，他竟是卑鄙的薄情郎。"宁素琴噙泪道。

"薄情自孽情。"司徒博摇摇头，"宁素琴，本官接下来问你最重要的问题。"

宁素琴颔首。

"你可知，你的夫君纪梁是被谁杀的吗？"

"知道。"宁素琴眼神决绝，指向陆千波，"杀纪梁的人，是陆千波。"

宁素琴细细道来——

纪梁死后，陆千波十分开心，那晚潜入宁素琴闺房中饮酒。宁素琴忆起，纪梁应诺过除掉纪梁，就问陆千波，是否是他杀了纪梁。

陆千波拍桌而起，将宁素琴搂在怀中，大声言：就是我杀了他，想起纪梁对你的恶行，我恨不得将他生吞活剥。这般让他死了，也是便宜他了。

宁素琴说完，陆千波重重磕头，哭丧着脸说："大人啊。那些话都是醉话，是为了骗宁素琴同我相好，我才胡说的。我怎么敢杀人，我连只鸡都不敢杀啊！"

"不敢杀鸡，并不意味着不敢杀人。"司徒博冷笑一声，"生吞活剥，你好厉害的手段。"

宁素琴继而说起了黄麻子——

黄麻子在纪梁死后找过宁素琴，威胁说知道宁素琴同陆千波偷好的事，要求宁素琴将山海楼交给他，否则他就要把丑事宣扬出去，让宁素琴和陆千波无颜苟活。

"黄麻子找过我后，我将威胁之事告诉了陆千波。"宁素琴轻轻诉说，"第二天，黄麻子就死了。"

"定是陆千波杀人灭口，用同样残忍的手段杀死了黄麻子。"司徒博再拍惊堂木，"陆千波，物证、人证俱在，你就是杀害纪梁、黄麻子二人的铁牙魔凶。

你还有何话讲！”

“你偷偷瞒着宁素琴逃离纪府，逃离明岭县，便是担忧杀人罪行败露，故畏罪潜逃。是也不是？”

“大人，我，我……”陆千波形如烂泥，一句话也说不出了。

“宁素琴，你可还有话讲？”司徒博转望宁素琴。

宁素琴眸里水雾，莞尔一笑：“小女子今生今世所托非人，本以为陆千波会好好珍惜小女子，珍护这段感情。但不成想，他却违背了山盟海誓、抛弃了信誓旦旦将会守护的人。小女子心里唯剩下满腔怨恨，才供出了陆千波的种种罪行。”

“今生尝遍情苦，只求来生无心，不恋情海。”

“来啊，将宁素琴、陆千波押入大牢。”

陆千波昏死过去，被衙役架走了，宁素琴也下去了。

司徒博褒奖了受命搜寻陆千波杀人物证的容妈，也是容妈发现了陆千波意欲私逃的苗头，告诉了县衙，这才有了嫣河渡头擒拿陆千波一幕。

铁牙魔凶陆千波落网，黎斯心头却似还压着一块大石，无法呼吸。

第十章 蕉鹿之梦

二月十五日，落花村。

天刚蒙蒙亮，黎斯找到夏九婴时，他蹲在河边像个木桩子一动不动，草丛里的野花经历过夜晚的绚烂，正走往凋零。

花开花落，似水流年而过，周而复始。

凋谢的群花里，唯有一朵淡蓝色的野花，同其他白色野花不同，显得瑰丽迷幻。

“蓝色水头花。”黎斯缓缓说，河边野花的名字叫水头花。

夏九婴挪动双脚，没站起来，仰望黎斯：“不要……说话，它会……害怕。”夏九婴多年未同人讲话，说起话来口吃结巴。

黎斯笑而不语，卯时即将过去，所有的水头花都已凋零。

黎斯再开口：“夏九婴，知不知道为何只有你面前的水头花变成了蓝色？”

夏九婴一怔，瞅着枯萎的一抹淡蓝色，道：“你说。”

“很简单。因为你磨制铁牙时，碾碎的铁粉遗落土壤里，被离你最近的水头花吸收走了，它才会开出淡蓝色的花。”黎斯轻松地说。

夏九婴露出恍然的表情，倏地嘴角往上翻了翻，似在笑：“淡蓝色……好漂亮。”

“你只关心花，就不在乎我方才说的话。”黎斯坐在河边，面朝波澜不惊的河流。

夏九婴保持同样姿势：“你……说了，不如……继续说下去。”

黎斯点点头：“好吧，从哪里说起呢？就先从铁牙魔凶的真面目开始说吧。”

“铁牙噬人的手法被揭穿后，我花了许多精力放在铁牙上，从而忽略了其他一些线索。”黎斯顿一顿道，“比如说，纪梁、黄麻子，包括陈二狗背后的瘀伤。”

“瘀伤都是从下往上撞击后留下的，而三人瘀伤位置虽略有不同，但抛去身高之差，瘀伤都在同一高度。”黎斯闭眼说，“杀人方式是这样：习惯性地跳跃到特定高度，而后用全身的力量撞击目标，令其失去反抗能力，再下杀手。”

“人是很懒的动物，不习惯跳跃攻击。所以我推想，铁牙魔凶或许并非一个人。”

“我有了证据。”黎斯如同跟朋友在聊天一样，笑笑说，“陈二狗外表虽然凶悍，但其实是个贪生怕死的人。他害怕铁牙魔凶咬死他，于是在怀里藏了一把匕首。”

“在陈二狗家设立灵堂的那晚，铁牙魔凶对陈二狗下手了，但被我的兄弟吴闻阻拦，混乱中，铁牙魔凶被陈二狗怀藏的匕首割伤，流了血。”

“吴闻嗅到了血味，腥烈而浓稠，绝非人血。”黎斯突然睁开了双眼，深深地说，“那是狼的血。”

“铁牙魔凶是一头狼。”

夏九婴木讷的眼神动了动，但依旧是原来的样子，不说话。

“狼牙魔凶的真面目说完了。接下来再说点什么好呢？”黎斯悠然自得道，“好吧，不如说说那匹白狼。”

夏九婴身体明显晃动了几下，然后才保持了平衡，他微转过头同黎斯相望。许久，夏九婴道：“继续……说。”

“纪梁在黑虎山想掏一窝狼崽子，但被一匹凶猛的白狼咬伤了，于是纪梁下令让你杀了白狼。”黎斯如似亲身经历过一般，接着说，“人狼血斗，你跟白狼都受了伤，但你胜利了。就在你要杀死白狼的时候，小狼崽子从狼窝里跑了出来，跑向白狼。你犹豫了，小狼、白狼相拥的时刻你心软了，至亲之血，相互的守护、依偎岂不正是你耗尽生命，所追求等待的？”

“你没杀白狼，还帮助白狼一家躲避了纪梁这群恶徒的捕杀。”黎斯笑说，“狼是有灵性的动物，白狼更甚。它将你视为了恩人，对你报恩。”

“夏九嬰，你！就利用白狼的报恩之情，训练它、磨砺它，使其成了你的杀人工具。”黎斯怅然说，“应该这么说，铁牙魔凶有两个，一个是白狼，一个是白狼的指挥者，夏九嬰。”

夏九嬰站来，乱蓬蓬的头发随微风摇晃。他缓慢走到黎斯身旁，坐下，两人一同望着河流水面。

“你……怎么知……道白狼？”夏九嬰于是问。

“有山海楼的一名伙计在黑虎山发现了白狼，恰恰他也是那次捕杀白狼的成员，他认出了白狼，也知道了你没杀死白狼。”黎斯说，“配合异于常人的杀人方式、狼血，我推断是白狼杀人。”

“而白狼只听命于你。”

“你怎么……知道，我为了小狼……放弃杀白狼？”夏九嬰望着水面，眼波略略起伏。

“这个，没有证据，是我猜的。”黎斯淡淡一笑，“因为你是夏九嬰，能冷血地同任何敌人厮杀，杀死敌人。唯独在亲情方面，你是彷徨和软弱的人。”

夏九嬰对于黎斯的话，竟少有地有了反应，他点了点头：“你比许多……许多人，都了解我，或许也包括……我自己。”

也许同黎斯的交谈，令夏九嬰渐渐寻回了说话的感觉。他的结巴不再那么厉害明显。

“前几日的阴霾天气散了，今天太阳真好。”黎斯仰着脑袋，自然地说，“再说说铁牙吧。”

“要杀纪梁，你明白早晚有人会怀疑到你。再者，你希望纪梁死在你手里，也算你亲手报仇，所以你选择了同你长牙相似的铁牙，咬死纪梁。”黎斯顿了顿说，“杀死纪梁后，你故意安排白狼将铁牙磕碎，留下带血铁粒，是为了留下线索告诉官府，杀人者是戴着铁牙行凶，并非真牙，从而帮你洗脱嫌疑。”

“哦，对了，白狼足上应绑了兽皮这类的裹足物，才没有留下显眼足迹。”

“我有没有说错？”黎斯问着。

夏九婴出神地眺望河对岸，数里外的那座黑沉沉的山脉。而后夏九婴再次点点头：“说的……对。我想报仇……我也想活下去。”

“我想多……陪陪她，她一个人在荒山野林……待了太久的时间，她肯定不愿意再一个人孤独下去。”夏九婴说着，竟笑了，笑得比之前扭曲的面孔自然许多。

黎斯没问，他清楚夏九婴口中的她，指的是他娘。

黎斯呼气说：“陈二狗交代了七年前，纪梁一伙在黑虎山遇见你娘，你娘被野狼咬死，他们将你娘掩埋的过程。但这些好像并不真实，也不可能成为你复仇杀人的原因。”

“我想知道真相。”黎斯收回目光，望着夏九婴布满伤痕的侧脸。

夏九婴许久动也不动，而后他从破衣的最里面缓缓取出一枚东西，是一颗牙齿。

夏九婴将牙齿放在面前，说：“纪梁用娘的尸骸……要挟我，为他做事。然后他会把尸骸一部分一部分……还给我。我跟踪去黑虎山取尸骸的黄麻子，找到了娘的埋骨地。挖开骨洞，我在里面……找到了它。”

黎斯会意地捡起牙齿，牙齿锋利冰凉，中间部分圆滑。黎斯惊讶道：“这是一枚，狗牙！”

“是。”夏九婴承认了，“娘手腕等处的骨骸，还留有被啃咬的……挫痕。那些挫痕也是狗牙留下的。”

“咬死我娘的不是野狼……是，狗！一群恶狗！”夏九婴说至此，因为愤怒和仇恨，身体剧烈颤抖。

“纪梁的护家犬。”黎斯终于明白了夏九婴仇恨的根源，陈二狗所言果然不真。他忍不住握紧拳头：“指使狗犬将人活活咬死，纪梁死有余辜。该死！死得好！”

夏九婴一怔，盯了黎斯一会儿：“你其实并不太……像衙门中的人。”

“那我像什么？”

“第一次你跟踪我，我看到你……觉得像是看到了自己。”夏九婴带有一丝迷茫，“你眼睛里藏着仇恨……的火种，只是藏得比我深，也比我巨大。”

“看见你，我也像看到了我自己。”黎斯说，“所以才对你不依不饶，呵呵。”

“七年里，真实的世界只让我觉得冷酷虚幻，我宁愿守在……自己的世界里，自己的梦里。”夏九婴语气缥缈，仿佛飞身而去了另外的国度。

“呵。”黎斯笑笑，“不如让我猜猜。那个世界中，有一条河，有一座简陋的草屋，有一片田，有一块盛开野花的草地，还有你跟你娘。那时你尚小，你娘照顾你，为你梳头，为你洗衣，为你讲述天边星辰的故事。”

“你这么多年不梳头，不洗衣，是否在等你娘回来帮你梳头，帮你洗衣？”黎斯笑说。

“你……好可怕。”夏九婴又笑了，“能输给你，我心服口服。”

“夏九婴，不觉得整个案子里，也有你所陌生、不明白的地方吗？”黎斯缓缓说，“比如画师陆千波的落网。”

“有人在嫁祸他，不想知道他是谁吗？”

夏九婴愕然：“是谁？”

“很快，就知道了。”黎斯神秘地笑了笑，道。

第十一章 花伴骸

未时，落花村里匆匆走来一妇人，妇人眺望落花村南头，似盼归着什么人。

大约一炷香工夫，村外行来两个全身裹严的人，戴着方帽，面孔藏在帽檐底下。妇人发现了二人，招呼二人来到近前，嘀咕了两句，三人一同进了落花村。

在落花村一间荒废的老宅子里，妇人关好了门窗，长出一口气说："总感觉心里七上八下的，以为你们不来了，直接走了。"

"他的事我们还不知道结果，是不会走的。"两人摘掉方帽，乃是一男一女。女子面容憔悴，但难掩其秀美容颜。男子一张黑脸，眼窝深陷，神情十分疲惫。

"晴儿说的对，以前是我们不好，这一次不会再对他不管不顾了。"男子肯定地说。

妇人也唉声叹气，勉强挤出一丝笑容："阿正的计划很成功，县衙司徒大人已经判了纪府画师陆千波有罪，他安全了。"

"太好了。"秀美女子鼻子抽了抽，泪水簌簌落了下来。

"别哭了，晴儿。"男子拍拍女子后背，安慰道。

妇人看着两人，她有些累了，顺势往墙角木椅一坐，感觉屁股下面有东西。妇人抬起身子，面孔倏然变得惊讶万分，张大了嘴，瞪大了眼珠子，盯着椅子。

椅上只有一件黑色的外衣，内胸位置有几片殷红的血渍。妇人如鲠在喉：

“是……我的……衣服！”

“咚咚！”废宅门外响起了敲门声。

妇人和秀美女子互相紧抱，黑脸汉子来到门边，拉开门。

一脸淡淡笑容的青年就站在门外，浓密的眉毛，漆黑的眸子，坚定的眼神，他是吴闻。

“容妈，帮你寻回了你的遗失之物，可得谢我喽。”吴闻扫过宅内三人，“容妈，两位朋友，请跟我走吧。我们家大人久候多时了。”

落花村河畔，夏九婴草屋前。

吴闻领着容妈三人到来的时候，黎斯正说起陆千波一案的玄机。

“且先说物证之一的布靴吧。不错，布靴靴底沾满了洼地黑泥，只是我早在黑洼村时就注意到一个细节：村民们为防止滑入洼地，在洼地周围拢了大片石沙。”黎斯抬眼瞅了瞅走过来的几人，笑而语，“所以若陆千波穿布靴在洼地中杀了黄麻子，靴底不仅应有黑泥，也应该有石沙。”

“可惜靴底没有石沙，显然布靴之证有假。”

“再说朱砂红。”黎斯继续谈陆千波案，“黄麻子袍衣上有朱砂红，陆千波长衫上也有朱砂红，故推断为陆千波杀人时，不小心将朱砂红染到了黄麻子袍衣上。”

“不过，黄麻子被杀的当晚，下着小雨。”黎斯嘴角轻轻上扬，“陆千波如果穿长衫杀人，长衫必被雨淋湿，朱砂红遇水会洇成一团，由浅入深。而观陆千波袖口的朱砂红，却是完整的一块。”

“这表明长衫未淋雨，陆千波未穿长衫杀人。”黎斯明白地说。

“结合两项证据，足以判断，是有人故意将杀人嫌疑嫁祸给陆千波。”黎斯长吁一口气，“过程大致如下：他发现了被杀死的黄麻子，心起了移祸他人的念头。于是连夜赶回纪府，偷偷潜入陆千波房间，取走布靴，又将朱砂红一分为二，一涂在陆千波长衫衣袖上，二带回黑洼村凶案现场，涂在黄麻子衣袍上。最后将布靴踩上黑泥带回。他匆忙间，并未注意到洼地周围的石沙，留下了致命破绽。”黎斯道出了嫁祸过程。

“陆千波只图口舌之快，在纪梁被害后，对宁素琴承认是自己杀人。后越来越担忧，害怕宁素琴将他口承杀人一事告诉旁人。同时，自己同宁素琴的苟且之事，也让陆千波耿耿于怀，更加害怕被纪府人识破，徒增杀人之动机。”黎斯稍微一顿，继而说：“于是，陆千波决心抛下宁素琴，一个人逃离明岭县，离开这个是非之地。又或者，自始至终，他都不曾想过带宁素琴远走高飞。”

“而痴怨女子宁素琴则对陆千波所说深信不疑，坚信纪梁死于他手，故而在得知陆千波抛下她，远走高飞后，主动去官府投案。宁素琴心念俱灰，陆千波曾是她倾注的全部希望，希望破灭了，她便要鱼死网破。”

“再谈一谈这位嫁祸陆千波的‘他’吧。”

“一、他是纪府的人，可随时进出纪府。二、他认识陆千波，才可潜入陆千波房间，取走布靴、朱砂红。三、他在黄麻子被杀之夜，晚归。”黎斯瞥了一眼容妈，“凭以上三条，我让吴闻在纪府暗访，轻而易举查出‘他’就是你，容妈。”

“但我十分想不通，容妈，你为何要帮助真凶，嫁祸陆千波？”黎斯嗯一声，自言自语道，“思虑万千后，我推断你的背后还有人。这些人的存在，才是你嫁祸陆千波，包庇杀人真凶的根源。”

“所以我嘱咐司徒大人上演了一场好戏，将陆千波判罪。”

“陆千波有罪，意味着真凶平安无事。”黎斯转动目光望向已近中年的黑脸汉子、秀美女子。

“心头悬挂的巨石落地，容妈定然会找幕后之人报喜。故此，我早早安排吴闻跟踪你。”黎斯早有打算。

“对了，还有那件黑衣。”黎斯再道，“你在返回纪府取布靴、朱砂红时，担忧黄麻子的尸首被他人发现，所以脱掉了黑衣覆在黄麻子身上，用于隐蔽尸体。而黑衣自然也沾了黄麻子的血。”

“夏九婴，知道是谁陷害陆千波了。”黎斯同夏九婴说。

夏九婴微微点头，不作声。

“唉，到了最后，虽不愿，我还是得讲。”黎斯眼中带有歉意，“夏九婴，可知指使容妈嫁祸陆千波的二人，也就是他们二人是谁吗？”

黎斯视线锁定在黑脸男子、秀美女子脸上。

夏九婴眼神重归木讷，没有反应。

“他二人，你应该早见过。”黎斯淡淡说，“便是你观看的杂耍班中，说快评书的男子，黄纱遮脸的舞女。”

夏九婴一怔，转头打量二人。

“这二人我早已察觉怪异。”黎斯说，“落花村穷乡僻壤，就算再不济的杂耍班子来这里尚不能求口饱饭，又为何一而再再而三地来落花村搭台表演？”

“我秘密找来班头询问，原来是有人花钱让班子去落花村表演。花钱的人就是这二人。”黎斯心思缜密，早早洞悉了其中疑点。

“我和吴闻也曾看到，他们二人悄悄在你草屋外徘徊。”

“那时起，我就有一种预感，他们二人定然同你有某种关联。”黎斯双手交叉，神情肃穆，“杂耍班主说二人每逢演出必定化妆，我就让班主描画了二人不化妆的样貌，然后给了落花村刘婆婆。”

刘婆婆就是夏九婴的邻居老婆婆，她也被吴闻请来了。她激动地说：“大人，老婆子看清楚了。不会错，这画像中的人正是已死的夏正夫妇啊！”

刘婆婆随即发现了黑脸汉子、秀美女子，上下瞧了好几遍，大叫一声道：“天啊，你们是……夏正，娄晴。”

黑脸汉子握紧拳头不语，秀美女子眼圈渐渐变红，倏地扑到了刘婆婆怀里，大哭着说：“刘婆婆，是我，娄晴。”

“啊……你们没死！你们没死啊！”刘婆婆泪水也是禁不住，涌了出来。

黎斯没理会几人反应，他目不转睛看着夏九婴。夏九婴眼里天翻地覆，但须臾后，就变得安静了，太安静了，仿佛他已经从这个世界完全消失了。

“说说吧。”黎斯望向黑脸汉子，也就是夏九婴的爹，夏正。

“我年轻时也在衙门中做事，一次执行公差时不小心杀死了掌控长江水域的血生帮帮主司徒登，那以后血生帮就欲置我于死地。没有办法，我便带着怀有身孕的娘子来到穷乡僻壤的落花村避难。生下九婴那年，血生帮这伙仇家寻到了落花村。我没有办法，为了不连累她们母子二人，我选择了让自己葬身火海。”夏正无奈道。

“九婴七岁那年，那伙仇家又来寻仇。我暗中留言给晴儿，让她把九婴先寄托给刘婆婆，她进黑虎山躲避一阵。”夏正叹一声说，“但万万没想到，仇家寻到了黑虎山里，险些杀死了晴儿。千钧一发之际我赶至救下了晴儿，但她已经身受重伤。走投无路，我只能带着晴儿，连夜离开了落花村，离开了明岭县。”

“我想过带走九婴，但转念又想，若我们遭遇不测，九婴怎会幸免于难？”夏正望了一眼如石塑般的夏九婴，“最后，我只能放弃了带走九婴的念头。”

“这许多年，我也想回来，但又害怕把仇家引回落花村。”夏正道，“晴儿始终不放心九婴，五年前，我们找到容妈，容妈是我的表嫂，我让容妈先来到明岭县，保护和照顾九婴。”

“但后来容妈来信说，九婴变成了一个完全不同任何人接触的孩子。她没法将他接回去照顾，只能暗中帮衬。”夏正愧疚地说，“一个月前，我们潜回青州，回到了明岭县，混进了杂耍班，只是希望可以远远看一看孩子。”

“谁知刚进入明岭县没多久，明岭县就发生了凶案，后来听说县衙将九婴抓进了大牢。我心急如焚，却又不敢现身救孩子。”夏正懊悔道，“只因为仇家的探子也追来了明岭县，我着实不敢暴露自己，怕给九婴惹上更大的麻烦。”

“我能做的，就是嘱咐容妈密切注意凶案的动向，并且第一时间告诉我。”夏正神情黯然，“还有，就是有可能的话，帮一帮孩子。”

“十一日晚，我本去探亲，返回经过黑洼村洼地时发现了被杀的黄麻子。黄麻子脖颈的伤口同纪少爷一模一样，我心头一紧，想到要帮九婴洗脱嫌疑。而最好的办法，就是栽赃嫁祸。”容妈怯怯道，“纪府里，陆千波同少奶奶不清不楚。我早看不惯这种小人了，便趁机栽赃给了他。”

黎斯心中哀叹：夏九婴苦苦所图，费尽心机欲要报仇的尸骸，竟然不属于他娘，只是另外一个陌生的女人。

这是多么大的悲哀啊。

“九婴啊，孩子！是娘，还有你爹对不起你……我们知错了，你能原谅我们吗？”泣不成声的娄晴一步步走向夏九婴。

黎斯未言，看向夏九婴。

夏九婴双眼空洞得可怕，如同两眼干涸的枯井，布满了绝望、颓废。

娄晴就要摸到夏九婴了，她的手开始颤抖，泪水更是疯狂涌出：“孩子啊，孩子……”

夏九婴忽地站起，目若无人地从娄晴面前离开，他步伐直直走向了破茅草屋，钻了进去。娄晴在原地痛哭，不多会儿，她又跑向破茅草屋。

众人跟随，娄晴拉开了茅草屋的破门。

七年了，茅草屋充斥着恶臭、污秽的味道，从未有人想过，也不敢真正地靠近它、打开它。茅草屋对于夏九婴来说，是他这七年里，在这人世间，唯一属于他的地方。

每当冷血无情面对外面的世界后，在这污秽简陋的空间里，夏九婴会偷偷一个人哭泣，那是不被人发现的哭泣，久远冰封的心刺痛灵魂的哭泣。泪如雨下，只有在这个时候，夏九婴才会记得，他还是个人，一个刚满十四岁的孩子。

茅草屋对于夏九婴来说，等同一个字——家。

家的门被娄晴拉开了。

躲在茅草屋最阴冷角落的夏九婴如同狂猴一样咆哮，在屋里上蹿下跳威胁闯入者，而敞开的门里，每一个人都清楚看到了里面的情景。

狭小的空间中都是坚硬冰寒的土地，只有最里面有一张干净完整的草席，草席周围用一朵朵盛开、枯萎、再盛开、再枯萎的野花摆出了一个花的圆圈，圆圈里是一具完整的成人骨骸。

那是夏九婴的娘。

孩子将最美丽、最珍惜的东西给了至亲的人，他守护她，他等待她。

娄晴傻了，夏九婴仇恨的目光死死盯着她，怒喊："滚，这才是我娘。滚开！"

夏九婴蜷缩在角落里，望着草席中的骨骸，露出如初生幼童般纯真的微笑。

在他眼中，这已是他所求的全部。

茅草屋门口的人并未散去，这激怒了夏九婴，他卷起草席，抱起尸骸疯狂地冲了出去。

"娘，我不会……再也不会让任何人……把我们分开！"夏九婴发狂地往黑虎山方向跑，口里吹着刺耳的短哨，渐渐来临的暮霭中，一个纯白色的身影出现了，白狼。

夏九婴跳上白狼的背，消失在了黑暗里。

“怎么办，九婴去了哪里？”娄晴大哭大叫，“我的孩子啊！”

“大人。”夏正求助黎斯。

黎斯沉吟后说：“吴闻，赶紧找陈二狗来。若我没猜错，夏九婴定然去了尸骸的埋骨地。”

黑虎山山腹一处隐秘的密林，北头是坚实的山体，南边是陡峭的悬崖，树林中央有个刚被填埋的新坑。

黎斯等人赶来时，夏九婴和白狼就站在悬崖侧，夏九婴怀里紧紧抱着席里的尸骸。

“九婴，爹错了。爹对不起你，你不要这样好吗？”夏正悲切地说。

“孩子，回来吧。”娄晴双腿一软，跪在林中，容妈将她搀扶起来。

夏九婴只若未闻，黑夜里，他望着远处的星辰。

“当我饿昏在野外，当我被野狗撕咬得遍体鳞伤……当我脖颈被独狼咬破，支持我活下去的理由只有一个……为了跟我娘团聚……为了这个理由，我成了纪梁的死仆，活得人不像人，鬼不像鬼。得知娘死的真相后，我变成了一个杀人魔，构建杀人的魔窟……将真挚的伙伴，变成了杀人的工具。”夏九婴微笑如刀，割裂了他的脸，他的身体，他的心。

“我寻回了娘的尸骸，我做到了……我可以有我的世界了。”

“但弹指间……有人来了，原来死了的人没死，我只是被抛弃了。”夏九婴喃喃自语，“轻而易举，摧毁了我的坚守，湮灭了我的世界。”

“从此，两个世界一片空白。”夏九婴转过视线，凝望黎斯，“我该何去何从？”

黎斯微微低叹：“夏九婴，我说过你像我。尤其是现在，现实的残酷远超过人的想象。”

“残酷之后，才是珍贵。”

夏九婴细细品味黎斯的话，突然倔强地说：“不，我不像你。我不妥协。”

“我永不会变，即便坠入深渊。”夏九婴笑了，如同他在坚守世界，在娘怀里自在微笑。这种笑容只属于他，夏九婴。

夏九婴猛地一跃，身体如同剪断的纸鸢，先往前飘，而后直直下坠。

风在，月在，深渊在，我在……黎斯紧紧拥抱尸骸，是的，娘也在。

去吧，地狱见。

下坠的影子将悬崖旁众人的哭喊、白狼的孤吼切断。

“心中一隅的温度，是我活下去唯一的原因。找到她，哪怕我会死，哪怕她已死。”

——夏九婴

尾章

将离开明岭县时，吴闻一吐心中疑惑。

“我始终想不明白，夏九婴一心盼娘归来，本应是单纯直性的孩子，他怎么可能想出这一系列铁牙噬人的凶案？”

“夏九婴与其说是单纯直性，不如说是执于一念。执念令他变得无所畏惧，同样，执念也令他变得狭隘，变得孤僻。至最后，也是这份对于缥缈亲情的执念让他走上了无法回头的路，他可以去做任何事，包括毁掉眼前的全部。”黎斯长吁说，“谋划铁牙噬人的系列凶案，便是此种情况下的产物。”

“而当亲生爹娘活生生出现在夏九婴眼前时，他生存的执念变得毫无意义，投注全部情感的骨骸成了陌路人，最关键的是，夏九婴早就将回路斩断，无法回头。最终，他选择了绝路。”

夜黑得深沉，冰寒。

陈二狗从狗屋里寻查出来，一阵阴森刺骨的寒风让他打了个激灵，不由自主回过身。

狗屋周围的黑暗里树影婆娑，宛如无数小鬼在举刀拼杀。

“哎，自己吓自己，夏九婴已经死了，还害怕什么？”陈二狗自嘲地笑笑，而就在他离开的刹那，一个鬼魅如幽灵般的黑影，悄无声息贴在了他身后。

轻轻地，咧开嘴，锋利无比的凶牙闪烁死神之光。

“啊……”

这是悠长夜晚里，小小的插曲。

夜正深，故事还在继续。

道隐无名

楔子　故地重游昔人去

古老的庭院里静寂无声，青衫男子于残风中步入庭院，冷风瑟瑟催肃容，青衫男子仰望院里一株百年古树，树已无叶，只留下了一截尝尽百年人世冷暖的枝干。

古树旁，是一间封闭的厢房。

青衫男子推开厢房，熟悉的景致勾起过往记忆，房内桌上放着一个物件，是一枚微雕的核桃，涂成了红褐色。核桃微雕里竟然同样有一间厢房，厢房桌前站着一个男子，他身穿旧色捕装，正拿起一枚核桃端详。核桃只有拳头一半大小，但里面场景面面俱到、惟妙惟肖，只是面部轮廓不甚明了。

小小核桃流露出鬼斧神工之术，青衫男子忘情于核桃，身后的门倏地被推开。一个留短须、五官端正的捕快冲了进来，他激动地叫道：『捕头！』

青衫男子转过脸笑说：『现在你才是捕头，怎么称呼我捕头？』

短须男子哈哈大笑：『那像以前一样，我还是称呼你黎大哥。』

『好。』青衫男子满意地点头。他便是大世神捕黎斯。短须男子是黎斯曾经的下属，肖凝。

尘封往事，似水无痕。

黎斯故地重游回到了似水城，肖凝已经当上了似水城捕头。肖凝眉飞色舞地同黎斯攀谈，聊起跟随黎斯一起在不动山庄里惊心动魄的回忆。（参看《最推理》总第36期：《深瞳》。）

黎斯微笑听着，视线悄悄转移到微雕核桃上。

『对了，黎大哥。老前辈呢？』

肖凝说的是老死头，黎斯摇摇头：『不知道老家伙去了哪里。』

四年前，黎斯同老死头、吴闻、肖凝共破不动山庄楼天命一案。而今时吴闻留任圣城，老死头不知所踪，黎斯内心多了一份隐隐寂寥。

至于这枚核桃——里面端详核桃的男子，分明是四年前的自己。会是谁留在这儿的呢？

第一章 茶楼行侠少年客

大世鸿运三十二年，十二月二十六日。

黎斯同肖凝重逢后，住进了肖凝的府院。似水城一如既往，像长河流逝，无波无浪。肖凝陪黎斯再游似水城，未时两人来到一家名曰善流居的茶楼饮茶。

饮过一壶茶，黎斯观察着善流居来来往往的各色人物。

善流居分两层，一楼是茶客喝茶聊天的场所，二楼是雅室。一楼东边有小块空出的场地，一堆年轻男女在表演戏法。从一块前后无物的黑布里，男子不断变出各种杂物，如发钗、鲜花、鸡蛋等等，女子再用另外一块红布，在众人眼底下将变出的杂物变没。

一出一入，倒也有几分意思。

一楼西侧也空了场地，一个盲眼耄耋老者拉二胡，还有位碧玉年华的少女配合老人乐声轻盈起舞。少女面容清秀可人，像一只灵活的燕子展现着美好身姿。

一位剑眉星目的少年坐在窗下，面前桌上搁着长剑。少年偷偷瞟了几次黎斯，让黎斯有些纳闷。

一曲罢，少女端着瓷盘，收了茶客打赏的铜钱。就在少女转身时，不小心碰倒了相邻桌的茶杯，茶水溅了一地。这桌坐的是几个番邦游商，他们凶狠地瞪着少女，少女吓得直往后退。耄耋老者摸索着上来赔不是，却被一个番邦汉子推倒在地。

少女叫了声爷爷，想扶起老者。番邦汉子一把抓住了少女，嘴里臭气烘烘地说：“坏了我的茶，赔。”

番邦汉子的中土话说得不甚清楚，如同嘴里咬着一大团棉花瓮声瓮气。少女拼命挣扎着，老者抱住了番邦汉子的腿，哀求着说：“放了薇儿，求求你，放了我的薇儿……”

番邦汉子不耐烦地将老者踹开，盯着少女色迷迷地道：“你赔茶，跟我走！”

“放开我，爷爷……爷爷！”少女无助地哭泣。善流居里的茶客指指点点地数落番邦人，但没人敢站出来搭救少女。

大汉叽里咕噜地招呼同伴离开善流居，手里拉着满脸泪水的少女。

“砰”的一声，不知什么时候番邦大汉身后多了张桌子，他一转身撞到了桌子，茶杯茶碟碎了一地。

有人轻轻拍手说：“可惜了我的好茶，竟被一只畜生碰洒了。”

是方才偷瞟黎斯的俊美少年，他坐在桌旁。番邦大汉虽然中土话讲得不好，但听得明白，他知道少年在拐着弯骂自己是畜生，不由得勃然大怒，拔出了弯刀。

“这还得了，敢在似水城撒野！”肖凝刚待起身却被黎斯按住，黎斯望着场中少年说：“再瞧瞧。”

弯刀亮着蓝光，番邦汉子一刀朝少年的桌子劈了下去。番邦汉子虽然莽撞但不傻，他不想在大世境内犯事，所以只是吓唬吓唬少年。再看少年神态怡然，等番邦汉子一刀就要劈在桌上时，他突然动了。

少年急速地从桌上捡起了一根木筷，往上一送。

木筷挡下了弯刀，而且看少年模样是轻轻松松。番邦大汉像见了鬼，两眼圆瞪，双手用力下压，但就是斩不碎轻薄的木筷。

“这少年，是他……”肖凝盯看少年，眨了眨眼突然说。黎斯瞧了肖凝一眼，继续凝望场中。

番邦大汉已是强弩之末。他旁边的番邦同伴怪叫几声，挥拳头冲向少年。少年冷笑一声：“宵小之辈，都上吧。”

几个番邦人刚跑两步就觉眼前一黑，纷纷被飞来的木筷戳中了两眼之间，顿觉全身散了架咚咚地摔在地上。

番邦汉子终于搞明白了，自己根本不是眼前这文弱少年的对手。他松开了弯刀，喘着粗气道：“你想……怎样？”

“很简单。既然你说坏了茶要赔，那就按照你说的，赔我茶。”

“我赔你一壶茶。”番邦汉子服软道。

“方才人家女孩坏了你一壶茶，你就要掳走她。现在你就只赔一壶茶了事？”少年伸手摸到了桌上的长剑，剑鞘古朴，镶有名贵的宝石。少年冷然说：“要么让我砍掉你一只手作为赔偿，要么承认自己是一只狗，从善流居门口爬出去。我不会跟狗一般见识。”

“你，你……”番邦汉子憋红了一张脸。少年长剑微微出鞘，杀气凛然。番邦大汉扑通一声跪地，狗一般爬出了善流居。其余番邦人也学着他的样子灰头土脸地逃了出去。

“谢谢少侠的救命大恩，谢谢……”老者感激落泪，少年搀扶起老者，名唤薇儿的少女对少年深深作揖。

“这少年你认得？”黎斯呷了一口茶。肖凝点头：“当今似水县令孟秀之子孟凡川，两年前拜入方振山燕翅门学艺。燕翅门是叱咤武林的新剑派，门主昂天燕一套震慑大江南北的‘星罗九州’剑法，难逢敌手。这少年同样属于燕翅门，是孟凡川的师兄，我记得他叫高凌。”黎斯点头。

少年同老者分开后走了过来，肖凝客客气气起身说：“原来是高少侠，方才痛击番邦贼子的一幕着实让肖凝佩服。”

高凌鼻子里嗯了一声算是回应肖凝。他一双杏眼扫了黎斯好几遍：“你是黎斯？”

黎斯一愣：“高少侠，幸会。”

“高少侠，你认识黎大哥……黎大人？”肖凝轻问。高凌意味深长地说：“大世神捕何人不晓？黎大人自然还不认识我高凌，但我相信用不了多久，黎大人就会慢慢了解我的。”

“告辞了。”高凌双拳一抱，转身离开了善流居。

番邦贼子闹事，善流居并没有因此而变得冷清，很快又是一派热闹情景。变戏法的年轻男女开始变戏法，盲眼老者和少女也开始了新表演。这次老者没有拉二胡，而是说起了故事段子《草莽英雄》，讲述的是一位少年怒斩昏官恶霸的故事。

少女安静地坐在老者身旁，用小锤鼓打鼓点配合老者说段子。

黎斯回到肖凝府中，推开厢房房门，在桌上静静躺着一样物件，有着红褐色的躯体。

竟又是一枚微雕核桃！

黎斯诧异地拿起核桃，核桃中的景致清楚呈现。

一间凌乱的房间，一扇敞开的残窗，一个挪开的衣橱和衣橱后凹陷的墙壁，以及竖站在墙里的一个男人。

男人恐惧地平视前方，胸口被鲜血浸染。

黎斯拿着核桃的手微微晃动。这场景，怎会这样熟悉……

第二章 血案重演

十二月二十七日。昨晚黎斯一晚没睡，两枚微雕核桃就放在床侧，黎斯一次次凝视心底又一次次否定，微雕核桃会出自谁手？

辰时，肖凝派捕快来请黎斯，城东发生了血案。黎斯来到了一间藏在胡同深处的客栈——清风客栈。

走廊尽头的一间客房，肖凝正好露面："黎大哥，在这里。"

房间里凌乱不堪，一扇残缺的窗户向外敞开，露出庭院里的一株枯干枣树。木床侧有一个被挪开的衣橱，衣橱后的墙壁向内凹陷，一个男人直挺挺地站在凹陷的墙壁里。他的双眼瞪着前方，眼神里充满了无尽的恐惧，胸口被鲜血浸湿。

黎斯思绪陷入到一片混沌中，血案现场同微雕核桃情景完全重合，恶凶就是送自己核桃的人？！他要做什么？

黎斯脑海里天翻地转，不仅如此，血案和核桃渐同黎斯记忆里的一幕重叠。

黎斯走到尸体旁，在凹陷墙壁内瞧了又瞧，而后肖凝安排人手将死尸运送回县衙黑屋子里，等待仵作的检查。

"找个地方，我有事要跟你讲。"黎斯拉着肖凝道。

黎斯和肖凝来到了善流居雅室，肖凝找好房间关了门。黎斯将核桃摆在桌上，肖凝看了几眼，指着第二枚核桃道："这核桃里的情景同清风客栈血案，一模一样呀。”

“不仅如此。”黎斯面容深沉，“事实上清风客栈的血案，还有这核桃内所刻的情景，跟我在青城山所办过的一宗旧案极其相似。”黎斯回忆起青城客栈中，同样死于凹陷墙内的女子卞盈盈。

黎斯详尽讲述了青城山那一幕诡谲云涌的凶案，肖凝专注地听完，得知被害人卞盈盈死于半截紫竹，凶手乃是丰无庸后，不由得感叹一句：“多情自古空余恨啊。”

“听黎大哥这么讲，清风客栈和微雕核桃果然同青城案有九成相似，不过青城案里卞盈盈被紫竹刺死，所以胸口有齿状伤痕，而我刚才检查过死者，没有这类伤痕。”

黎斯也见过死者伤口，沉了沉道：“不止如此，青城案关键证据的红泥在客栈里也没有发现。每一个案子都有其特殊的唯一性。清风客栈血案的凶手，也就是送我核桃的人，他并不像是单纯地模仿杀人，更像在表达一种意愿。”

“什么意愿？”

“挑战。他要向我挑战。”黎斯缓缓说，目光落在微雕核桃上。

“以杀人进行挑战，这厮真是穷凶极恶！黎大哥，咱们该怎么办？”肖凝险些碰洒了茶，黎斯望着窗外渐渐熙攘的人群说：“先等仵作那边的消息，然后调查死者的身份。”

巳时三刻，仵作已经验证了结果。死者是胸前刀伤致大量失血而亡，这也证实了黎斯的推论：凶手并没有完全照搬青城一案的杀人手法，只是模仿了案件里的杀人场景及死者的样子。

仵作整理好死者的遗物交由肖凝查看，肖凝翻查每一件死者遗物。肖凝拿起了一双布靴，黎斯接过布靴，布靴靴底有一层泥土，还有几小撮黑色的颗粒状物质。肖凝也看到了黑色物质，迷茫道：“这是什么东西？”

黎斯取了一点黑色物质在鼻前嗅了嗅，又用手捻了捻说：“是铁屑。”

“铁屑。”肖凝眨眨眼瞧着布靴，“这么说来，死者应该去过铁匠铺，或者去过可以接触到铁屑的地方。”

“似水城东有一座铁矿，西边还有一座磁石矿，铁屑也算常见，仅凭这点线索没多大用处啊。”肖凝惋叹一声，黎斯将布靴放在桌上，“并非是铁屑这般简单。如果死者穿布靴踩到过铁屑，那么铁屑应该同靴底泥土混在一起。你再来看看这双布靴的靴底。”黎斯指给肖凝看，肖凝惊讶地说：“铁屑竟是浮在泥土表面，这就是说……”

“就是说死者根本没接触过铁屑，是有人在他死后将铁屑撒在了靴底。”黎斯说出结论。

“一定是凶手干的，但他为什么要这么做？想不通。”肖凝摇了摇头，黎斯也说：“我也想不明白。”

“既然凶手是有意向我挑战，或许这是他留给我的一条线，像是放诱饵钓鱼一样，这便是他撒下的鱼饵。”黎斯双眼闪烁着深邃的光芒。

很快负责调查的捕快回来了，黎斯和肖凝得知了死者的情况。死者名叫郑厚年，是郑记绸缎庄的老板，开绸缎庄二十余年了，从无跟人结怨，更别说有仇家了。郑厚年娶有一妻一妾，都是温婉淑良的女子，也无嫌疑。

“郑厚年好像没问题。现在疑点便是黎大哥收到的微雕核桃，以及郑厚年靴底铁屑，这两点又都没头绪。唉。”肖凝无从下手地耸耸肩，黎斯道：“凶手挑郑厚年作为目标必定有他的目的，继续深挖郑厚年这头，从他的家人、朋友甚至绸缎庄的伙计入手，不要放过一个人。”

肖凝点头：“好。”

肖凝和黎斯走出黑屋子的别院，迎面遇上了三人。其中一人身穿浅青色官服，不用肖凝介绍，黎斯也知道他是似水城县令孟秀。

陪孟秀走来的两个年轻人，一个是黎斯在善流居见过的少侠高凌，另一个少年矮高凌半头，一双眯缝眼像极了孟秀，不用想也知道是孟秀之子，孟凡川。

肖凝互相引荐，孟秀早听闻了鬼捕黎斯的名头，也知黎斯曾做过一任似水捕头，所以格外热情。寒暄后，孟秀告知带高凌二人来县衙的目的，原来高凌二人亦想加入调查郑厚年一案。

“人人都讲四大神捕神机妙算，睿智过人，高凌很想跟黎神捕学习见识一下。”高凌说得好听，但语气却冷冰冰。黎斯心中苦笑，他不想驳孟秀的面子，只得应下来。

从县衙回到肖凝府已过戌时三刻。黎斯没有多少睡意，夜风习习吹入房间，桌上摆着两枚诡谲神秘的核桃。两枚核桃犹若一对红褐色的幽冥怪眼，死死瞪着黎斯……制造清风客栈血案又送核桃来的人，会是自己的旧相识吗？

微雕核桃除了是凶手对自己的一个挑战，是否还藏有更深的没有被发现的隐秘？

黎斯内心深处有一团火苗在燃烧。好，既然是挑战——

那么，我接下了！

第三章

第三枚核桃

十二月二十八日，忌平治道涂，忌入宅出行。

对于郑厚年亲朋好友的调查并未取得有效进展，肖凝焦急得如热锅上的蚂蚁。孟凡川又缠着肖凝，打听关于郑厚年一案的前后始末。肖凝打发走了孟凡川，回来找黎斯。

善流居二楼雅室，黎斯望着刚坐定的肖凝道："昨晚我想了一晚，你觉得这微雕核桃像何物，是否有似曾相识的感觉？"肖凝被黎斯一问，忙点头说："原来黎大哥也想到了。"

"也许早想到了，只是内心不愿意承认。"黎斯淡淡一笑道。

微雕核桃将血案演绎于小小的核桃中，就如同四年前发生不动山庄案时，楼天命送给黎斯的黑木匣。楼天命为了阻止其母"苗疆鬼女"的无尽杀戮，将重要线索藏在了预演凶案的黑木匣里，并靠此帮助黎斯破解了案件真相。楼天命之孝感最终打动了其母的善心，但却为时已晚，两人皆殒命于不动山庄的漫天火海。

"凶手模仿黑木匣做出了微雕核桃，他对于黎大哥情况这么了解，黎大哥，你说凶手会不会是……"肖凝欲言又止，黎斯帮他接了下去："会不会是我的朋友，甚至是挚友？"

肖凝低头叹一声。雅楼外突然传来了吵闹声，肖凝不悦地开门，刚好看到有两个人从走廊里跑来，正是在善流居表演戏法的一对男女。

“哥，你把钱还我！”后面女孩喊说。这变戏法的一对男女原来是兄妹。

男子没跑几步便被女孩抓住了袍子，男子苦着脸哀求道：“妹妹，不是我想偷你的钱袋，是……是赌坊的那帮人逼我还债。如果不还，他们就要砍掉我的一只手。妹妹呀，我不想失去一只手啊！”

“说了让你不要再赌，不要再赌！你忘记爹是怎么被人活活砍死的？因为他烂赌！还害得我们兄妹无家可归。你怎么就这么不争气啊！”妹妹脸色煞白，但还是松开了手。哥哥立马道：“妹妹你放心，这是最后一次。以后我绝对不去了，我去还钱。”哥哥冲下楼梯，剩下妹妹在原地怅然若失。

肖凝不无惋惜地摇摇头。肖凝跟伙计打听，得知原来这对兄妹哥哥叫阿山，妹妹叫阿水，半年前落魄至此。善流居老板见二人还有些拿手的戏法，就让兄妹二人在茶楼里表演戏法挣钱。

“可怜之人必有可恨之处。这哥哥不知照顾妹妹，反倒还去赌钱拖累妹妹，可气可恨！”肖凝感慨道，“真是世风日下。”

黎斯和肖凝喝完茶结账离开，到了门口黎斯突然发觉有东西不见了，他转身冲上二楼。

回到方才的雅室。雅室桌上静静躺着一个绣有飞鸟的紫荷包，在荷包旁还有一个红褐色的核桃。

又来了——第三枚微雕核桃！

第三枚核桃雕有一条蜿蜒似蛇的河流，一艘缓慢浮行的乌木船，船上有一口敞开的木箱，箱内装满了石头。而在河流里有一具漂浮的男尸，脸面朝下，尸体侧还有一口残破的箱子，箱内没有东西。

黎斯瞅着微雕核桃，神情变幻：“这是天蓝城幽河凶案的场景，凶手又开始了。”

黎斯平静了一会儿，然后说起了天蓝城杀意凛然的命案，其中一起就是守佛楼的黑脸，他被缚石溺死的幽河凶案。凶手还伪装出黑脸携赃逃跑的假象，将两箱金银置于乌木船里，后来一箱残破金银落入河底。案末通过黑脸耳骨里的一只尸虫，大世第一仵作老死头刨出了案件真相。

黎斯讲述完后又道：“黑脸尸体被发现时，就像核桃里的这般样貌。然后乌木船及金银箱是在幽河下流发现的。”

肖凝突然站起来道：“似水城外只有一条翠水河，凶手若模仿作案，必然会在翠水河杀人。我这就去！”

黎斯心中黯然。既然已经收到了核桃，说明凶案已成，就算现在飞去也难以捉到凶手了。雅室门突然被推开，门外站着两个少年。

瘦小的孟凡川，挺秀英俊的高凌。

“我们也去。”孟凡川道，原来两人悄悄跟踪肖凝来到善流居，然后藏身在黎斯雅室的隔壁。习武之人耳目了得，高凌贴墙听到了黎斯两人对话。

“你们怎么在这儿？”肖凝有些诧异。高凌冷冷道：“我说过想跟黎神捕学习见识，但凡同案件相关的事我就会出现。”

黎斯苦笑一声，四人出了善流居直奔翠水河。

翠水河东西走向，四人分开寻找，没多久果然在翠水河中段寻到了一艘乌木船。乌木船孤零零漂浮在河面上，船内有一口敞开的木箱，箱内装满了石块。四人沿着乌木船的位置逆流而上，很快就发现了一具面朝河面的男尸。男尸近前亦有一口残破木箱，箱内无物。

巳时三刻，孟秀赶来，黎斯四人已将尸体拉回河畔。孟秀眉毛被滚下的汗珠打湿，他用手帕擦着眼中汗水说：“清风客栈血案还没进展，这又死了一个人，有什么发现没有？”

孟秀望向肖凝，高凌先开口说：“死者脸孔乌紫、七窍流血，是中毒暴毙的症状，同黎神捕所提的天蓝城命案不甚相同。”

“他不是被淹死的吗？”孟秀看到死者浮在河里，就先入为主地认为死者是被淹死的。

“黎大人可有更多线索？”孟秀问。黎斯眼光扫了扫男尸，男尸腰部缠着一根细蟒银带，银带左端带钩位置微微隆起，黎斯扯开银带，里面滚出了一物。

众人看去，滚出来的是一颗小指甲盖大小的白珍珠，珍珠表面微微浑浊似有一层水沫。

“腰带里怎么会有一颗珍珠？”孟秀瞪大了双眼道。高凌默不作声盯着珍珠，黎斯捡起珍珠捏在手里说：“这不是银带里的原有之物。”

“莫非是凶手将珍珠藏在了银带里？”肖凝有些想不明白。在找到珍珠后，孟秀安排捕快将男尸运回县衙黑屋子，至于乌木船和木箱也一并拉回县衙。

回县衙的路上，肖凝赶上来问黎斯：“黎大哥，这珍珠透着古怪啊。”

黎斯点头：“凶手精心布局，应该不会大意地留下珍珠，还有郑厚年靴底的铁屑。凶手像有意而为之，他的目的究竟是什么呢？”

十二月三十一日。似水县衙查出了翠水河男尸的身份。

死者叫商云，乃是似水城金城镖局的走镖镖师。商云师出南淮少林寺，一套强劲的伏虎罗汉拳是他行走江湖的倚仗。商云行走黑白两道，关系也是错综复杂，短期内并不容易梳理明白。

肖凝忙得焦头烂额却没多少收获，两宗命案尚不知从何处下手。黎斯来找肖凝时，他已经筋疲力尽地睡在县衙偏堂。

黎斯叫醒了肖凝：“走吧，陪我去个地方。”

“唔，哪里？”

“一个老地方。”黎斯故作神秘。

似水城三十里外的一个山谷，如同四年前一样的葱山绿水，温暖如春。走在山谷静谧的林间，犹若可以听清整个山脉河流的呼吸。山谷内还有一个水潭，无风无浪时就如洁白圆月坠入了凡间。在似曾相识的画面中，唯独不见了那座恢宏气派的庄院。

曾经高墙绿瓦的不动山庄，如今只剩下几处残垣断壁。黎斯站在东侧山坡上望着它：“肖凝，还记得这儿吗？”

肖凝点头：“记得。四年前我们就站在这里，看着不动山庄焚灭于火海里。”

“转眼即是四年。”黎斯徜徉其中，“为何我还觉得像活在当日？”

四年种种如同白驹过隙，转瞬在黎斯脑中闪过：一瞥瞥一缕缕纠缠再奔离，像一个漫长的梦猝然地醒来。魏独命、沈柔、白珍珠、轩辕善、老死头……这些人都站在了黎斯眼前，弹指间又都灰飞烟灭。

“黎大哥，你怎么了？”肖凝眨眨眼问。从黎斯回到似水城，肖凝就发觉黎斯有点奇怪，黎斯时常出神，像藏着极大的心事。肖凝知道黎斯不会同自己说，所以他也选择了缄默。

“想到了以前。”黎斯摆摆手，“咱们下去吧。”

肖凝和黎斯来到不动山庄旧址，黎斯静默许久，肖凝则心有感怀，两人都没有讲话。

而在黎斯、肖凝凝立的山坡上，倏尔出现了两条人影。

“他们在干吗？一动不动站在那儿好久了。”孟凡川茫然地说，旁边面如白玉的高凌一言不发，只是凝望着远处黎斯的背影。

第四章 风波迭起

鸿运三十三年一月一日，本是送岁末迎新年的好日子，但百姓却因为命案频发变得战战兢兢，殊不知杀人恶魔下一个目标瞄向谁。一片看不见言不出的灰色阴霾笼罩在似水城，城内冷清寂静了许多。

黎斯在善流居里，他时而瞧阿山兄妹变戏法，时而听盲眼老者说起新故事《骤风起》。这故事讲的是大世鼎立之初同蛮族在扩波河的惊世水战，血战到天地为之变色，草木为之动容。本故事里的主人公是一名前朝遗子，他在无情战争里经历了各种磨难——亲人被杀，恋人相弃，还要遭受同族人的冷漠嘲笑，最终磨难激发了他血液里的战意。

一段未罢，大街上突然传来喧闹声。

一个麻衫老人摔倒在大街上，老人面前是两个县衙捕快。老人悲切大呼：“我是个清白的人啊，一辈子都没进过衙门，更别说下大牢！你们再想逼我入狱，我……我立马撞死在这里！”老人抱着一块大石，作势欲将脑袋往上面撞。

“别，你可别做傻事。”年纪稍长的捕快忙阻拦，随即唉声叹气地说，“老人家，我们也不想这么做，只是县衙有令：但凡手艺者都要先押回大牢，待查清没嫌疑后再放人。我们也是迫于无奈啊。”

“一派胡言！衙门怎么可以随便抓人？什么手艺者，我就是个捏糖人的老头而已，这也要进大牢，还有没有天理啊！”不多会儿麻衫老人的儿孙都来了，一大家人抱头痛哭，两个捕快更无所适从了。

“这究竟想干吗！”变戏法的阿山一脸担忧，“捏糖人都要吃牢饭，那我们变戏法的不更没活路了？他们会不会也来抓我们啊，妹妹，这可怎么办好！”

“别急。”阿水安慰哥哥道，“昭昭天日，总有公道可讲，不会任由他们胡作非为。”

黎斯亦有怒气，正想找肖凝问清楚。大街上，一身捕装挎刀的肖凝突然出现了。

捕快一般都是左腰挎刀，肖凝却挎在右边，看上去有些怪模怪样，但这已成了他的习惯。肖凝打发走了要拿人的捕快，而后安慰麻衫老人离开，才转来见黎斯。

善流居雅室。

“怎么捕快满大街随便抓人？”黎斯问。

肖凝摇了摇脑袋道：“这都多亏了县令公子。”

“孟凡川？”

“是啊，这孟凡川提出了歪论。说什么能刻出微雕核桃的人，肯定是一位双手灵巧的手艺者，所以他想将全城可疑的手艺者全部抓进大牢里排查，就能找出凶手了。”肖凝说完，黎斯不知该怒还是该笑，只得道：“真是胡闹！”

“谁说不是？孟大人不知喝了什么迷药，竟也由着他儿子胡闹。”肖凝道，“不过孟凡川生性木讷，这馊主意不会是他想出来的，应该是那个高凌。”

“我来时刚得到消息，高凌和孟凡川去缉拿同商云有仇的黑虎寨山匪，褚大庆。”

双行山黑虎寨，高凌冷厉径直朝寨内走去，他一路撂倒了二十几个山匪。孟凡川和捕快将无还手之力的山匪一一绑了。小喽啰都震慑于高凌强烈的杀气和目光，没人敢上前，贼群为高凌让开了一条路。

高凌走到一座大屋前，屋廊上挂着满嘴獠牙的虎头。一个四十岁左右的粗壮男人站在虎头下，面容凶狠道：“我就是褚大庆，就是你口出狂言要抓我进大牢？！”

“是。”

“嗯哼哼哼！小子，未免欺人太甚了，想抓我，先问过我手里的刀吧！”褚大庆抡起百斤重的虎头环刀削向高凌天灵盖。眼见虎头大刀就要劈碎狂妄少年的头颅，褚大庆倏地眼前一花，一道快若流星的剑影穿过虎头环刀，点中了自己肋部。

“好……好快的剑。”褚大庆望着面无表情的高凌，认命地说，“多谢少侠手下留情，这趟大牢我走就是。”

高凌不费一兵一卒将逞凶十年的山匪头目送进了大牢，孟秀一个劲竖大拇指赞许高凌。高凌从大牢出来后碰见了黎斯和肖凝。

“你们无凭无据地乱抓人，闹得城中百姓人人惶恐不安。这简直就是添乱！”肖凝呵斥孟凡川和高凌道，孟秀跟上来脸色难看地讲：“肖捕头，凡川和高少侠拿人擒贼都是我准许的，你在指责我吗？”

“属下不敢。”肖凝低头说。

“不，孟大人，他说的没错。”高凌突然开口道。孟秀诧异地望着高凌，高凌缓缓道：“凶手心计缜密又心狠手辣，他不会轻易地被我们擒获。而抓手艺人、擒山贼的效果微乎其微，所以肖捕头说的一点没错，我就是在添乱。”

“高少侠，你……”孟秀一头雾水。

“但即便只是添乱我也要做，我就是要让幕后真凶知道，这场戏不是他的独角戏。有人会死死盯着他，直到将他送入大牢。”高凌说罢转身就走，走到黎斯身边又停住，冷言说：“何况添乱总比躲在茶楼里无所事事要强。”

孟秀跟着儿子和高凌走了。肖凝望着高凌远去的背影，点头说：“虽然知道他是在胡闹，但他方才一番话倒也不全错。”

黎斯赞同道：“是啊，这不是谁的独角戏，高凌这样做也许是想刺激我。他做得没错，一静不如一动，一动不如消失。”

“消失？”

从那晚开始黎斯再没有出过肖凝府，甚至连厢房门口都没有走出来过。

似水县衙。孟凡川找到高凌，高凌正掐着一根树枝在比画剑式。高凌道：“差不多了，将大牢里抓来的手艺人全放了吧，然后再抓一批进去。”

“师兄，你抓人不审问关上两天又都放了，这是为什么啊？”孟凡川挠头问。

“抓人是为了让凶手认定县衙已经自乱阵脚，好让他放松警惕戒心。至于被抓的这些人，同案子无关，当然是关一关就要放了。”高凌挥出树枝发出嘶嘶破空声：“还有褚大庆，他也算是条汉子，把他也一同放了吧。”

“是，师兄。”

“黎斯那边有什么反应？”高凌随口问。

“黎斯这两三天把自己关在厢房里足不出户，像个大姑娘似的。很奇怪。”孟凡川道，高凌停止摆动树枝，一抹笑意拢在嘴角轻说：“他不出门，凶手的核桃就送不出，那就不会再有人死。果然有些脑子，怪不得千蝶对他念念不忘……”

“师兄，你又想起严姑娘了。”

“哪有。”高凌笑笑，但不难看出是强装欢笑。

——千蝶，我一定会证明我不比大世神捕差，到时候你就会明白我的苦心了。

第五章 魑魅来客——第四枚核桃

这一夜似水城狂风大作，树木在风中摇摆，如同张牙舞爪的夜枭，另有呜呜哭泣从黑暗中传来，似鬼泣。

肖凝府。黎斯的眼皮跳动，梦魇里数个红褐色的核桃围绕着黎斯跳转。核桃在半空跟随阴风鬼火一同斡转似陀螺，先是沿大圈轨迹斡转，而后轨迹之圈越来越小，红褐色核桃逐渐靠拢在距黎斯脸颊咫尺的地方，倏地加速跳动并且相互融合，形成了一张红褐色核桃揉成的脸！

脸上全是嘴，翕动却发不出任何声音。黎斯盯着那些嘴读出了唇语：

“你忘记了吗？你忘记了吗……”

红褐色核桃揉成的脸啪地糊在黎斯脸上，无数嘴撕咬黎斯。

“呼！”黎斯从噩梦里醒来。

窗户被大风吹得噼里啪啦作响，黎斯惊愕地看到一道鬼魅人影消失在庭院尽头，人影竟有一丝熟悉。黎斯接着发现藏有核桃的柜子似被人翻过。

一月四日，血煞日，诸凶在四方。似水县衙里，孟秀来回踱着步，不多会儿孟凡川来了。孟凡川小眼睛里布满血丝，孟秀知道儿子是为了调查凶案而辛劳，不由得心生疼惜。

“凡川，桌上有两张舞肆门票你拿去，是芙蓉园新排的舞曲。你和高凌也该稍微歇息一下了。”孟秀慢慢地说。

“师兄可能不会喜欢勾栏舞曲。”孟凡川拿起门票，想了想道。

芙蓉园乃是似水城勾栏舞肆。大世年间官家的舞园叫舞坊，勾栏里私家的舞园叫舞肆，两者泾渭分明。舞坊训练舞员舞曲是为了供皇廷亲贵或王公大臣欣赏，舞肆排练舞曲则是为了取悦大众赏客。

高凌桀骜不驯，应不会对勾栏舞肆感兴趣。但结果出乎孟凡川预料，高凌竟答应了。

风小了些，但乌云开始密布，申时不久天地间已经混沌一片。

黎斯留在肖凝府里，百无聊赖地回忆起盲眼老叟的故事段《骤风起》，黎斯想着想着，竟也不自觉地冒出了两句段子话。

“那扩波河卷起一层高浪，三丈三高余。浪头落下，露出了站满蛮族兵士的狼头水船。全身画满狼图腾的蛮族士兵冲大世水军咆哮呐喊，他们的眼睛里射出了无畏之气，还有浓烈杀意。”黎斯自语到此，脑海里描绘出蛮族士兵高举刀弩狂吼狂叫的样子，还有那无数决绝的目光……黎斯倏然觉得后颈发冷，就像被无数充满杀意的眸子盯死。

黎斯猛回头，窗侧蹿出了一道黑影。

黑影是一只有着深绿色眸子的黑猫。

黑猫死死瞪着黎斯，黎斯也同黑猫对视。不知过了多久，黑猫嘴角努动，胡须炸立，继而发出了一声尖锐高昂的猫叫。而就在黑猫张嘴的瞬间，有一样东西从黑猫嘴里滚了出来，滚下窗户，滚到了黎斯脚边。

那是一个圆滚滚的、红褐色的核桃！

——第四个代表杀意和死亡的核桃！

黎斯茫然望着核桃。核桃定是凶手放进黑猫嘴里的，然后指使黑猫来到黎斯房间，再吐出给黎斯。黑猫一定认得出凶手，黎斯刚欲擒下黑猫，却发觉黑猫还站在窗侧一动不动如同一尊石塑。

一阵风吹过，黑猫直直落地。黑猫五官中流出了黑臭的血水，它被毒死了。

黎斯叹息一声，只得端详起核桃。肖凝也来了。

这次的微雕核桃分为两部分。第一部分，是一扇接一扇富丽堂皇的紫纱屏风，屏风棱上扣着一件素衫，地上有几点殷红血迹。第二部分则变成了一个昏暗的密室，密室有四角，每一角都燃有暗黄色的牛油长灯，每一角还悬挂着一幅或山水或人物的画卷。

在密室中央站着三具石人。三具石人模样怪异，有手有脚唯独没有头颅。

在核桃里没有出现死者的部分。

肖凝望向黎斯，黎斯深吸一口气道："凶手这次模仿的是金岛形人师案。形人师一案里黎斯在金岛蚁骨楼发现了机关暗局，一路破解进入到了蚁骨楼地下密室。在密室里的情景大致同微雕核桃相似，不过那间是八角密室。八个角落分别悬挂一幅晦涩难懂的画卷，画卷同形人师渊源有着关联。金岛密室里同样有三具无头石人，其中一具石人中藏着失踪的被害人尸体。"

肖凝听完金岛形人师案的前后经过，而后他盯着核桃中的几扇屏风愣神，突然一拍桌子道："我说屏风怎么这么面熟，我见过这屏风。"

"你见过，在哪里？"

"城西芙蓉园。"肖凝道。

酉时一刻，城西芙蓉园。

孟凡川和高凌已经观赏了芙蓉园的两支舞曲。舞员彩衣翩跹似踏花蝴蝶，将舞曲精髓表现得淋漓尽致。彩台下喝彩声此起彼伏，高凌心中赞许，他望着台上一位位旎婳美丽的少女，心里有了另外一番画面——那皎洁月光下，圣城月仙舞坊彩台上嫣然起舞的女孩。她的一颦一笑仿佛将天地间所有的美丽汇聚，女孩轻舞的水袖手影，若春风般融化了高凌二十年的桀骜孤寂。

高凌很快得知了少女的身份，少女叫严千蝶，是大世神捕严成的独女。

高凌家族显赫，外表英俊又师出当今最炙手可热的燕翅剑派，所以高凌满怀信心地去追求严千蝶，但几次都被严千蝶婉拒。百战百胜的高凌从未尝试过失败，而几次跟严千蝶接触更让高凌怦然心动，高凌认定了严千蝶就是他此生最爱。

最后，高凌从严千蝶表姐李英风口中得知，原来严千蝶心里已然存着一个人。

高凌脑海里闪过黎斯那一双深邃细长的眼眸，不由得长吁惋叹，平生第一次有了力不从心的感觉。

“这都一炷香工夫了，第三曲和第四曲怎么还没上？”孟凡川在一旁纳闷道。按惯例舞曲衔接必须十分紧密才对，高凌看到彩台旁的舞员都左顾右盼，像在等什么人。

芙蓉园的观客等得不耐烦了，拍着桌子发出哨声，这可急坏了芙蓉园的园主。芙蓉园园主是一个腆着大肚子的中年男人，园主等来了伙计，伙计回说：“园主，前前后后都寻了，没看到陶教头。陶教头莫不是出去了？”

“出去了！这可怎么得了？”园主急得直搓手，原来接下来三支新曲的谱子，犹在这位不见了的舞肆教头手里。园主忙再问：“人找不到，曲谱有没有找到？”

“都没找到。”芙蓉园伙计摇头说。

“这可如何是好呀！”园主颓然一屁股坐在椅上，远处两名少女奔来，上气不接下气地喊：“园主，我们在道具间找到了陶教头的衣衫，还有……”

“还有什么？吞吞吐吐的，倒是说啊！”园主脸上肥肉堆在一起。

“还有血！”两名少女彼此靠在一起，样子十分惊怕。

“血？”园主脑里一空，两个少年突然出现在彩台，是高凌和孟凡川。原来孟凡川等得不耐烦来找园主询问情况，没想到听见少女这几句话。

高凌皱眉说：“带我去道具间。”

芙蓉园园主识得孟凡川，知他是县令之子，于是园主立即带着高凌、孟凡川来到道具间。

道具间距离彩台很近，内部十分宽敞，盛放着许多舞曲道具和杂物。道具间最里面有几扇相连在一起的紫纱屏风，屏风角棱上挂着一袭素衫，地上还有几点血迹。

血液断断续续指向道具间后门，高凌随即说：“跟着血迹走。”

大家出了道具间后门，穿过芙蓉园侧院来到假山旁。假山后有一扇腐朽的木门，木门通往地下。

“这门里是个地窖，但很久没人进去过了。”园主望着黑幽幽的入口道。

“血迹流进了地窖里。”孟凡川道，高凌率先摸进黑漆漆的地窖里，孟凡川用随身火镰打着了火苗，点燃火棍也跟了进去。园主和伙计犹豫一会儿，也跟了下去。

地窖难以想象的幽深，应该并不只是地窖这么简单。大世内战时，许多大户都会修建地下密室用以储银藏身，这个地窖很像当时留下的密室。在火把照映下走了约莫半炷香时间，众人觉得眼前豁然一亮。

石阶尽头出现了扇半敞开的石门，昏黄的光线从石门内射出。

高凌推开石门，后面是一间很大的石室，四角燃着暗黄色的牛油长灯。长灯侧悬挂着一幅或山水或人物的画卷。在石室中央有三个奇怪的石头人，石头人有手有脚无头颅，中间一具石头人腹部滴滴答答流下了血水。

高凌眼中冷芒一闪，长剑出鞘扫过石人腹部，石腹缓缓裂开一道缝隙。缝隙变大，露出了里面一张怒瞪双眼的脸孔。

“是陶教头！”园主被石中人吓得回退。

高凌震裂石腹残片，将陶教头拉了出来，人已毙命。死者只穿着襦衣，手腕上有一道明显的切割伤口犹在滴滴答答地流血，手指弯曲变形像挣扎过。死者脖颈还有一道深陷的紫青色瘀痕，眼珠鼓胀，舌头半伸，这些显而易见是被勒死的症状。

高凌吩咐孟凡川道：“回县衙带人来。”孟凡川扭头就走。

“封锁芙蓉园出口，这人死了没多久，也许凶手还在园里。”高凌喃喃说，“不可放过任何一个可能的机会。”

“好，我这就去派人封了园子。”园主不住点头转身走了。

没多久高凌听到了一阵稳定的脚步声，他没回头，淡淡说：“黎神捕来得好快。”

高凌身后，黎斯平静地走来。

第六章 疑雾氤氲

静谧夜色中的似水衙门，肖凝叙述着黎斯发现第四枚核桃的经过。孟凡川心不在焉地望向县衙后院，命案已经一个多时辰了，尚未见到孟秀。高凌拍了拍师弟的肩膀，不多会儿穿着暗绿厚袍的孟秀赶来了。原来他有些伤风，吃过药后才赶来。

肖凝继续说离奇黑猫吐出第四枚核桃，随后黑猫就被毒死了。孟秀脸面焦黄，不时用手帕擦着冷汗。孟凡川望着他，神情有些古怪。

“黑猫送核桃会暴露行踪，所以杀猫消灭证据。”高凌冷冷说。孟秀问：“黎大人呢？”

“他在黑屋子里。”肖凝眼睛干涩，眨眨眼说。

县衙黑屋子。黎斯同仵作已经忙碌了一个时辰，死者名叫陶楠，是芙蓉园的乐舞教头。陶楠死因明确，是被人用绳索紧勒致死。他的遗物没有什么可疑的地方，这一点同前两起案件不同，像郑厚年案里靴底有铁屑、商云案里亦有藏在银带中的珍珠，黎斯决定剖身验尸。

剖尸后仵作在陶楠腹内发现了指甲盖大小的黑石，黎斯目光闪烁道：“这是磁石。”

从黑屋子里出来，黎斯将黑色磁石交予孟秀。孟秀诧异道：“磁石可入药，陶楠兴许是有病。”

“不然。磁石虽有补肝去杂毒的药效，但其实本身亦有毒性，所以大夫将磁石入药必会配以散毒的药材相辅，但在陶楠体内并没有发现辅药残渣。且大夫会将磁石研磨成粉，不可能成块地让病人吞食。如此看来吞磁石并非陶楠本意，而是有人强行让他吞下。”

“只能是凶手。”肖凝摇摇头，表示不解。黎斯神游物外地望着孟秀和高凌这边，像在思考某个问题。

“逼吞磁石，凶手果然是个疯子。”高凌漠然道，“还有铁屑和珍珠，都是凶手有意而为之，莫非他在这些东西里藏了什么玄机不成？”

孟秀问接下来该怎么办，黎斯沉吟片刻提议说：“派人调查郑厚年、商云和陶楠三人之间的关联，哪怕是最不起眼的小事也不能放过。”

“一个商人、一个镖头、一个舞师，三人会有什么样的关联呢？”孟秀叹一声。

肖府。黎斯悄无声息地回到厢房，打开了木柜，木柜里是用红布包裹着的四枚核桃。

红布边缘隐隐有荧光闪烁，黎斯哂笑，将核桃重新收好。

县衙书房。孟秀被孟凡川的突然出现吓了一跳，他迅速将一包东西塞进榻底，而后孟秀勉强笑说：“凡川，这么晚了怎么还没睡？”

“爹不也没睡？”孟凡川将一包东西放在桌上，“我在后厨找到这包伤风药，药怎么还在？”

“啊……这副药抓错了，我又去抓了副吃。”孟秀笑容僵硬地对儿子道，孟凡川说：“这样啊。是哪家药铺给爹抓错的药？不能这么轻易放过他们。”

“算了算了，我已经教训他们了。”孟秀将药收过来，对孟凡川挥挥手道，“太晚了，你赶紧回去睡吧。”

“是，爹。”孟凡川走出书房，目光不经意扫过榻底。

孟凡川在房前遇到师兄。高凌像在等他，高凌说：“师弟，你这两天好像有什么心事，总是心不在焉。”

高凌表现出少有的关切之情，孟凡川木讷地笑了笑："让师兄操心了，我没事。"

高凌深深望了孟凡川一眼，点头道："好，有什么事来找我。"

一月五日，乌云渐渐飘移，天空放晴。

善流居。不知是否因为受陶楠之死的影响，今天来茶楼的人少了很多，即便来喝茶的人也只是三五成群地小心讲话。

黎斯心中叹息，呷了一口茶。

盲眼老者又讲了新故事段子，这次讲的是一出跌宕起伏的悲情传奇，名叫《连理枝》。故事中有一个痴情女子误信奸佞小人之言，以为高中状元的情郎背弃了自己，结果就在状元郎回归的前一夜自杀身亡。状元郎心灰意冷，最后他选择了在女子坟前结庐相伴余生。

盲眼老者故事说得凄凄切切，听者惋痛长叹。少女薇儿在老者侧击小鼓相合，鼓震声声如撞在听客心底。

大堂另一头的兄妹在表演新戏法，但不知为何哥哥阿山好像心不在焉，好几次露出了马脚被茶客连喝倒彩，妹妹阿水竭力将戏法演完。刚表演完，阿山就对妹妹嬉皮笑脸道："今个没啥人，就到这儿吧。妹妹，我出去透透气，不用等我吃饭啦！"

"哥，哥，你等等……"阿水还在收拾道具的工夫，阿山已经冲出了善流居。

黎斯望着阿山的背影若有所思。

善流居老板过来对阿水说："阿水，你哥哥冒冒失失干什么去了？"

"我也不知道。"阿水轻轻摇头。

"他昨天还清了欠我的银子，好像他突然有钱了。阿水，你得盯紧了你哥，别让他再混进赌坊，要不就没的救了。"善流居老板语重心长道，阿水反应过来对善流居老板说："老板，我回来再收拾东西。"

说完，阿水也冲出了茶楼。

高庆赌坊。

“山哥，你最近运气旺得很啊，这都连赢多少把了。”一个小瘦子好言相劝说，“赢钱就收了吧，再投下去就又要输没了。”

“没就没了，你山哥现在有的是钱。喏，这五两送你做赌本。”山哥便是阿山，他摇身一变在赌坊里成了人物。小瘦子感恩戴德地接过银子，继而一番阿谀奉承。

“嘿嘿，这把拿个大！”阿山举手押银，却被后面伸过来的手拦住了。

阿山怒喝一声：“谁他妈的……”

阿山冷不丁看到惨白着脸的阿水，阿山愣了半晌道：“妹妹……我赢钱了！我赢了好多钱！我们以后再不用低三下气地去给人表演戏法了，我可以养你。”

“啪！”阿水重重甩了一个巴掌给阿山，阿山被打蒙了。泪水涌出了阿水的眼眶，阿水大喊道：“你不是我哥，不再是我哥了。你是个浑蛋！”

阿水转身跑出了赌坊，阿山捂着火辣辣的脸颊也冲出赌坊，想去追妹妹。但在赌坊门口阿山被一人挡住了去路。

“滚开，别挡我路！”阿山怒吼着挡在身前的青衫男子，猛地发觉这青衫男子很面熟。青衫男子侧出现了一个挎刀捕快，瞪向阿山。

“你们想干吗？”阿山慌了神。

“想找你进大牢里聊聊。”肖凝摸着刀把道。

阿山心惊不已，但好在他没被送进大牢，而是回到了善流居。阿水也来了。

阿水迷茫地看着黎斯：“是不是阿山欠你们钱？我会替他还的。”

“阿水姑娘，你哥哥没借我们的钱。”黎斯淡淡一笑，转而面对阿山：“你有个好妹妹，我希望你不要一错再错地辜负她。”

阿山耷拉着脑袋，不言语。

“阿山究竟怎么了？”阿水问。

“这你应该问问他自己。”黎斯呷了口茶。肖凝瞧了一眼不作声的阿山，厉声问：“上月二十六日，也就是九天前酉时前后你在哪里，做了什么？”

“这么久了，我怎么记得？”阿山小声回说。

“记性这么差。好，我帮你想想。”肖凝将一幅画像拍在桌上，是阿山的脸相画。阿山支支吾吾地说："这是什么……啊？"

"一个多时辰前，我将你的脸相画送到我府邸周围找人寻看。有两户人家认出了你，指认就在九天前酉时，你鬼祟地从我府邸后的巷子里溜出来。现在记得了吗？"肖凝微眨眼道。

"可能……可能他们认错了人，又或者记错了时日，我根本不知道啊。"阿山说话时不敢同任何人对视。

"两户人同时看到了你。至于时日更不会错，因为那天刚巧有一户的孩子过满月，这种日子怎会记错？"肖凝沉着地说，"还有你的赌资。赌坊掌柜说你十天前还穷得叮当烂响，欠着赌坊二十五两的赌债，但就在二十六日后你不但偿还了赌债，还拥有了一笔数额很大的赌资。阿山，我可有说错？"

"这……"阿山双手搓着衣角，口干舌燥地舔着嘴唇。

"这笔至少上百两的赌资从哪里来的？"黎斯端起茶杯，轻轻晃了晃。

阿山看向阿水，肖凝开口道："你妹妹可没那么多银子帮你，不用指望她了。"

"不义之财非盗即抢，先将他押进大牢里关个十天二十天再说。"肖凝不容置疑地说。阿山腿一软，人哧溜地钻到桌下，阿水揪出阿山大喊："哥，你说啊。再不说我也帮不了你了！"

"别关我大牢。我说，我都说了。"阿山无力道。

第七章 惊鸿照影现真形

阿山端起茶杯咕咚咚喝了三杯茶，然后开始讲述整件事的始末。

上月二十六日一早，有个神秘黑袍人潜入了阿山的屋里。黑袍人知道阿山被赌坊追债追得无路可走。黑袍人说可以帮助阿山，前提是让阿山完成一个任务。

任务就是二十六日晚酉时前潜入肖凝府邸，在侧院倒数第三间厢房里，放一枚核桃在桌上。阿山被黑袍人阴森的语气吓坏了，不论三七二十一就点头答应。晚酉时他听从黑袍人安排潜入肖凝府邸，放了核桃。阿山并没有很在意，因为也不杀人、也不放火，只是放枚核桃而已。

第二晚，黑袍人又来了，他很满意阿山完成的任务，给了阿山一百两，并交代了第二个任务。黑袍人给阿山瞧了一张人物画像，要求阿山设法将画里男人的紫荷包偷走，然后将紫荷包和一枚核桃放在之前的雅室里。

“荷包原来是被你偷走的。”黎斯摇头道，阿山点头：“从小沦落江湖，这类妙手空空的伎俩早就会了，只是后来妹妹不让再偷。那日我经过你时摸了一把，便把荷包偷走了，然后等你走后，就快速地将荷包和核桃放回雅室。”

阿山收到第二笔报酬后，黑袍人就再没找过他。所以阿山送至黎斯手里的核桃，仅仅是第二枚郑厚年案的核桃，还有第三枚商云案的核桃。至于在老宅发现的第一枚核桃，以及黑猫送来的第四枚陶楠案的核桃，尚不知是何人所为。

黎斯听罢阿山讲述，再问他一句："如果再让你同黑袍人面对面，你还能认得出他吗？"

阿山摇头道："他蒙着脸而且故意压低了声音，所以很难认得出来。"

黎斯心里一叹，让肖凝先将阿山看管起来。

黎斯等阿山离开，目光游离到大街上。倏然，一个欢天喜地的乞丐引起了黎斯的注意。

申时后乌云再次笼罩似水城。长街前后狂风大作，将路上行人吹得辨不出东西。每人都抱着脑袋匆匆往家赶，飞沙走石充斥着整片天地。

一道魅影穿过黄沙来到一条后巷，他悄然翻身进入高墙后，轻车熟路地碎步奔至府邸左侧的厢房前，他知道厢房主人此时定然不在里面，稍微停顿后推门进入。

厢房靠窗户的角落有一个破旧的木柜，黑袍人掀开柜门，取出了一个红布包，红布包里有四枚红褐色的核桃。黑袍人定定地望着核桃，完全不知厢房里又冒出了一人。

他的白袍随门外大风猎猎作响，面容俊秀，眼神犀利，手里执一柄三尺六寸的玄铁宝剑，他便是燕翅门弟子高凌。高凌盯着黑袍人侧影，冷漠开口道："你逃不了了。束手就擒，我可以不伤你性命。"

黑袍人将核桃用红布包好放入柜内，接着他发出一声低叹，倏地从窗户跳了出去。

高凌身如轻燕，一步也纵出窗户。

黑袍人没有回头相斗的意思，一个劲没命逃窜。高凌施展轻功紧紧跟住黑袍人。大约一刻钟后，黑袍人速度明显慢了下来，应该是体力透支，高凌渐渐追赶上来。

两人还有四丈之距，高凌眯起眼睛，左手宝剑轻发龙吟之声，随时准备一击制敌。四丈、三丈、两丈……高凌高高跃到半空里，施展燕翅门绝技——"金燕追月"，人若一飞冲天的金燕奔向黑袍人。斜侧里突然冲出另一个黑袍人将高凌生生拦住，前面黑袍人迅速逃离，高凌睨视拦住了自己的黑袍人。

这个黑袍人身形比高凌稍矮，脸孔藏在黑纱后面，目光却似在有意躲避着高凌。

“既然拦下我，无须多言，出剑吧。”高凌语气冰寒。黑袍人提剑而上，摆出一招寻常的仙人指路刺向高凌肋下。高凌收了剑，只利用轻巧走位躲避。十招后高凌手腕一抖，宝剑点在黑袍人捏剑的左手，黑袍人长剑当啷落地。

“你尽使用杂牌剑招是害怕我瞧出你的身份？”高凌冷然哂笑，“但很可惜从你一亮剑我就瞧明白了你，孟师弟。”

黑袍人扯下了面纱，正是孟凡川。

“你为了他拦我，他应该对你很重要。他是谁？”高凌面容冷峻地问道，孟凡川木然地摇头：“我不知道。”

“不知道，还是不想说？”高凌眼光利剑般射向孟凡川。孟凡川肌肉抽搐，感觉像是被一只嗜血的豹子盯着。孟凡川咬紧了牙关说：“师兄，不要逼我！”

“逼你又如何！”高凌冰冷说。

“我！”孟凡川猛地捡起长剑，抹向自己的脖子。高凌身如鬼魅出现在孟凡川身侧，将孟凡川的手按住，最后高凌长吁一声道：“算了，你不说我同样也能找到他。”

“师兄，你能不能不要再查下去了，能不能就此收手？我求求你！”孟凡川恳求道，高凌闭上眼，很快拒绝了孟凡川：“就算我不查下去，还有黎斯，而且该发生的始终会发生。”

高凌走了，孟凡川望着他的背影嘟念：“该发生的……始终会发生。”

似水县衙。孟秀走出书房，正好碰到黎斯和肖凝，肖凝拿着一个包袱。黎斯淡淡笑说：“孟大人出来得刚刚好，我正巧要找你。”

“找我什么事？”

“不如进大人的书房里再谈。”黎斯提议，孟秀想了想没有推却，三人进到孟秀书房里。

“究竟什么事让黎神捕这般紧张？”孟秀端起茶杯后，发现茶杯里根本没水，只得再放下。黎斯平静地望着孟秀：“我想同孟大人谈一谈这件衣服。”

肖凝将包袱翻开，里面有一件暗绿色厚袍。孟秀脸色瞬间变得惨白：“这袍子怎么在你们手里？”

“一个疯乞丐从垃圾坑里翻出了这袍子，我看到后花三两银子跟乞丐买来。”黎斯望着暗绿袍子道，“若我没记错，这袍子昨日还是穿在孟大人身上的，对吧？”

黎斯和肖凝看向孟秀，孟秀眼皮子直跳，道：“袍子破了，所以我就把它扔了，没想到会被乞丐捡走。”

“孟大人说的没错，我也注意到这袍子有破损，就在左下角这里。”黎斯指着袍子左下角，那里果然有处呈齿状的破损。孟秀勉强笑了笑道：“没错，所以才扔了它。”

“嗯，袍子这事我明白了，但还有件事想请教孟大人。”黎斯继续说。

“还有什么事？”

黎斯同肖凝对视一眼，肖凝从包袱中又取出了一个小木盒，盒里有几块小如黄豆的暗绿色衣片，孟秀失魂般重重坐在椅上。

“这几小块暗绿色衣片是从陶楠腹内发现的，但陶楠死时只穿着襦衣，所以暗绿色衣片很可能属于凶手。而令我十分纳闷的是，陶楠腹内衣衫残片竟同孟大人厚袍的破损相吻合。”黎斯凝视着孟秀，孟秀沮丧地说：“黎大人，你想说什么？”

“我想说，你可能就是杀害陶楠、郑厚年、商云三人的凶手。”黎斯道出了自己的推测。

“哈哈，凭一件破衣就断定我是凶手，黎大人未免太草率了吧。”孟秀表情极不自然地否认。

“既然来找你，证据自然不会只有一个。”黎斯轻叹一声道，“陶楠被害前，我发觉有人曾潜入过我的厢房觊觎微雕核桃，我很想搞清楚这人是谁，所以我就做了一个小小的陷阱。我在盛装核桃的木柜、红布上涂了荧粉，荧粉可在火光映射下显色，只要有人接触过核桃就一定会沾染上荧粉。除此以外，我还请了位武功高强的少侠藏身在肖凝府邸，监视厢房这边的一举一动。”黎斯对门外说：“高少侠请进。”

高凌推门而入，他双手抱剑站在黎斯身后。黎斯接着道：“今晚觊觎核桃的神秘人又出现了。肖凝！”

肖凝会意地点燃油盏，将油盏光投到孟秀双手上，孟秀手背果然透出了浅浅蓝色的荧彩。

肖凝放下油盏，惋叹道："大人，事到如今你还能否认吗？"

"好像已经铁证凿凿了，哈哈，罢了。"孟秀长长呼出一口气，颔首道，"不错，我就是所有凶杀案件的始作俑者。"

"不对！"孟凡川冲了进来，"一定有误会！爹，你怎么可能杀人，你怎么会是杀人凶手呢？这里面一定有什么不对……"

"你如果认为你爹是清白的，就不会半路阻拦我了。"高凌望着焦急的孟凡川，说道，"我说过，该发生的始终会发生。"

"凡川，错就是错，容不得我抵赖。"孟秀看着儿子，目光里流露出以往少见的父爱。黎斯略显迟疑地问："是你买通了阿山，唆使他将微雕核桃送至我这里。"

"对。"孟秀承认道。

"好吧，那你讲述一下同阿山做交易的过程，最好不要遗漏任何一个细节。"黎斯提了要求，孟秀徐徐点头，开始讲述起买通阿山，唆使阿山送出微雕核桃的经过。

孟秀讲的内容，同阿山所讲内容十之八九不差，黎斯默默点头。

阿山一会儿被肖凝叫来辨人。阿山听完孟秀的讲述，立马点头道："没错，过程一模一样，就是他。"

阿山之后被遣送回善流居。黎斯凝望孟秀："孟大人，我不懂你为什么要这样做。"

"总算到了这个时刻，好呀，我终于可以一吐藏在心底多年的隐秘了。"孟秀闭上眼，似在将往事回首，许久他睁开眼缓缓问道："黎大人还记得四年前的不动山庄吗？"

"我当然记得。"黎斯一怔，恍然道，"莫非你是……"

"四年前不动山庄除了楼天命和苗疆鬼女外，剩余一百二十九人都死于穿身钢针之下。不过尚有第一百三十人存在，那人就是我。"

第八章 前尘过往血染尘

似水县衙后院书房。

“你是不动山庄的人？”黎斯心底虽做好了准备，但依然忍不住露出惊容。黎斯狐疑道：“你即便没死于苗疆鬼女的穿身钢针，又怎么可能从焚灭整座山庄的大火中逃生？何况山庄外亦有捕快守着。”

“很简单，因为发生那场灭绝人寰的悲剧时，我并没在庄内。我乃是楼傲的表弟，三岁家父病逝后，继母就开始整日地打骂虐待我。记得有一次我生了场大病，继母非但没给我治病，还将我轰出家门。我一路乞讨来到了似水城，又恰巧碰到了表兄楼傲。大病中的我早已奄奄一息，所有人都说我没救了，表兄却没有放弃。他毅然背着我寻医问药，终于救回了我一条性命。表兄楼傲等同于我的再生爹娘，弱冠后表兄送我进天原府读书，鼓励我考取功名。我时时念着表兄的教导，没日没夜发奋读书，终于考取了功名。而等我欢欣喜悦地回到似水城后却听到了噩耗，不动山庄没了，而表兄死了！”孟秀看向黎斯，“接着我打听清楚，是二公子楼天命之母苗疆鬼女谋划了一系列的杀人计划，而楼傲父子皆丧命其中，最后楼天命和其母也殒命于山庄大火。”

“黎大哥不辞辛苦地破获了不动山庄血案，你为何还要同黎大哥为敌？”肖凝无法释然道。

孟秀眼中掠过一抹怨恨："就是因为黎斯的出现，苗疆鬼女才痛下杀手害死了全庄的人。而因为黎斯点破真相，楼天命才最终选择了同其母自焚而亡，你断绝了表兄一族百余年的血脉！我如何能放过你！"

"我明白你的动机了。"黎斯点头，"那你模仿青城案、天蓝城案、金岛形人师案的杀人场景是为了什么？你又如何得知的细节？"

"哼哼，大世神捕黎斯，当初是从破获不动山庄案后，你这大世神捕的名头才被叫响。所以我要挑战一下你这个所谓的神捕，于是我模仿你破获过的案件进行布局，并送出微雕核桃向你发出挑战。"孟秀长呼口气道，"至于案件的杀人场景和细节，是我花大钱从各个衙门口里买来探来的。这世道只要有钱，没有你打听不到、打听不清楚的事。"

"你为何会对郑厚年、商云和陶楠三人下手？"黎斯继续问。

"他们是咎由自取，也怪他们不走运。为了挑战你，就一定要有血案发生。这三人里郑厚年和商云曾一同来找我喝过茶，他俩不知遮口地说起了不动山庄案。两人轻蔑地讲不动山庄里的人像笨猪一样任人屠戮，我自然不会置之不理，于是杀了两人。陶楠则想写一个根据不动山庄案改编的舞剧，供人消遣。我不会让表兄家的血案成为他人茶余饭后的谈资，于是我把他也杀了。"孟秀怅然说出心底隐秘，有了一种难以描述的解脱感。

"核桃既然是你送的，为何你还要接二连三去我厢房里窥探？"

"我总是不自信，担心核桃会露出蛛丝马迹，又害怕你发现了别的什么线索，所以忍耐不住才会悄悄去窥探。"孟秀叹息说。黎斯停顿片刻，盯着孟秀眼睛问："说起微雕核桃，它究竟出自何人之手呢？"

"微雕核桃是我花重金请来的微雕师父所刻，核桃刻好后，我便给了他千两黄金让他避世去了。他现在去了哪里，我也说不清。"孟秀将微雕核桃解释清楚，肖凝揉了揉眼说："那郑厚年、商云和陶楠三案里，可疑的铁屑、珍珠和磁石又做何解释？"

孟秀大笑了两声，转头看着黎斯道："因为对手是大世神捕，我想增加点挑战难度。于是就在每个案件里添加了一些同案件根本无关的东西，制作成假线索来混淆你们的判断方向。"

“这招倒是高明。”高凌冷笑一声，道。

“就这么简单？”黎斯倏然问，孟秀反问一句：“黎大人觉得不简单？”

黎斯淡淡一笑，没有继续这个话题。

孟秀坦白了所有，孟凡川心灰意冷地跑了出去。孟秀愧疚地同高凌说：“高少侠，凡川太过执拗，我担心他会做些莽撞的傻事。你是他最敬重的人，我想请你帮帮他。”

高凌犀利的目光收敛，吐言道：“我会的。”高凌拉门也走了出去。

肖凝请主簿列好供状由孟秀画押，孟秀毕竟是一县之长，需申报刺史府录事参军后等待回议。

狂风不减，黎斯和肖凝赶回肖府，大风将黄沙刮进黎斯眼里，黎斯停住脚步将黄沙除清。肖凝在侧长叹一声，心有感慨地说：“实在没想到幕后凶手会是孟大人，真应了古话——画虎画皮难画骨，知人知面不知心啊。”

“世事无常。人世间的事又怎会被人轻易料到？”黎斯道。

两人回到肖府，黎斯请肖凝来到自己厢房，若有所思地说：“肖凝，你觉得凶手是孟秀吗？”

肖凝一怔，思索后道：“除了孟秀我想不到别人，而且证据都指向他。”

“他方才说的话，我总感觉有地方不太对劲。”黎斯将微雕核桃放在桌上，肖凝询问：“哪个地方？”

“铁屑、珍珠和磁石，真的只是混淆视听，毫无用处？”黎斯捏起一枚核桃，“还有这精雕细琢的核桃，仅仅是孟秀为了向我挑战而送出的道具？貌似不然。”

“肖凝，孟秀在大牢里要好好看管。若事情再有变数，不可让其变成死证。”黎斯嘱咐肖凝，肖凝连忙点头应下。黎斯按了按额头说：“你回屋休息吧，今晚大家都累了。”

“的确是累了。”肖凝也道。

似水城内偏僻的密林里，一人疯狂地甩剑劈着树干。他双眼似着了魔，直勾勾地望着地面。

“住手！”有人拦他，他木然地抬头看清了阻拦自己的人，是师兄。

孟凡川眼里不觉湿润，摇头说：“师兄，不可能的……我不相信人是我爹杀的，从小爹就嘱咐我不可仗势欺人，不可依武压人。他怎么可能杀了那么多无辜的人？我不相信！”

“你冷静一点。”

“我怎么冷静啊……现在被当成杀人凶手的是我爹，我怎么冷静！”孟凡川又甩剑劈向树干，狠狠地一下一下劈裂树干。突闻“啪”的一声，掌声清脆，高凌一巴掌掴在孟凡川脸上。

孟凡川吃惊地望着高凌，终于慢慢安静下来。

“如果你爹真的是无辜的，你在这里像疯子一样乱砍乱劈能帮得了他，能证明他的清白吗？”高凌的话冲进孟凡川心里，孟凡川扑通一声跪在地上。

“真假错对本就很难说清，假的亦是对的，真的亦是错的。”高凌坚定的目光落在孟凡川背脊上，孟凡川迷茫地抬起了头。

次日卯时三刻，似水县衙。

黎斯伏在桌上已经半个时辰了，桌上只有三样东西——铁屑、珍珠、磁石。

肖凝给黎斯送来早饭，黎斯吃了早饭继续瞅着三样东西发呆。

珍珠表面那层胶黏感尚存，黎斯感觉站在一扇关起的门前，想要进去，但就是摸不到门把柄。肖凝悄然开门想离开，门外凶狠的寒风立刻灌了进来。

珍珠被风吹得滚了两滚压在铁屑上，黎斯看到珍珠背面沾了不少铁屑，黎斯眼里精光闪烁，说：“难道会是……”

肖凝发现黎斯神情怪异，又转身进到屋内。黎斯正将磁石靠近铁屑，铁屑很快被磁石吸贴住，这很正常。接着黎斯把粘了少量铁屑的珍珠放在桌上，再用磁石靠近珍珠，结果是铁屑牵拉着珍珠缓缓向磁石靠拢。

黎斯望着移动的珍珠，双眼射出明亮的光芒。黎斯高声说：“我明白了，我终于明白三样东西存在的意义了！”

“那是什么？”肖凝被黎斯感染，也显得很激动。

黎斯瞅着珍珠，沉声道：“人在山中听到滴水声会联想到山泉，听到瀑布声会联想到水潭，这是天地万物彼此之间的一种关联，但若加以利用便会成为走不出来的误区。凶手将铁屑、珍珠和磁石留在三宗凶案里，我们自然地将三物同三起凶案联系在一起思考，如此就走进了凶手设置的误区里，难以回头。”

肖凝听得有些迷糊，尝试着说：“黎大哥是说三样东西同凶案没有关联……那这跟孟秀所讲的不就一致了吗？”

“非也。幕后凶手不止为我们设置了一个误区，还运用了以物喻物的手法。”黎斯给肖凝解释说，“铁屑、珍珠和磁石虽同凶案无关，但却跟另外一样东西，有着密不可分的联系。”

“另外一样东西，什么呀？”肖凝满腹疑窦地问。

黎斯盯看肖凝的眸子说出了答案：“核桃。”

第九章 小小肚里藏乾坤

肖府。黎斯和肖凝取出了四枚核桃，黎斯道：“珍珠因为粘住铁屑，所以会被磁石吸引。以物喻物，将核桃比作珍珠。”

黎斯取来了一块枣核般大小的磁石，将磁石慢慢靠近四枚微雕核桃。肖凝打断道：“核桃没有粘铁屑，用磁石有用吗？”

黎斯神秘地笑了笑，继续将磁石靠近核桃。令人惊奇的一幕发生了，核桃竟然缓缓挪动了。

四枚微雕核桃里的三枚贴向磁石，黎斯皱眉瞧着没动静的核桃，心觉意外。三枚核桃呈三角形靠拢磁石，并最终同磁石贴在一起。

“这究竟是怎么回事？太匪夷所思了。”肖凝咋舌道。

三枚核桃都只有部分被磁石吸引，黎斯将核桃转个方向磁石就吸贴不上了。黎斯端详着核桃吸贴磁石的部位，心中渐渐笃定。

三枚核桃是郑厚年案、商云案、陶楠案对应的微雕核桃。

而三枚核桃吸贴磁石的部位，对应的景物分别是：郑厚年案里清风客栈残窗外的一株百年枣树；商云案里的翠水河；以及陶楠案里地窖东头的一幅画卷，卷内人景有些模糊而无法判断。

肖凝捏着核桃，恍然道：“黎大哥，莫非铁屑藏在核桃肚里？”

“不错，奥妙就在核桃肚内。”黎斯小心翼翼地用银刀拨开了郑厚年案的核桃，在对应百年枣树的核皮内挑出了少量铁屑。黎斯道：“将铁屑藏于核内特定部位，一旦我们洞穿了凶案遗物的诡计，就可以利用磁石揭破隐藏在核桃里的奥秘。我尚不知这幕后始作俑者是何人，但其心计谋略可谓高绝。”

“但铁屑是如何注入核桃肚内的呢？”肖凝不解道。

“有办法。先刺穿核桃注入铁屑，再利用红褐色树胶或漆胶将破口封住，最后除去表面的黏糊感即可。因为我们的注意力都放在了核桃表面，自然也不会想到在核桃肚内另有乾坤。”黎斯说出结论，肖凝忍不住点头道：“那藏在核桃内的奥妙究竟是什么呢？第一枚核桃藏铁屑的部位对应的是百年枣树，第二枚核桃对应的是翠水河，第三枚对应的是一幅画卷。”

“现在立即取来芙蓉园地窖东头的那幅画卷。”黎斯说。一炷香的工夫后，几名捕快从芙蓉园地窖中取来了画卷。

画卷中有一位背身女子，她缓缓朝不远的一扇暗红色木门走去，木门左右门柱绘有莲花样图式。

“无法辨清女子容貌，那么这幅画卷里的重点应该是这扇木门。”黎斯捡出关键内容，接着道：“百年枣树、翠水河、暗红色有莲花图样的木门……”

黎斯目光灼灼，终于洞破了玄机。

“微雕核桃隐藏的奥妙是一个地方。幕后始作俑者想让我们寻找一个生长着百年枣树，同翠水河相依，且有一扇暗红色木门的地方。”黎斯将隐藏的信息一字字讲清。

肖凝重复道：“百年枣树，翠水河，还有这扇红门。啊！我想到了，我知道这是哪里了！”

黎斯盯着肖凝，忙问：“哪里？”

“似水城东五里外的碧云庵。”肖凝坚信道。

“碧云庵。他费尽心机挑战我的目的，也许是想见我一面。”黎斯静心望着桌上无声的核桃，心里百转再千回……不是孟秀，他究竟会是谁呢？

似水城三十里外的一片残垣废墟里。

孟凡川找到了供奉楼氏一门先人的堂房，如今堂房已被烧得只余两面黑壁，孟凡川估摸着黑壁之间的距离，一脚踏出个黑洞来，黑洞幽深，通往地下。

“我前几日经过爹的书房，听到他梦里低喃着楼氏密室，说不准有什么东西藏在里面。”孟凡川对高凌说，高凌瞧着黑黝黝的地洞道：“那还愣着干吗？下！”

黑洞幽深，两个少年步步惊心地踏了进去。

没多久有了轻微的亮光，密室深处有几根人高的巨大钢针，上面凝固的血迹已结成铁斑。孟凡川一想到钢针曾将人刺透，就觉得毛骨悚然。倏然，他发现在钢针最里面，有一个裹着黑纱的枯瘦男人站在那里。

“谁，谁在那儿？”孟凡川执剑在手，虽知道还有师兄高凌在，但一颗心还是要跳出嗓子眼。

黑纱人没反应。

高凌的宝剑发出清脆龙吟，甩一招水龙翻云刺破了黑纱人的黑纱。黑纱尽破，露出了里面的血肉，但让高凌目瞪口呆的是黑纱下根本没有血肉，只有一身枯骨。

枯骨碎裂，黑纱人碎成一地。

“这……”高凌惊得说不出话，突闻孟凡川大呼自己的名字。高凌蓦地回首，一道鬼魅之影就贴在自己背后。

刹那剑影，陨灭。

未时，肖凝以为黎斯会马不停蹄地赶去碧云庵，但黎斯却像个没事人似的来到了善流居，要了两壶上好的碧螺春，跟肖凝饮茶。

“黎大哥，咱们已经破解了核桃的奥秘，知道幕后凶手就藏身在碧云庵。我们干吗不去抓他，却要留在这里喝茶……我，我想不明白。”肖凝眨眨眼，摇头说。

黎斯淡定地呷了一口茶。善流居一如往昔地热闹，阿山洗心革面后被放出了大牢，但今天他并不在善流居中，妹妹阿水一人在表演戏法。而茶堂另一侧也不见了盲眼老人同他孙女，黎斯跟善流居老板打听下得知，爷孙二人已经离开似水城去别的地方谋生了。

人生如戏，聚散本平常。但黎斯内心还是隐隐有些惋惜，他思忆着盲眼老人精彩的故事段子，一团光在心底亮了起来。

“碧云庵的人安然候我而去，我自然也得调整好心态才能去，要不岂非失礼于人？”黎斯回肖凝说。肖凝听得有些丈二和尚摸不着头脑，只得平下心静下气来陪黎斯喝茶。

一个时辰后，黎斯终于走出善流居。他望着阴霾外的青山碧水，徜徉道：“走吧。”

酉时刚过，似水城东碧云庵。

如同漫游世外桃源里的美景，黎斯和肖凝穿过一片百年枣树林，经过冰冷的翠水河，踏上如云梯般莹白干净的石阶，来到了一扇暗红色的描有坐地莲花的木门前，叩响木门。

木门吱呀被拉开，从里面走出来一个十二三岁年纪的小尼姑。小尼姑上下来回打量黎斯，试探着问：“施主姓黎？”

黎斯和蔼哂笑道：“施主姓黎。”

小尼姑脸红了红，让开门来说：“有缘人等候黎施主多时了。”

碧云庵里干净雅致，他们一路来到庵内一间香房前，小尼姑敲了敲门说：“您等候的黎施主来了。”

小尼姑说罢，告别了黎斯和肖凝，走远后还偷望黎斯的背影。黎斯走到香房门前，肖凝担忧地说：“黎大哥，是不是该小心点，要不派捕快直接拿了他？”

黎斯摆手道：“既是有缘，那我就亲自会一会我的有缘人。”

“世情薄，人情恶，雨送黄昏花易落。人成各，今非昨，病魂常似秋千索。”香房内有沙哑苍老之声传出，“黎神捕果没令我失望，不枉我在此苦等一番。我知黎神捕有许多疑问，不若先在门外问清楚。”

肖凝欲冲进去拿人，被黎斯拦住，黎斯顺从地就站在门下，思量后说：“孟秀不是杀人凶手。”

“既寻到这里，答案你岂非早就明了？他没杀人。”门内人道，“孟秀的确是楼傲的表弟，但楼傲并不像孟秀所说的那样对孟秀很好，楼傲本就是冷血无情的小人，否则亦不会酿出不动山庄惨案。孟秀遭受了楼傲的百般欺凌，楼傲骂他是一只寄人篱下的野狗，让孟秀尽做一些低贱下人做的脏事。久而久之孟秀觉得人生无望，于是他从楼傲手里盗走了三十万两银票，从那以后孟秀就人间蒸发了。楼傲花重金发出江湖通缉令寻找孟秀，但到头来还是一无所获，不久楼傲陷入应付江湖风波的困境里，再未能分神寻找孟秀。而孟秀七年前考中功名，四年前平迁至似水城做县令，这里真可谓是他的宿命之地呀。”

“你知道孟秀同楼傲之间的恩怨，所以要挟他出来替你顶罪。”黎斯平静地说。

“对。多年前的事许多人都不会记得，偏巧我是记性好的人，又刚巧认出了孟秀。”门内人声音沙哑，黎斯顿了顿道：“关于凶案的种种，还有黑袍人和阿山之间的交易都是你告诉孟秀的。你还为孟秀捏造了为还表兄恩情，所以向我挑战犯案的由头，是否？”

“是。黎神捕心中明厉，又怎会说错！”门内人回应。

“明厉尚不如有缘人的巧思妙计。先模仿案件重演，再送微雕核桃，然后在凶案现场留下三样遗物，又利用思维误区将核桃隐秘藏于三样遗物里，最后利用核桃隐秘找出有缘人的藏身地。高绝！佩服！”黎斯颔首道，门内人一阵沉默，许久又传出话声：“无论多么高绝的诡计一旦被识破，最值得称赞之人毋庸置疑就是破局人。黎神捕不用多言，还有何想问的，尽管问吧。”

“还有件事我不明白，孟秀受你胁迫无非是害怕楼傲报复自己，但楼傲早就死了，孟秀还有什么好害怕的呢？”黎斯问说。门内人又一阵沉默，半盏茶工夫后才再开口：“黎神捕问得好。我能告诉你的仅仅是孟秀所畏惧的人，并非单单一个楼傲。”

“什么意思？”肖凝眨眨眼问。

黎斯目中却神光乍现：“他还畏惧四年前从火场里逃出来的第一百三十一人。”

门内传来一声长长叹息：“黎神捕已洞察玄机，门可以打开了。”

黎斯的手不由自主地轻晃，他终于拉开了这扇如隔绝了两个世界的门，门后就是他的有缘人。

肖凝看到香房门内的人，不由得惊讶地叫出来：“竟然是……你！”

黎斯眼神也是明灭不定。

香房门后竟然是一位俏生生的少女。少女莞尔一笑，正是那善流居盲眼老人的孙女薇儿。

第十章 善恶执一念

碧云庵，古旧的香房，俏生生的少女。

香房里只有少女一人。肖凝狐疑道：“怎么会是你？不对，刚刚我明明听到了一个沙哑苍老的男声。”

“肖捕头，可是寻这个声音？”薇儿声音陡地一变，变得沙哑苍老，同方才的声音一般无二，肖凝还是不敢相信地说：“真是你。”

“闯荡江湖自然有一两门绝技，学声变音就是薇儿最拿手的了。”薇儿乖巧地说。

“你就是我的有缘人，倒是出乎意料的有缘人啊。”黎斯满含深意地说。薇儿甜美地笑了笑：“人生如白驹过隙，相逢即有缘，所以我们都是彼此的有缘人。”

黎斯淡淡道：“但恐怕你非我寻找的有缘人。”

“相缘乃心，相忘乃念，黎神捕又何苦执着一心念？”

肖凝瞧着少女：“你既然在这里，莫非那有缘人是你爷爷？”

薇儿笑容甜美亲切，并没有回答肖凝的问题。

黎斯定定望着少女，缓缓道：“我不明白你为何要在这里。”

薇儿神情稍凝，正色道：“黎神捕的有缘人同样也是薇儿的有缘人。为了他，我才站在这里。”

“还有一件事，我想告诉黎神捕。”薇儿声如黄莺啼唱，黎斯点头：“说吧。”

“杀害郑厚年、商云和陶楠的人的确不是孟秀，是我。”薇儿轻轻地说完，黎斯知薇儿还待继续说下去，没有打断她。薇儿果然继续道：“我杀这三人，是因为他们害死了我的爷爷。”

肖凝诧异地问：“你爷爷不是活……”黎斯示意肖凝先不要说话，肖凝将后半句吞回了肚子里。

“两年半前，我同爷爷还在青州诸城谋生，一晚大雨我同爷爷没来得及赶回客栈，就在破败的城隍庙中过夜。大雨下到亥时，城隍庙里突然闯进了三个男人。三个男人开始还客气，但后来他们淫邪的目光就在我身上来回转，爷爷看出三人心有歹意，拉着我便要走，三人打晕了爷爷，然后抱住了我。”薇儿说至此，面容变得冰寒，平复了下情绪继续说：“三人按住我的手脚，撕扯我的裙衫。我怎么抵抗得了他们的暴行，我横了心如果守不住身子就立即咬舌自尽。昏迷的爷爷这时苏醒过来，爷爷用长棍打倒了一人，然后把我推出门口。而爷爷死死守在门侧，不让禽兽不如的三人冲出来。”

“我犹记得那晚雨很大、很冰，风像刀子刮在脸颊上，我跑去县衙报了官。等县衙捕快赶回城隍庙时，城隍庙里就只剩下了爷爷的尸体。”薇儿神情决绝，“我发誓不会让这些恶人好好活，我要报仇！”

“在城隍庙时，三人中的一人提及要回似水城押镖，他像是一个镖师。而其余两人也操着宿州之域的口音，于是我来到了宿州似水城。”薇儿喘口气，接着说：“在似水城逗留了两个多月后，我终于打探清楚了三人的身份，他们就是郑厚年、商云和陶楠。”

真相就是：郑厚年、商云和陶楠在诸城偶遇，三人喝得酩酊大醉结果迷了路，误打误撞进入城隍庙见到了卖艺爷孙。三人酒后乱性欲对薇儿发泄兽欲，而在被薇儿的爷爷阻拦后，失去理智的三人将薇儿的爷爷殴打致死。

薇儿想起为救自己而惨死的爷爷，眼眶变得红红，说道：“我只是个弱女子，而郑厚年是殷实的商人，陶楠是不露面的舞肆教头，商云更是武功高强的镖师，我虽然想为爷爷报仇怎奈无计可施，在似水城待了两个月也花光了我所有的积蓄。万般绝望下，我选择了穿一身红裙投河自杀，想变成冤鬼去缠住三人。”

“我没有死成，是有缘人救了我。”薇儿眸光迷离道，“有缘人救了我性命，问清楚我自尽的原因后，他表示愿意助我报仇。但报仇的事必须按照他的计划施展，我不可以问为什么，只需要按他说的去做。他向我保证，可让我手刃仇人。”

“我答应了他。于是我到了善流居卖唱敲鼓；于是我一个一个亲手杀掉了害死爷爷的凶手；于是我听从了有缘人最后的安排，站在了这里，等黎神捕来。”薇儿说完了自己的故事，释然地笑了笑。

黎斯听得百感交集，见到天真烂漫的少女变成了杀人凶徒而觉得惋惜，知道残害少女爷爷的人渣受到了制裁觉得解气，再想到少女执一念善恶再也无法回头，不由得胸口揪痛。一时间黎斯也不知说些什么。

“你爷爷，不，是假扮你爷爷的人去了哪里？”肖凝眯着眼睛问道。薇儿笑了笑：“他走了，我不知道他去了哪里。”

“你……”肖凝想要指责少女，但望着少女清澈透亮的眸子却狠不下心。

“他真走了？”黎斯开口问，少女点了点头，“假扮我爷爷的人走了。有缘人交代我以他的口吻回答你的问题，若你推断出了不动山庄尚有幸存之人，我就给你开门。他还有一句话留给你。”

“什么话？”

“人生聚散本无凭，有缘亦可再相逢。”少女轻轻诵念，念给黎斯听又像对自己讲。黎斯细细回味少女的话，深望少女的眼眸。

再回似水城内已是半夜，薇儿是真正的杀人凶犯，黎斯和肖凝去往大牢放孟秀出来。孟秀竟用褥衣结绳，在牢狱里自缢身亡，死后他嘴角犹带着一抹诡异的笑容，似结束了自己无尽的磨难，终获解脱。

黎斯在黑屋里检查了孟秀的尸体，并未有任何发现。黑屋子出来后，黎斯嘱咐肖凝一定看管好薇儿，不可让惨剧一而再地发生。肖凝神色凝重道：“我搬进大牢里亲自守着她。”

“还有，不惜一切追捕盲眼老人。”黎斯顿了顿，又重新说：“不，不是追捕盲眼老人。”

“啊？”肖凝不解。

“要追捕的应该是一个二十岁年纪的俊美青年，重点是他有一双魅惑的紫色眼眸。”黎斯清楚地说。肖凝先是惊讶，而后是震撼地望向黎斯，问道：“黎大哥，你说的莫非是……他？”

黎斯缓缓点了点头。

亥时，肖凝府邸厢房。

黎斯将每枚核桃再一次仔细端详，他凝望着唯一一枚核内不存在铁屑的核桃。这枚是他刚回到似水城老宅时收到的核桃。

核桃所刻，一个男子穿着捕装站在桌前，端详着核桃。男子面部轮廓不甚明了，只是一双眸子还算清晰，这……黎斯盯着核桃，脑中突遭惊雷狂炸。他猛然站起身自语道：“真相原来竟是这样！”

一月七日丑时三刻，静夜无声的庭院里，他如灵猫跳跃着钻入了一间黑漆漆的房内。

他站在窗侧望着乌云密布的天幕发呆，许久他缓缓低下头，就在这一刹那他的身后传来了一声沉沉的叹息。

“谁？”他冷冷问。

“我。”发出叹息的人点亮了油盏，豆大的灯光照出了他的脸。细长的眉眼中藏着如大海般深邃的光芒，除了黎斯还会有谁？

黎斯点亮油盏，望着他，轻言说：“我等你多时了。你也候我许久了吧？”

他神情怪异，而后回复了正常，笑笑道：“黎大哥，你开什么玩笑啊？”

他并非别人，正是似水城捕头肖凝。

第十一章 相忘谁先忘，缘来是故人

肖府。

肖凝望着黎斯，黎斯同样望着肖凝。肖凝摆了摆手说：“黎大哥，你这是怎么了？”

黎斯坐在肖凝对面道：“我想让你见一个人。”

“谁？”

黎斯对门外道：“进来吧。”

门外走进来三人，一名捕快押着个蒙脸的男子，还有一人却是善流居变戏法的阿山。

肖凝不明所以地瞧着门口三人，黎斯道：“取下黑布。”

蒙脸男人露出了脸，竟然是那假扮薇儿爷爷的盲眼老人。盲眼老人摸索着问：“这是哪儿啊？官爷，知道的我都说了，你放了我吧，放了我。”

肖凝表情有些沉闷，随即摇头道：“黎大哥真是好手段啊，竟然已经抓到了这厮。”

“其实从在善流居一看到他，我就有所怀疑了。”黎斯说，肖凝凝眉问：“他哪里让黎大哥怀疑了？”

“口音。”黎斯说，“在善流居这盲眼老人操宿州东南域的口音，而他孙女薇儿平日虽然很少说话，但我还是听出了她乃是青州口音。善流居老板说薇儿自幼同老人相依为命，但相依为命的二人口音却不一样，这岂非很奇怪？”

“这还只是奇怪而已，真正让我对他起疑心的是他的故事桥段。”黎斯把回忆打开，缓缓道来，“《草莽英雄》《骤风起》《连理枝》，善流居老板说盲眼老人翻来覆去只讲这三个故事，而且顺序从未变过。”

黎斯晃了晃茶杯里的凉茶，目光锁定在肖凝脸上道：“我发现了故事里的玄机。郑厚年案里郑厚年死于客栈，乃是胸前中刀，大量失血而亡，而在盲眼老者讲述的《草莽英雄》里，少年怒斩恶霸同样是在客栈，恶霸同样是胸前一刀致命。接着商云案里镖师商云死于翠水河，死因是中毒暴毙，而在盲眼老者讲述的《骤风起》里，主人公的结局是被蛮族士兵擒获，灌入毒酒后扔进了扩波河汹涌的河水里。陶楠案里陶楠被人勒死后，塞进石人中，然后藏在如同密室的地窖里，而在盲眼老者讲述的《连理枝》里，失意女最后在一座古老的空墓中自缢身亡，葬身于地下。”

“多么惊人的相似啊。当我忽然想到这个玄机后，便找来了阿山，让阿山密切注意盲眼老人的一举一动，只要有风吹草动就来通知我。”黎斯顿了顿道，“盲眼老人同薇儿匆匆离开善流居并没有任何交代，这让阿山有些怀疑，于是他悄悄跟踪一老一少。似水城外一老一少竟然分开走了，阿山只得继续跟踪盲眼老人。”

“我确认了老人落脚地后就托人给黎大人捎来口信，将这古怪老头拿了。”阿山邀功似的抢着说，黎斯对他赞许地点了点头。

“黎大哥心细如发，太精彩了！”肖凝忍不住拍起巴掌，黎斯道：“找到盲眼老人后我才知道，他是个货真价实的盲眼人，但他不是我要找的有缘人。盲眼老人交代，有个神秘人花重金将他请来给一个小姑娘当爷爷，他如同提线木偶，完全是按照神秘人的意图做事，其中自然包括说何个故事段子。”

“是，是，故事段子也是他读给我听，让我背了再讲给善流居茶客听的，都是他安排的，跟我没有关系啊。”盲眼老人听到黎斯提及他，立刻插口道。

“我忽然想到了薇儿，她从未提过盲眼老人是她的有缘人，我险些又掉进了一个陷阱里。”黎斯摇摇头，苦笑道，“孟秀、薇儿、盲眼老人，都仅仅是一枚又一枚的棋子而已。

“有缘人既然不是盲眼老人，那么他究竟会是谁？”黎斯眼光深邃，凝望着肖凝，“当我一筹莫展时，突然看到了它。”

黎斯将收到的第一枚微雕核桃摆在桌上，清楚地说：“系列凶案的幕后真凶每走一步都有其不可言明之深意。模仿杀人如此，凶案遗物如此，微雕核桃亦如此。其余三枚核桃均藏有铁屑隐示有缘人的藏身地，唯独这一枚核桃什么都没有。它为何会出现呢？”

黎斯瞧着核桃，眼中神光流露，语气一转变得兴奋道：“就在不久之前，我终于洞破了核桃的真相。”

肖凝眼睛一动不动望着核桃，嘴角挂上了一抹神秘笑意，说道：“愿闻其详。”

“我在老宅发现了这枚核桃，于是拿起端详。核桃中亦有一名身穿旧色捕装的男子，他也在拿着核桃端详，我自然笃定地将男子当成自己，但这其实是幕后凶手设定的又一个场景转换误区，而我又完全掉了进去。核中男子虽然面部轮廓模糊但眼神清晰，他的目光其实没有在看核桃，而是望向桌面。男子捏核桃的手亦有沉落之势，这迹象说明男子并不是拿起了核桃，而是想要放下核桃。”黎斯字字铿锵道，“非拿起，是放下。将核桃放下的人，他就是整个系列凶案的幕后真凶。亦是我苦苦追找的有缘人。”

“有缘人心如细发、胆量惊人，他早就将自己真正的身份告诉了我，就看我能不能发现。”黎斯赞许地颔首，再道：“有缘人就在这枚核桃里。旧色捕装说明他是个捕快，捕装右腰微鼓则说明他是右腰挎刀，整个似水城符合这两个条件的人只有你——肖凝。”

“有缘人煞费苦心地利用核桃玄机隐示出他的藏身地，其目的便是以有缘人身份，在碧云庵同我一见。这般良苦用心，他又怎么会不出现？”黎斯感叹道，“其实有缘人早就在碧云庵出现了，而且就在我的身边。只是我怎么也没有想到，这个人竟会是我的有缘人。对吗，肖凝？”

肖凝此时不再否认了，他踱步到窗侧望着天幕中的乌云，轻声说：“小的时候我看不到太阳，就只能每天盼望夜晚来临后，可以看到月亮。那个时候最难过的事就是乌云遮月，那样我的世界里就只有一片黑暗。”

如同四年前般淡淡忧伤的语气，深深凝望的姿态，黎斯望着他侧影缓缓道：

“楼天命！”

肖凝嘴角上扬一个浅浅的弧度，他笑了：“你早已猜出是我。”

“也只有不动山庄幸存的血脉才足以令孟秀那般恐慌，他承担了一切罪案甚至牺牲了性命都不敢道出真相。”黎斯一叹道，“就因为孟秀知道不动山庄的血腥可怕。自不动山庄创建至今，已经死了两千多人。孟秀识破你的身份后就有了必死之念，而令孟秀割舍不下的就只有他的儿子，孟凡川。”

“黎神捕所言不错。孟秀替我承担了全部罪行，并承诺自行了断，我才答应放过孟凡川。”化装成肖凝的楼天命说道，“当年因，今日果。这是属于他的宿命。”

“陶楠腹中的衣袍残片，也是你留下的吧？”黎斯说道，楼天命颔首：“是我逼他吞下的，既然孟秀愿意承担罪行，自然需要点证据来帮助他。除了衣袍残片外，我还让孟秀多次窥探你的厢房。对了，还有那件破损的袍子，也是我让他丢在显而易见的地方。”

黎斯沉吟良久，瞧着楼天命眉眼问：“你用了什么具有奇效的药物，令你的紫眸变成了黑眸？”

“我寻遍了隐世名医，终于找到一个偏方，将一种麻性药草的草汁滴进眼里，再以火蜡烤干，便可在紫眸前形成黑色的保护膜。有了这层保护膜，我就可以在白天跟普通人一样行动，而人们只能看到黑色眼膜，却寻不到我的紫瞳。”肖凝摇头说，“但罩上这层眼膜后时常会令眼睛干涩酸疼，总忍不住眨眼，有时还看东西模糊。”

“是。你这几日总是不停眨眼揉眼，我也觉得奇怪。”黎斯犹豫后又道：“楼天命，当年那场焚烧一切的大火里，你是怎么逃出来的？”

“是娘救了我。”楼天命说的是不动山庄血案的凶手苗疆鬼女。楼天命望向遥远天际，陷入了某种回忆里，缓缓道：“娘耗尽全部功力背着我逃出了火场，然后躲进附近的山洞里，当晚她就死了。我埋藏了娘的尸骨，然后游游荡荡似一个游魂般流浪在苍茫大地中，我不知自己要去哪里，也不知道哪里自己才可以去。”

“我失去了亲人，失去了家，也失去了信念，我几乎失去了活下去的全部希冀，最后我想到了你。我把你当成了仇人，我要报复你，挑战你。但我并不恨你，甚至感激你，只是我需要一个活着的理由。听着好混乱，你能懂吗？”楼天命深深望向黎斯，黎斯点了点头：“有时比死亡更可怕的是生无所念。”

“想要挑战你，我就必须变得更强。我用不动山庄的藏银，先是找到偏方改变了紫眸颜色，然后我学习了很多知识，各方各面都有。我不知道该去哪里寻你，于是只能隐匿在似水城市井之中，暗中监视着似水县衙和肖凝。我坚信你终将还会回来。”楼天命笑了笑，笑容甜美似幼童，“终于，我等来了。”

“然后你施展了之前想好的一系列计划。”黎斯说，楼天命点头：“其实我准备了三套完全不同的诡计谋局，这只是其中一套。”

“盲眼老人讲的故事段子，也是你故意留下的线索吧？”黎斯说道，楼天命点点头：“为了同你一较高下，我等了四年，不想连最终碰面的机会都没有，所以我小小地留了点端倪。”

黎斯淡淡一笑：“不管如何，你已形迹败露，剩下的谋局也用不上了。”

楼天命凝望黎斯：“我为了今日之会准备了四年，怎会这么容易就完结？”楼天命语气冷寂下来道：“你不觉得有两个人不见了吗？”

黎斯一怔，随即脱口道：“高凌和孟凡川。”

楼天命笑了笑，笑容这次变得妖媚魅惑：“还有你的故友，肖凝。”

“我走了，两日内三人便会回来。”楼天命走到门口，黎斯没有阻拦他。待楼天命身影不见了，黎斯望着空空的门外，喃喃低语：“人生聚散本无凭，有缘亦可再相逢……”

尾章

一日后，黎斯收到楼天命的书信。

肖凝在黎斯老宅的柴房里被发现，除了身体虚弱外并无大碍。三个时辰后，高凌和孟凡川一脸狼狈地自不动山庄归来。孟凡川知孟秀自缢后伤心大哭，高凌则同黎斯进行了一番夜谈，夜谈后高凌脸上多了几分期许喜悦之情，他迫不及待欲赶往圣城相会爱恋的姑娘。

黎斯将全部微雕核桃收藏起来，不慎却将第一枚核桃打碎，黎斯惊奇地发现在核桃中的小核桃上赫然写着一行字。

黎斯将微小核桃粘上朱砂水在白纸上滚压后出现了一行小字：

“大音希声。大象无形。道隐无名。”——楼天命。

黎斯望着留字，摇头笑了。

深夜，大风止。

不动山庄破旧的断壁下，一个面容俊美似妖的青年仰望遥远天际里的明月，露出了一抹纯真的笑容，他的眼中紫瞳闪烁光芒，言：“娘，我想你了。”

回灵

楔子　浮光掠影陌路客

不远处落日的金光渐渐铺满了平静的河面，一艘古老巨大的尖头海船停泊在渡头岸边，一位五十多岁的紫袍男子远远眺望，似在等人。

紫袍男子身旁有一位妙龄少女，容颜清秀动人，顾盼之间眉眼凝光，光彩夺目。

少女循着目光问：『爹，你到底在等什么人？』

『他呀，是我三年前在圣城见过的一位高人。』紫袍男子爽朗笑道。

『高人？』少女像是很好奇。

一盏茶的工夫，渡口外缓缓行来一个青衫客。

他的青衫已经破旧，但却很整洁干净；他的脸上流露出疲惫神情，但也难掩他明亮的双眼，就如同两颗于黑夜闪烁的星星，一旦凝望就会不自觉被深深吸引。

少女愣神时，青衫客已走到跟前。

紫袍男子拱了拱手：『圣城一别已四载了，黎大人可好？』

青衫客正是大世四大神捕之一的黎斯，黎斯微微一笑，细长的眉毛轻轻舒展：『多蒙四载前岳兄燕台祈言，这几年还算安好。岳兄生意可顺妥？』

『不错。』紫袍男子乃是绸缎生意人岳天洪，是黎斯圣城故友。这次岳天洪刚刚收了一位干女儿，欲带回归云州未城老家认祖归宗。恰巧黎斯也身有公务要前往归云州，岳天洪便诚意相邀，乘坐海船一同去往归云州。

『雪儿，这位是大世神捕之一的黎斯，黎大人。』

『黎大人，这位是岳某刚认下的女儿，金雪儿。』岳天洪声音洪亮道。

『小女子见过黎大人。』少女金雪儿盈盈行礼，黎斯伸手虚扶一下：『雪儿姑娘果是礼貌周到。』

『天色不早了，上船再叙吧。』岳天洪道。

三人上了海船。这艘海船乃是南方建造的尖头三帆海船，头尾如梭，船底的方形龙骨稳定行船速度和方向。

『起船。』

海船缓缓起锚，沿青州金波河驶入东海。

黎斯站在甲板上望着空空无人的渡口，又是一次无人的离别，苍茫天地里，仿佛我永远都只是一个陌路客，形单影只。

身边曾经的挚友红颜，他们现在还好吗？

第一章　左手三颗痣的人

海船船舱十分宽敞，一个三十岁左右的女子坐在小厅里，桌上有一个精致的琉璃鱼缸，女子在赏鱼。

同女子坐在一起的是位年轻男子，眼神里有那么一抹忧虑不安之色。

小厅另外一侧的软榻上坐着两个男子。一个男子留有鲢鱼胡子，穿着淡蓝色长衣，暗光透射时若有水波在蓝衣上流转。

另外一人国字脸，五官端正。

岳天洪为黎斯介绍——

赏鱼的女子名叫苏琴，乃是冰人世家。岳天洪请她来谋划认祖归宗之事。

年轻男子是金雪儿的朋友，名叫萧陆，被金雪儿邀请一同去归云州。

长鲢鱼胡子的男人名叫季明，是个走商。

最后国字脸的男子名叫单杰，跟随岳天洪做事，打点岳家买卖。

岳天洪将黎斯也介绍给了大家，寒暄以后，岳天洪安排好了房间。

船舱自小厅为中心分为左右两舱，每侧有十余间舱室。

黎斯、苏琴、季明、单杰被安排在左舱，岳天洪、金雪儿、萧陆住在右舱。

舱内有一扇小窗，黎斯可瞧见外面幽深的海水。海船行驶至金波河末端，再过一个时辰就可进入东海，五日可抵达归云州。

随后，岳天洪、金雪儿陪黎斯参观了一番海船，甲板上三根粗壮的桅杆如同三把长枪欲刺破苍天，迎风而震的船帆便是枪上红缨，猎猎作响。

船长和船员都睡在舵楼后舱中，黎斯来到甲板云车旁，河面冷风袭上海船，如同锋利的刀割一般，金雪儿羸弱，禁不住风寒，三人便回到船舱。

一时三刻，海船饭堂送来了酒菜。

季明哼哼起了故乡的小曲，旋律顺耳。苏琴用木筷击杯配以点音，岳天洪、金雪儿小声交谈着什么。

整个酒席间最为拘束的当属萧陆。这位年轻人的目光躲躲闪闪，唯一停住的时候便是凝望金雪儿。

萧陆一声轻叹，近在咫尺的酒杯被他碰洒了。

黎斯说："多酒误事，少喝点。"

萧陆脸微微一红："黎大人见笑了。并非酒之事，而是我自幼所带的毛病。"

"毛病？"

萧陆觉得自己多嘴了，继续说道："我和双胞胎哥哥萧川从生下来就有一种怪病，自左眼往左一拳内的景物看不真切，圣城名医言这病是遗传之疾。"

黎斯缓缓点头，以前听老死头提过不少怪病，其中有此一类，乃是视觉缺失之疾。

金雪儿瞥了这边一眼，同苏琴相聊。

戌时过，海船入东海。黎斯回了舱室，狭小舱室随汹涌海涛起伏，就像是躺在一个婴儿篮里，整个人、整颗心一起左右上下。

不知过了多久，黎斯恍若闻到了一股幽香，渐渐进入睡梦。

"嘭！"耳边一声闷响，黎斯睁开眼，是舱室凳子倒了。但很快视线被桌上的一样东西吸引了。

那是巴掌大小的蓝纸，背面是大海图案，正面有两句话：

"请寻找左手有三颗痣的人，三日内若未寻到则刺心而死！

亦不可泄露给第二人，违者死。"

为何自己跑到哪里都会遇到这种奇奇怪怪的事？

寻人蓝纸，这是一封审判死亡的信笺。

乘坐海船的第二日，苏琴同金雪儿正商议祭祖的先后事宜，萧陆站在两位美貌女子一侧，眼珠子盯着金雪儿，傻子也看得出萧陆对金雪儿情有独钟。

萧陆的手白莹细嫩，如同女子柔荑。萧陆看到黎斯走过来，像做错事的孩子逃跑了，苏琴和金雪儿也跟黎斯打了招呼。

两位女孩的手干干净净，没什么三颗痣。黎斯好奇拥有一双柔荑的萧陆是做什么的。

“唔，萧陆呀，那你得问问我们的雪儿姑娘。”

金雪儿俏脸娇红：“萧陆跟我一样，是唱戏的角。”

“呵呵，怪不得萧陆会有一双白玉般的手。”黎斯笑了笑说，“雪儿姑娘同萧陆认识多久了？”

金雪儿皱了皱小巧的鼻子：“差不多认识十多年了。”

黎斯从两位女子眼前闪开，随后又寻着单杰、季明，两人手上都没有三颗痣。

岳天洪也没有三颗痣。

最后，黎斯将船长、船员、厨子、丫鬟都留意了一遍，一无所获。

这蓝纸应是某人的随手把戏吧，天色渐昏沉，舱室的黎斯似又嗅到了一股若有若无的香气，渐渐睡了过去。

直至夜晚的最深一刻，黎斯被惨叫声惊醒。

黎斯循声冲进一个舱室，门口有岳天洪、金雪儿、单杰等人，众人皆惊慌失色。

在舱室内安安静静躺着一个人，面带笑容，如孩童般安详入睡——萧陆！

萧陆头顶插入了一根银针，他的双脚还蹬着长靴。

萧陆死了！

就在已死的萧陆胸膛上，有一张蓝纸。

蓝纸上只有两句话：

“请寻找拥有三只眼的人，两日内未寻到则贯脑而死！

亦不可泄露给第二人，违者同死。”

第二章 幽冥鬼船

“萧陆！”金雪儿扑到萧陆身旁，黎斯将她拦下：“人死不能复生，雪儿姑娘，不要太伤心激动了。眼下我要将银针取出，大家远离睡床。”

“雪儿姑娘，先出去吧。”苏琴搀扶她出了舱室。

黎斯对岳天洪嘱托了几句，不多会儿丫鬟送来了白酒。

黎斯用白酒涂抹均匀伤口，“噗”的一声银针被从脑内拔出，少量鲜血喷溅到黎斯的青衫上。

银针长两寸有余，大半刺入萧陆脑内。

环顾舱室，空气里飘浮着一股淡淡的幽香，黎斯在花架旁找到了一个精致的胭脂盒，盒面透刻蝉花图案。

胭脂盒有少量漏洒，在蓝纸上也有浅浅的胭脂印。

幽香是胭脂香，黎斯望着胭脂盒，不禁想到这两晚入睡前闻到的那股香气，不是胭脂香，更像是熏香。

黎斯沉吟不语。

“谁杀了萧陆？”季明胆怯地说，“船已出海，凶手肯定还在海船上……莫非就在我们这些人中间？”

季明狐疑地扫过每一个人，单杰道：“季老板不要瞎猜了，我们谁同萧陆有仇啊，非要置他于死地。”

“但他被人杀了！总不会是被鬼害死的吧。”季明眼中流露出浓浓的恐惧。

金雪儿再也坚持不了，整个人朝后倒下。岳天洪眼疾手快，抱住金雪儿。

“雪儿……”岳天洪将她抱回舱室，匆忙间金雪儿的足靴被舱门挂掉，露出了青花足衣，还有肌肤中一块拇指大小的莲花状胎记。

岳天洪帮她穿好足靴，匆匆而去。

“不要吵了，难道忘了咱们这儿还有一位神捕大人了？”苏琴望向黎斯。黎斯说话了：“萧陆凶案最关键的证据在这儿。”

黎斯拿着蓝纸道：“请寻找拥有三只眼的人，两日内未寻到则贯脑而死！”

“一定是留蓝纸的人杀了萧陆。”季明叫嚷道。

“等等，好像我也瞅到过……”季明佯装咳嗽了几声，又闭了嘴。

“你瞅到什么了？”单杰问。

“没什么。”季明干巴巴地说。

海船突然传来一声巨响，船舱猛烈地晃动。大家措手不及，季明摔了个狗啃屎，单杰抱住了门框，黎斯拎起苏琴，如钉子般钉在原地。

大约一刻钟后，海船才渐渐平静。

岳天洪冲到船舱外，船长支支吾吾半天才指向大海之中。岳天洪以及赶来的黎斯、苏琴等人观望——从幽冥大海的深处缓缓漂来了一艘漆黑的海船。

海船径直而来，若非船长改变了航行轨迹，必定会跟这艘神秘海船相撞。

“这船好面熟呀。”苏琴突然诧异道，“这艘海船……同我们的船一模一样啊！”

“无论形状、龙骨都毫无分差。”船长也惊叹道。

“太诡异了……大海里漂来了艘一样的船。”

“还有更奇怪的地方。”黎斯说。

“哪里？”

“船上是一片漆黑，半点灯光都没有。船员如何操控海船，船上的人又如何行动？”

黎斯一说，大家觉得背脊发凉。再看从大海深处漂至的那艘海船，就如同一艘来自幽冥地狱里的鬼船。

“船就要靠过来了，怎么办？”季明担忧地说。

“莫要惊慌，静观其变。”黎斯漆黑的眼眸深邃不可测。

神秘海船在不远的地方倏然停住了，岳天洪、季明、单杰、苏琴看向黎斯。

“真的一个人都没有？”单杰道。

“嘘！”黎斯示意噤声，从神秘海船里渐渐传出了一缕哭音，似还夹杂有呻吟声，于海风里袅袅飘来。

耳边浪声犹在，但那哭泣之音恍若越来越大。

“船上有人，而且很可能遇到了危险。”黎斯缓缓道。

岳天洪无疑是东主，他沉吟片刻后说：“上船救人吧。”

亥时末，岳天洪吩咐船长将浮梯抛到对面。接下来是选择过去的人，船长和船员们都一口回绝了，这艘突然冒出来的海船让他们感到了危险气息。

金雪儿还未醒来，丫鬟们留下照顾她。

剩下的人，岳天洪建议全部过去，人多力量大，而且也能壮胆。

黎斯同意了。

单杰没问题，苏琴犹豫了一会儿，也点了点头。

只有季明摆摆手说：“就别算上我了。”

“季老板，你在舱内说过的话还是很有道理的，凶手藏在船的某个角落。等我们过去以后，你千万要小心，他能选择的目标可不多了。”苏琴声音如美酒。

季明窃窃而笑道：“谢谢苏姑娘的提醒。这月黑风高的，我也不放心你们，还是一同过去吧。”

“这样最好。”苏琴笑了。

五人踩着浮梯挪到了对面，黎斯率先跳上对面甲板。甲板不少地方被海水腐蚀，留下了坑点的小洞。

黎斯用火折子点燃了两根火把，自己一根，将另一根给了岳天洪。

五人刚来到船舱前，苏琴忽然脸色苍白，呼吸急促起来。黎斯扶稳苏琴问：“苏姑娘，你怎么了？”

岳天洪在甲板上走了一圈，季明捋着鲢鱼胡子道：“赶快去救人吧，这船鬼气森森的，我一刻也不想多待。”

“方才的哭声好似消失了，一点也听不到了。”

“也许是我们听错了，海风也能发出哭音。而且这艘来历不明的海船怎么也不像有活人的样子。”季明打起了退堂鼓，说，“我们还是回去吧。”

黎斯摇头道：“那不是海风的声音。”

“呜呜呜……呜呜呜！”

又是一阵哽咽哭音，来源在海船内部。

“已经来到了这里，就尽最大努力去救人吧。”岳天洪说，“单杰，打开船舱盖门。”

五人进到船舱内部。

呜呜哭声萦绕，苏琴蹙眉说：“声音好像还在下面。”

黎斯用火把照亮前路，五人继续深入。

海船内的布局也跟岳天洪的海船一样，中央一个小厅，左右是走廊。舱室的门都虚掩着，一片片冰冷的黑暗气息充斥其中。

“这船上真有人吗？”单杰忍不住推开了一扇舱门。

“嗖嗖”，两个黑影从舱室内蹿出，其中一个对单杰挥动爪牙，单杰猫身躲过了奇袭。

单杰想去追，被黎斯拦住了。

“不用追，那不是人，应该是生活在海里的海禽，我看十之八九是海猴子。”黎斯道。

黎斯将舱室门关好，岳天洪老沉持重道：“海猴子上船，说明船里没人了。”

火影晃动，五人行至船舱尽头。

这里又有一个小厅，右边是扇舱门，左边是隔舱板，隔开对面的货舱。

舱门通往底舱，单杰转开了舱门，一阵冷风吹了上来，每个人都激灵灵打了个冷战，哭音就融在风中。

“哭声是从底舱里飘出来的。”岳天洪道。

“我们……非得下去吗？”季明不想下到黑暗的底舱。

“若季老板无意下去，可留在小厅等候。”

季明更不想一人独留幽冥鬼船某处："不，还是大家在一起好。"

"我先下。"单杰道。

接着是岳天洪、苏琴、季明，黎斯最后一个进舱，但倏然间小厅入口似有道黑影，黎斯立马想到了海猴子，但不对，黑影更像一个人。

黎斯本想追去看看，但心觉不妥，还是先去底舱。

舱门后木梯一路朝下，哭音更加响亮了，五人都进入底舱。

底舱空无一人，只有些破旧木桶。舱中间有个一丈宽许的水池，水池浑浊，呈深绿色。

"没人啊？"单杰说，"但哽咽声就是从这里传上去的。"

"我早说过是听错了。"季明道。

"啊，墙上是什么呀，湿答答的！"苏琴不小心摸了一把木墙，触感却是湿滑黏稠，不由得叫了起来。

"用火把照一下。"

火光一送，木墙表面有一层深绿色的黏稠物。黎斯用木块磕了一小块嗅了嗅，说："不用害怕，这是海底的泥藻，喜在潮湿的地方生长繁殖。"

"这儿还有好多沙子。"

底舱里有许多小堆的泥沙，黎斯捻了捻沙子，眸中疑惑之感越来越深了。

"古怪。"黎斯深吸一口道，"底舱附有海底才生长的泥藻，还有淤沙，这些东西不应该在底舱出现的。"

黎斯闪过一道异样眼光："除非这艘船曾沉入过大海……然后又重新回到了海面上。"

"沉了又怎么可能再浮上来？"季明颤声说，"难道……它真是一艘来自地狱门后的幽冥鬼船？"

"别说了。"岳天洪沉声道，"既然没有要救的人，我们赶紧走吧。"

大家走向木梯。

单杰忽然瞅见深绿池中有蓝光一闪，而后露出了一张脸。

单杰吓得险些瘫倒，喊道："池里有人！"

大家回转视线，就在深绿色水池里，正静静漂浮着一张人脸。

第三章 噩夜风暴

“究竟是什么鬼东西？”

人脸漂浮在池水里，扁嘴凹鼻，有眼睑却无眼珠，整张脸呈深蓝色，蓝得透彻。

“那不是人！”单杰惊讶道，“好像是一条鱼。”

在人脸下面没有躯干，只有一个鱼身。鱼身像一个深蓝色的肉球，有十数对浮动的触手。

“也不像鱼，像是怪物。赶紧逃吧。”季明转身冲向木梯。

“呜呜呜……呜呜呜！”人脸怪鱼发出伤感的哭音，跟黎斯在外面听到的哽咽哭音一模一样。

“原来哭音是这人脸怪鱼的叫声。”岳天洪恍然道。

凶猛的海猴子、未知的黑影、古怪的海沙泥藻，以及人脸怪鱼，每一件都匪夷所思，给这艘不明来历的海船蒙上了危险的面纱。

“我们回去。”黎斯说话了。

黎斯最后瞅了一眼水池，当火光离开水池范围后，人脸怪物突兀地射出了一轮轮蓝中耀金的浅光，蓝金之光仿佛水浪，缓缓波及整个底舱。

黎斯看得目瞪口呆，直到苏琴拉他衣袖：“走啊，黎大人。”

“唔。”

五人爬出底舱，又来到甲板上。

季明没有看到浮梯，“浮梯呢？”季明四下找寻。

浮梯拴在海船云车上，云车一侧有明显被砍劈的痕迹，黎斯摇头道：“浮梯被人砍断了。”

岳天洪道：“没办法了，让对面的人再把浮梯抛过来。”

“对。”季明哼哧了几声说，“我来叫。”

“喂！对面的人，把浮梯抛过来……”季明扯嗓子大喊，没人回应。

“不可能没人听到啊。”

对面海船上的灯火一下子熄灭了，就如同黎斯所处的幽冥鬼船一般。

“怎么回事，对面的灯光怎么都灭了？”季明说。

“雪儿还在那边。”岳天洪担忧雪儿的安危，朝对面大喊：“雪儿，雪儿！”

岳天洪喊了几次，对面甲板真跑来一个女子，正是金雪儿。

对面的金雪儿惨叫了一声，扭身往船舱里跑，很快就瞧不见人了。

“雪儿遇到了危险。”岳天洪翻身就欲跳下海船。

“岳兄，不可莽撞行事。”黎斯眼疾手快，将岳天洪拉住。

“我要去救雪儿，救我的女儿。”岳天洪挣扎着，黎斯牢牢按住他，厉声说：“你冷静一下！你现在跳下去，非但救不了雪儿，你也会淹死。”

“入夜后的海水刺骨寒冰，深海猛兽也都习惯在黑夜捕食。”

“岳叔，你可别做傻事，否则我没法跟雪儿交代。”单杰担心地说。

岳天洪茫然点头：“现在该怎么办？”

“咔嚓！”一声惊雷炸裂在海面上，大海深处一股浓烈的乌云正急速聚集，狂风渐至。

黎斯皱眉道：“快起风暴了，只能等天亮后再想办法去对面。”

“好吧，等天亮再说。”岳天洪垂头道。

五个人默不作声地返回船舱，来到小厅里。

黎斯将两根火把插在花架孔中，火光渐渐变弱。

单杰打破了令人窒息的沉默：“对面船上不知道发生了什么事。”

岳天洪铁青着脸，思绪早已乱了。

“莫非……”苏琴抿了抿嘴说，“杀害萧陆的凶手又杀人了？”

岳天洪一拳重重砸在桌上：“我太大意了，竟把雪儿一个人留在对面船上。”

“先不用自责，此事还有疑问。凶手现身，也不可能在这么短时间内杀光了船员，这些人不见了，定然有别的原因。”黎斯冷静地说，“我们切不可自乱分寸。”

“我们待的这艘船也是怪事连连，浮梯莫名其妙被砍断了。”苏琴道。

“哼！凶手不可能这么神通广大，一会儿装神弄鬼，一会儿又跑到对面去杀人，这绝非人能做到的事。”季明皮笑肉不笑道，“除非他不是人！”

“不是人？”

“还不明白？从海底里冒出来的幽冥鬼船！当我们闯入恶鬼的地盘后，它就愤怒了，砍断浮梯不让我们逃走，杀光对面的人是断了我们求救的机会。”季明大喊大叫。

“这世间没有恶鬼，不要再自己吓唬自己了。”黎斯眸光似电。

季明情绪略微平复：“若没有恶鬼，那发生的怪事又如何解释？”

“萧陆死在遇到这艘船以前啊，如果是恶鬼杀人，萧陆又是怎么死的？”岳天洪提起了萧陆。

季明空洞洞地说：“岳兄，你没发觉？你的海船同这艘鬼船一模一样。在传说里幽冥鬼船早就腐朽无形，因为它盯上了你，才变成同你的海船相同的外形。”

“恶鬼杀了萧陆，再诱惑我们来救人，最后把我们都困在鬼船里，一个一个全部杀死！”季明大笑，“我早应该想到这是恶鬼的诱惑……如果想到了，我就不会来了，就不会被困在这里等死了。”

“不要胡说八道了。”岳天洪斥责，但不可否认他被季明的言论震慑住了，脸部肌肉在抽搐。

苏琴蜷缩在椅中，紧张地环顾着四周黑暗。

“我没胡说！”季明已陷入癫狂，倏地身形一软，伏倒在地。

大家吃了一惊，黎斯道：“没事，我点了他的穴，让他睡一觉。岳兄、单杰、苏琴，你们也眯眯吧，天亮后的烦心事更多。”

单杰小声问岳天洪：“岳叔，季明会不会就此疯了？”

岳天洪叹息道：“希望一觉醒来，他能变回正常。”

季明很快打起了呼噜，黎斯、岳天洪等人也被折磨得筋疲力尽，分别寻了妥实之处，闭眼安睡。

五人睡后不久，一场强大的海上风暴已渐渐席卷而来，更大的危险和灾难即将来临。

第四章 黎明前的杀戮

短暂的梦境后，一股湿气莫名地喷到脸上，耳边传来女子的叫声。

“黎大人，小心！”

黎斯醒了，船舱里有一个瘦长的人影高举匕首刺向自己。

“嘭！”黎斯一脚把黑影踢开，苏琴说：“季明他疯了。”

刺杀黎斯的就是季明，岳天洪和单杰也醒了，整艘船摇晃得厉害，季明狞叫一声，又扑了上来。

“杀！杀了你们这些恶鬼！”季明双眼直勾勾，布满了灰色的死气。

黎斯喊：“退后。”

幽冥鬼船突地飙升起来，就似一只巨大海怪欲将整艘船举起，接着船又重重坠落，震得每个人双耳嗡嗡作响。

岳天洪大声道：“不好了，是风暴来了！”

海面上灰天暗地，海面要被恐怖的暴雨撕裂。幽冥鬼船无休止地震颤，苏琴惊心动魄地大叫一声，整个人被甩进了黑暗里。

“苏琴！”黎斯去救苏琴，但猛然间石桌滑下，正砸中黎斯的脑袋，黎斯眼前一黑，昏厥了过去。

不知过了多久，一双冰冷的手贴在了脸颊，黎斯抓住了这双手，同时睁开双眼。

眼前的人露出一抹笑容："你终于醒了。"

黎斯也略略苦笑，眼前的乃是岳天洪。

岳天洪一脸狼狈，黎斯在岳天洪搀扶下爬了起来，小厅面目全非，狼藉一片。

"单杰、季明，还有苏琴呢？"

岳天洪摇头道："我刚才摔晕了，醒来后小厅里就剩下了你。"

"这艘船处处暗藏杀机，必须赶紧找到他们。"黎斯担心道。

走廊尽头有一间厅室，在翻倒的石桌上横躺着一个人。血水模糊了他的脸庞，但岳天洪还是一眼认出了他："单杰！"

单杰死了！

他的右肩至左腹有一道贯穿的刀伤，深可见骨，几乎将他一劈为二。

"重伤后失血过多而死。"黎斯检查过尸体后说。

"谁杀了单杰？"单杰自小跟随岳天洪，岳天洪早当单杰是半个儿子。

黎斯没说话。

"风暴来时季明口口声声说要杀死恶鬼！是他，一定是他杀了单杰！"岳天洪难以抑制情绪。

"季明，你在哪儿？"岳天洪怒喝着往回走，黎斯眼角余光一瞥，发觉单杰的左手摁着某样东西。

掀开单杰左手，黎斯看到了又一张蓝纸。

蓝纸上留有两个殷红的血指印，触目惊心。

蓝纸同萧陆蓝纸相同，也只有两句话：

"请寻找影子被吞噬的人，两日内未寻到则裂身而死！

亦不可泄露给第二人，违者同死。"

又是索命蓝纸，"寻找影子被吞噬的人"，着实让人一头雾水。

萧陆的蓝纸是寻找三只眼的人，人类怎么可能有三只眼？

黎斯的蓝纸是寻找左手有三颗痣的人，相比较还算正常。

在蓝纸的规定时间上，萧陆、单杰都是两日，黎斯是三日。

在大海上一晚等同于一日。黎斯若在第三个晚上无法找到左手有三颗痣的人，是否也会同萧、单般离奇赴死？

“咔咔！”小厅又有了动静，黎斯发现在角落里赫然有一个黑影。黑影脸孔藏于阴影里，只有两只手露在微弱的暗光中。

黑影左手手掌里有三颗黑痣。

“他就是我要寻找的左手有三颗痣的人？”

“你是谁？”黎斯语气平静地问。

黑影没说话。

“来人啊！”走廊里传来了女子的呼救声，船上的女子只有苏琴一人。

黎斯一怔，再抬头已不见了那黑影。

厚厚的隔舱板出现了一个圆形黑洞，通往另外一头的货舱。

黎斯不能丢下苏琴不管，只能舍弃追黑影的念头，去找苏琴。

底舱外室，苏琴抵挡着面前的两只海猴子。

海猴子锋利的爪子不时抓一把苏琴的手臂，很快她手臂上多了几处伤口。

“滚！”黎斯抓住了一只海猴子，拧断了脖子扔到一边。

第二只海猴子狂叫一阵，叼起同伴的尸体逃走了。

“苏琴。”

“别过来！”苏琴挥手乱舞。

“别害怕，是我。”黎斯大声喊，苏琴缓缓睁眼，惶恐紧绷的情绪终于松弛下来。她扑进了黎斯的怀抱，黎斯轻轻拍打苏琴说：“没事了。”

岳天洪赶来了，他听到苏琴的叫声，以为季明又在行凶。

“季明不知道躲到哪里了。”岳天洪有些沮丧。

黎斯将单杰的事告知了苏琴，苏琴紧紧抓住黎斯的衣袖说：“单杰死了……难道真像季明说的那样，这艘船上有恶鬼？它会一个一个把我们都杀掉。”

“不要瞎想了。”黎斯安慰说。

“恶鬼不会有，但恶凶就一定存在。”黎斯将萧、单以及自己的蓝纸取出来说，“蓝纸的内容就是杀人的动机，只是这些内容太诡奇了。你们也说说看法吧。”

苏琴没有想法。

岳天洪愣了一下，目光停留在萧陆的蓝纸中。

萧陆蓝纸上的胭脂印覆盖了两个字，分别是“三”同“眼”字，岳天洪面露惊疑的表情说：“难道指的是三眼村？”

“三眼村？”黎斯道。

“我老家在归云州未城，三眼村就在未城西三十里……我曾在三眼村里住过。”岳天洪回忆道。

“未城，我听说过。未城的南方锦绣在整个大世王朝都是数一数二的，据说因为取材苛刻，所以产量低，故很多圣城的王孙公子特意远赴未城花重金购买。”提及锦绣，身为女子的苏琴就滔滔不绝起来。

“就是那个出产南方锦绣的未城。”

黎斯看出岳天洪似言之未尽，于是继续问：“岳兄在三眼村可还有亲人或朋友？”

“唉，有过。”

“什么意思？”苏琴问。

岳天洪微微闭目，思绪飘回过往道：“那大约已经是二十年前了，在故乡未城我有一位红颜知己，她是远近有名的绣女，一双巧手可编织如月宫霓裳般美丽的锦绣，我同她相知相守在三眼村。”

“后来我前往圣城赶考，在那里遇到了名门裴氏的千金小姐。裴小姐看中了我，只是我心早有所属，便不辞而别回到未城。但回到三眼村后我才得知绣女已死，她不知如何听闻我已在圣城娶了裴小姐，心灰意冷下饮恨自尽。”岳天洪怅然叹道，“自绣女死后，我同裴小姐成了亲。”

“原来岳兄尚有一段心酸情苦的往事。”黎斯道。

“太可怜了。”苏琴眼眶红红地说。

“‘三眼’两字有胭脂印，是否就是‘三眼村’？若是，那杀人恶凶同岳兄有何关系？未知的谜团越来越多了，剩下的两张蓝纸岳兄可还有发现？”黎斯望向岳天洪。

岳天洪摇了摇头。

“等一下。”苏琴说。

“萧陆蓝纸有胭脂印，单杰的蓝纸也有血指印啊。”苏琴点醒了黎斯，黎斯纠缠于蓝纸提供的诡秘信息，却忽略了最表面的东西。

血指印同样覆盖了“影噬”二字。

岳天洪眼中疑光闪了闪，一时想不到在哪里见过或听过。

黎斯也有相同的感觉：“‘影噬’指什么呢？”

岳天洪难掩激动神情说：“我想到拥有三只眼的人是谁了。”

“谁？”苏琴紧盯岳天洪问道。

“单杰。”

黎斯、岳天洪、苏琴回到单杰横尸的厅室，单杰后脑有一道约两寸长的伤疤，形状如枣核，像一只人眼。

“伤疤是单杰小时候摔下山留下的，很长一段时间他被伙伴取笑成‘后脑长着第三只眼的小孩’，后来头发长出来了，才没人这么叫他了。”岳天洪凝视单杰死灰色的脸孔说，“我看着单杰长大，没想到今日却目睹了这孩子的惨死。”

单杰后脑伤疤的确是经年以前所留。

“萧陆蓝纸所找的三眼人就是单杰。”黎斯思索后说，“难不成要寻找的人都在我们周围？”

“影子被吞噬、左手三颗痣的人又会是谁？”苏琴想不出答案。

外面风暴最肆虐的时段已过，三人上了甲板查看，乌云依旧遮天蔽日，天地一片灰蒙蒙、黑沉沉，即便面对面也难以看清对方的表情。

岳天洪赶至云车旁，对面海船依旧黑漆漆一片。

因为风暴在两艘船间形成了回流海水，出现了一个个半人宽的旋涡，这般情形更无法游到对面去了。

三人只得再想别的办法。

第五章 白骨噬影

“黎大人，你陪苏琴等一会儿，我去找点吃的。”岳天洪道。

“还是三人一同去吧。”黎斯并不放心。

苏琴身体晃悠了几下又软软靠在黎斯怀里。

“苏琴太虚弱了，这船的构造我一清二楚，就算遇到危险也知道该怎么逃。”

“只能这样了。岳兄，你拿上这个。”黎斯将燃尽的火把交给岳天洪，危险时刻可防身用。

饭堂在舵楼后，岳天洪走向舵楼方向。

“我有些困，想要睡一觉。”苏琴合上眼。黎斯试了试她前额，灼热滚烫，看来苏琴染了风寒。

得先给她找点水喝，但将她一人留下不放心，黎斯便背着苏琴去寻水。

船舱每隔不远就有一个盛水的木桶，但这艘幽冥鬼船水桶都碎裂了，仅有的水桶里也没半滴水，到哪里去找水喝呢?

黎斯记起底舱有几个木桶，不知里面还有没有水，但事到如今只能去看一看了，而且那人脸怪鱼也令黎斯很好奇，那究竟是什么鱼，竟然形若人类脸庞?

底舱门口赫然有一摊血迹，留下的时间并不长。

舱门后的木梯上也有血迹，黎斯有了不好的预感，他提一口气背着苏琴纵下木梯。

在黎斯进入底舱的同时，岳天洪失望地走出饭堂，除了冷锅冷灶没有半点可以吃的食物，食物尚在其次，可设法捕鱼果腹，但食用淡水就真是问题了。

只能盼望风暴后能有降雨，靠雨水为生了。守着无尽海水却可能渴死，岂非是天大的讥讽？

甲板后面的一个舱口打开了，打开的是一个货舱。所谓六九货一人，指的是海船配制一般是六货舱一人舱，或者是九货舱一人舱，海船大部分船舱都是货舱。

“嗒嗒……嗒嗒！”黑幽幽的货舱里面传来疾奔声，岳天洪暗道，莫非是季明害怕了所以跑进货舱里躲藏？

想起死不瞑目的单杰，怒火压住了对于幽冥鬼船的惊骇，岳天洪握紧了火把棒，钻进了货舱。

货舱只有大型舱室，舱室同舱室间十分曲折难走，在无法辨清方向的舱内就如同走迷宫一般，直让人走得头昏眼花。

岳天洪寻了两三个大舱室，已经有些迷糊了，不由得心有忧虑，还是暂时回去，待黎斯同来再一起抓季明吧。谁知他刚转身，一条幽幽的白影倏然闪过，进了旁边一个大舱室。

这舱室内干干净净，除了让人窒息的空荡黑暗外，再无他物。

“季明，我看到你了，出来吧。”

方才在门口看到的白影似幽灵般飘了出来，停在中间的空地上，一头乌黑的长发随诡风轻浮，白色锦衣微动。

“少在这儿装神弄鬼，我不吃你这套。”岳天洪望着锦衣，这锦衣似曾相识……有些像，不，很像二十年前绣女编织的南方锦绣。

“怎么可能？”岳天洪全身不自禁地颤抖，那跟自己相知相守的绣女如今早已变成白骨，不可能再编织南方锦绣了。

岳天洪一步步走到白影身后，喘息道：“就让我看看你的真面目！”

他一把拉过白影，轻柔丝滑的锦衣里，乌黑流动的长发下，竟然是一个白惨惨的骷髅头。

骷髅头冰寒的眼洞望着岳天洪，就那么……稍微低了一下头，一声哀怨凄凉的叹息从可见的骨腔内嗡鸣发出。

岳天洪只觉得头皮发炸，瞪着无比骇然的目光：“鬼，恶鬼啊！”

岳天洪扔掉火把棒落荒而逃，他的身后，那白影重新融入黑暗。

货舱超乎寻常地庞大，岳天洪狂奔了好久都没找到出口。已经脱力了，但他不能停下来，也不敢停下来，稍微一停滞，那恐怖如斯的白惨惨的骷髅头就会充斥脑海里，一点点吞掉自己。

“人！有没有人啊？”

岳天洪绝望的呼喊声回荡在货舱深处……

底舱，黎斯背着苏琴来到了这里。

“黎大哥，好冷啊。”苏琴微微睁眼，迷糊地说了一句，很快又迷失了意识。

黎斯将青衫披在苏琴身上，底舱内一股血腥味渐渐由淡转浓，深绿色水池旁的木墙上贴着个人。

黎斯认出了他的长衣——季明！

将苏琴安置在墙角，黎斯走过去把季明拉出了木墙。季明自右肩至左腹有一道深深的刀痕，几乎将他一分为二的割裂！

季明的死状同单杰完全相同，都是裂身血尽而亡。

“唉！”黎斯低叹，但马上留意到季明左手里攥着一张蓝纸。

蓝纸内容令黎斯茫然难解，同样还是两句话：

“请寻找黑暗里的忏悔者，他将被终身流放于冰寒地狱。两日内未寻到则裂身而死！

不可泄露给第二人，违者同死。”

这次寻找的目标更为复杂，“黑暗里的忏悔者”“流放于冰寒地狱”，这些指的是人是鬼？

黎斯将尸体平放在地上，而在季明躺下的刹那，黎斯倏然发觉——季明的尸体竟然没有影子！

“影子被吞噬的人”……难道说的是季明？

他的影子呢？鬼无影，但季明刚死不久如何变成鬼？

“扑通！”水池里冒出一阵水花，那条恍如来自另一个世界的人脸怪鱼冒出水面。

怪鱼的触角在空气里舞动，殊不知鱼身何处发出声音，先如少女垂泣之声，再变成婴儿响亮的啼哭，又一会儿成了病者长长的呻吟。

人脸怪鱼在水池里游了一圈，深蓝色鱼身透射出蓝金色淡光。它似有些兴奋，扭着圆滚滚的肉身钻入水池，又冒出。底舱如同暗无天日的夜空，蓝金鱼光就似缓缓升起的明月之芒，妖眩夺目。

更惊奇的是蓝金光在季明身上竟然全部不见了。而同时他那件淡蓝色长衣闪烁起了蓝金色暗光，仿佛长衣吞噬了光芒。

“影噬，噬影……”黎斯重复单杰蓝纸上的字。

“我懂了！”

“影噬是指遮影衣。”

归云州矿产丰富，尤其出产一些特殊的稀有矿物。稀有矿物有的可炼制锋利无比的刀剑兵器，有的可炼制具有奇效的丹药秘方，其中有一样矿物名叫影石，可吸光吸热。

能工巧匠用影石溶泡成矿汁，将锦绣长衫泡入矿汁里九日九夜，便成遮影衣。

遮影衣夏天可吸热吸汗，黑夜里则可吸收月光令周身微烁，驱散黑暗。因为此种神效，遮影衣成了名门贵族争相占有的宝物。奈何影石产量极低，如此没两年就开采殆尽，后再无影石矿被发现，遮影衣就此成为一段宝物传说。

大世境域内泛称为遮影衣、华光衣，在归云州制衣故地的工人则习惯称其为吞影衣，或者是噬影衣。万万没想到季明所穿的就是一件极为罕见的噬影衣，故可以吸收光芒变为无影。

影子被吞噬的人就是季明。拥有三眼的人是单杰。

剩下的左手三颗痣的人，还有黑暗里的忏悔者，又指代何人……

先无法考虑这么多，人脸怪鱼依旧闪烁光芒，借助着蓝金之光，黎斯查看了底舱木桶，其中一个有残存的淡水，黎斯手捧淡水喂给苏琴。

喝过水后，苏琴的呼吸声渐渐变大，有了生色。

黎斯放下心头一块大石，又担心起岳天洪，季明既非杀害单、萧的凶手，那么凶手肯定还逍遥在外，岳天洪岌岌可危。

突然一个暗影来到身后，黎斯猛地转身——竟然是一脸惊魂未定的岳天洪。

岳天洪好不容易从货舱中逃出，赶回了船舱，但寻不见黎斯和苏琴。他在偌大的船舱里游荡，直到他也发现了底舱门外的血迹，于是进入了底舱。

“岳兄，你脸色怎么这么难看？”黎斯问道。

岳天洪看到了惨死的季明：“啊，鬼！季明说的没错，这艘船里真的有恶鬼！”

第六章 回灵

风暴渐渐远去，狂风依旧，幽冥鬼船颠簸于巨浪之尖，或升腾或猛坠。而在最靠近冰寒大海的底舱内，岳天洪胆战心惊地讲述了所经历的恐怖一幕。

黎斯神情变幻不定，他无法相信恶鬼的存在，但连一向沉稳老练的岳天洪亦被惊吓得语无伦次，又让黎斯怀疑这艘船里是否还藏着什么别的东西。

“岳兄，先冷静一下。”黎斯给岳天洪喝了点木桶里的水。

“我们五个人进入这艘船后就仿佛走进了一个精心布好的杀局里，杀局者收拢大网，将我们一个一个网住，屠杀。”黎斯取出蓝纸说，“而杀局者也给了除掉他的机会，就是这如死神请柬的蓝纸。”

噬影衣岳天洪也听闻过，黎斯神情凝重，道：“杀局者应该就藏在剩下的两张蓝纸中。”

岳天洪接过季明的蓝纸：“‘黑暗里的忏悔者，他将被终身流放于冰寒地狱’，什么意思？完全没有头绪啊。”

海船始终处于阴霾里，黎斯、岳天洪、苏琴闭目养神。岳天洪一睡着那鬼魅的锦衣白骨就萦绕整个脑海。

岳天洪倒吸一口冷气，惊慌恐惧地醒来。

醒来后周身还是一片黑暗，腹中又在作鸣，岳天洪望向不远的水池，人脸怪鱼漂浮于水池中央，无眼之脸朝着岳天洪。

——将这鱼杀了不就可以充饥了！岳天洪摸起一块尖锐木板，走到水池边缘。

人脸怪鱼的光芒射在岳天洪逐渐狰狞的面庞中，岳天洪摇摇头说："你不要怪我，我不想饿死在这艘鬼船上。"

人脸怪鱼丝毫未感觉到生命之危，缓缓游到了池边，停在岳天洪脚下。

"啊！"岳天洪用力将尖锐木板砸向怪鱼。

黎斯听到动静醒来，已来不及阻止岳天洪，喊道："不可啊，岳兄！"

尖锐木板在人脸怪鱼头顶一寸停滞了，但岳天洪并非因为黎斯叫喊而停手，而是他似可以通过一层皮的眼睑感受到怪鱼体内的悲伤，岳天洪松开手，木板吧嗒一声落地，两行泪水从这中年男子的脸颊滑落。

岳天洪号啕大哭，木讷地将脸靠近人脸怪鱼。

人脸怪鱼幽怨低鸣之音渐强，十数对深蓝色钩子般的触角离开水面，伸向岳天洪。

"回来！"黎斯一把将就要陷入水池的岳天洪抓了回来。

"呼！"岳天洪瘫坐在水池旁，感觉到眼角湿润，茫然道，"我刚才怎么了，发生了什么事？"

"你方才想杀了怪鱼，但没想到却险些被它吃了。"黎斯说。

"我……险些被那人脸怪鱼吃了？"岳天洪拍着脑袋，却怎么也想不清片刻前发生的一幕。

"是。差一点你就葬身鱼腹了，不过这倒恰恰点醒了我。"黎斯俯视池中深蓝之鱼，说，"我想，我知道这鱼的来历了。"

岳天洪也望着水池问："什么来历？"

"原籍残本《古物纪事》中曾记录在东海冰寒的海底生活着一种罪孽之鱼，名曰：回灵。回灵十年一次繁殖后代，产一卵双鱼，双鱼相伴长至拳石大小后，母体养分殆尽，双鱼互相蚕食。

顽强的鱼逐食相弱之鱼，吞食。

回灵成熟体形为圆球，具有人之五官独无目，体表有蓝色触角，在冷暗环境下环射如月芒之蓝金光泽，遇强光后隐匿。

回灵行缓体亏，故拥有奇特的捕食之法，依靠内腔震动发出魅惑迷音，令猎物迷失神智，被回灵一点点蚕食而无法反抗。”

黎斯将记忆深处关于回灵的描述一一道出。

回灵鱼，还有之前的影石，都是黎斯从大世第一件作老死头的《古物纪事》残本中瞧见的，这古本几乎绝世，至今留世的不足五本。

“你方才就是着了魅音之惑，若我再迟缓片刻，你就被回灵拉入池内吃了。”黎斯说，岳天洪后怕不已，但心头又隐隐有所触动，为何会有如此奇怪的感触？

黎斯凝望怪音喋喋的回灵，而后说：“岳兄，觉得季明的蓝纸有所不同吗？”

“不同？”

“寻找的目标。之前蓝纸指定了寻找目标是人，左手三颗痣的人、影子被吞噬的人、拥有三眼的人。而季明蓝纸的目标却是忏悔者，忏悔者可并非一定是人啊。”

岳天洪似明白了黎斯话里意思，惊诧道：“你是说……”

“‘黑暗里的忏悔者，他将被终身流放于冰寒地狱’，所说的正是回灵啊！”黎斯稍微一顿，“无目是黑暗，海底是冰寒地狱，而吞食同胞则成为忏悔者，岂非是回灵之鱼！”

“对，就是回灵！”岳天洪心脏突如插入了一把利剑，瞪大了眼道，“回灵，回……灵，啊！难道，难道是她？”

黎斯靠近一步说：“岳兄，怎么了？”

“回灵……是她，果然是她回来复仇了！”岳天洪失神。

“她是谁？”

岳天洪全身战栗地说：“绣女！”

“三眼村是我同绣女相守的地方，绣女也曾缝制过噬影衣，至于回灵，哈哈……”岳天洪笑容扭曲道，“绣女的真名就叫作慧菱，回灵即是慧菱啊！”

每一条蓝纸提示都对得上，操纵这整个杀局的始作俑者会是已经死了二十年的慧菱吗？是她难以安息的怨灵纠缠岳天洪，将幽冥鬼船中的每一个人都拖入地狱？

黎斯还待再问，突然海风又猛烈掀动鬼船，黎斯不慎失足，“扑通”一声坠入池内。

深蓝色回灵发出刺耳的尖叫扑向黎斯。

池边的岳天洪眼神由骇然转变为绝然，他望了一眼挣扎的黎斯，如同完全看不到一般，转身上了木梯。

“等……等！”黎斯向池边游去，猝然身体一僵，竟然不能动了。

回灵十数条触手缠住了他的双足，触手尖刺插入了黎斯腿里，尖刺带有酥麻毒液，可延缓行动能力。

回灵逐渐勒紧黎斯，黎斯一点点沉入池内。

“苏琴！”黎斯唯有的救命稻草就是这病倒的女子，他大声呼唤苏琴名字，但令黎斯万般愕然的是——苏琴不见了！

在苏琴昏睡的角落里赫然站着一个黑影，黑影的左手有明显的三颗黑痣。

“苏琴……”

黎斯眼前一黑，再次沉沦入冰寒的池水里。

第七章

恶灵附体

冰寒、黑暗与死亡同行。

就这样了吧，就这样深深睡去，永远不要醒来！

“傻瓜，你怎么了……你不是答应了要救我走？你已经辜负了我一次，难道还要让我失望第二次吗？傻瓜，我恨你！”

——不，我会遵守诺言救你走，柔儿。

“喂，你想死？谁同意你去死了，爹娘还有寸儿他们的仇还没有报，你我之间的恩怨还未了结，你敢死，我就敢去地狱里抓你回来！”

——是魏独命。

“黎大哥，珍珠等着你。说好喽，要带我去最美丽的海岛看日落，还有日出呀。”

——珍珠，在你变成老太婆前我会陪你去看日出的。

“来，专门给你熬制的人肉回魂汤。这世间只此一锅，还不赶紧来喝一口。嘿嘿嘿嘿……”

——老死头，谁要喝你的死人汤，你自己留着吧。

这么多人，这么多牵挂，这么多承诺，我如何能死啊！

就要坠入最底层的黑暗了，黎斯倏然睁开双目，身体被十数条触手包裹得严严实实，黎斯低头咬住了一条触手！狠狠咬，撕咬，一条触手被咬断了。

黎斯一撇脑袋，又咬住了第二条。

咬断了五条触手后，回灵迸发出刺耳的叫声松开了触手，黎斯失去了束缚，竟在最黑暗的水底隐约瞧见了一片莹光，就在不远的地方。

“呼！”黎斯冲出水面，环顾四周。

他从水池底钻入了另外一个空间，一个未曾发现过的隐秘舱室。

舱室水池旁钉着坚固的木架，上面有十几块巨大的白色寒冰，方才在水底看到的荧光就是白冰。

这是哪里?

黎斯爬上水池，下一刹那他整个人都僵在原地，眸光被巨大寒冰完全冻结住了。

寒冰中央……竟然有难以想象的情景!

摇晃的船舱里，黎斯回来了，背后一阵寒风，夹杂着某些异样的窥伺。

回过头去，船舱走廊里站着神秘的黑影，他极有可能是杀害萧陆、季明、单杰的凶手或恶鬼。

黑影握着一把滴血的钢刀，不知是谁的血，黎斯没时间去知道了，他握紧的拳头轰了出去，黑影狞笑一声，转身逃跑。

“哪里跑！”

死里逃生后如有一股未知的能量支使着黎斯狂追，就要追上黑影了。黑影忽地冲入单杰被杀的厅室里，隔舱板上有一个圆洞，黑影毫不犹豫地钻了进去。

黎斯同样毫不犹豫，哪怕是耗子洞，这次也绝对不能放过他了。

洞里都是陷落的坑洞，黑影速度慢了，黎斯扑了上去。

黑影人竟是萧陆……已经死了的萧陆！这不可能，黎斯亲眼见到萧陆死了，还是他亲手将长针从萧陆颅内取出的，他绝对死了。

眼前的萧陆难道是恶鬼?

萧陆趁黎斯发愣的瞬间往前挪，黎斯从后面抓住他左脚，靴子被踢掉了，黎斯也死死抓着，好像有什么不太对劲的地方！

萧陆回手一刀，黎斯这次放了手。

两人爬入一间大型舱室，阴潮湿气将地板全腐蚀了。萧陆施展刚猛刀法欲置黎斯于死地，黎斯身如泥鳅绕着萧陆斡旋，脚下突然咔嚓一声，木板碎裂了。

两个人落进黑暗的坑洞里。

在黎斯同萧陆搏命的同时，在货舱内——

岳天洪面如死灰，一步步走来："慧菱，你出来了吧。我知道是你，你恨我背信弃义。我对不起你，慧菱！"

一个幽幽白影飘入舱室中央，就是先前吓跑岳天洪的那个锦衣骷髅。

锦衣骷髅背对岳天洪，许久未作声。岳天洪颤声说："慧菱……真是你吗？"

颤巍巍的手按住了锦衣骷髅的肩膀，慢慢将它转过来，岳天洪惊愕地合不拢嘴说："怎么是你啊，雪儿？！"

黑色长发下、白色锦衣中的赫然是岳天洪的干女儿金雪儿。

金雪儿微闭双目，似入睡了般恬静。

"雪儿，你醒醒啊！"岳天洪摇晃金雪儿的双臂，金雪儿醒来，目光茫然地望着岳天洪，惊喜道："爹，我可找到你了。船上有个可怕的鬼，他把所有人都变没了，只留下了雪儿一个人。我好害怕啊，爹。"

"雪儿别怕，爹在这儿，爹在这儿。"岳天洪抱住金雪儿。

"爹……"

片刻后，岳天洪听不见金雪儿的动静，低头一看，怀中金雪儿睁着一双布满血丝的眼恶狠狠地怒视岳天洪，牙齿摩擦得吱吱作响，就如同要张嘴咬人一样。

"雪儿，你怎么了？"

"松开你的手！"金雪儿呲牙咧嘴的模样吓了岳天洪一跳，他松了手，退后看着金雪儿。

"岳天洪，你这忘恩负义的东西！我变成孤魂野鬼多少年了，只为寻到你，吸你的血，吃你的肉，嚼你的骨！哈哈，飘荡了二十年，我终于找到你了。"

金雪儿神情狰狞可怖，岳天洪心头一震："你，你是慧菱？"

“不是我还有谁？哼，你这狼心狗肺之徒，已经把我忘记了？”

“没有。”岳天洪道，“我始终记挂着你，慧菱。”

“若二十年前你这般说我可能信，但现如今，你的鬼话连鬼都不信了。”金雪儿已变成了慧菱，幽恨道，“当年我靠织衣供你读书，供你一跃龙门，哪料到你非但未娶我，还攀龙附凤娶了名门之女。”

“可怜我那时已怀有身孕，独自一人去圣城寻你，却被你无情赶走，致我腹内积血产下了一对多灾多病的双胞胎女儿。”慧菱气结身颤地说。

“什么？你生了双胞胎女儿……我的女儿，我怎么一点都不知情？”岳天洪错愕道。

“不知情？笑话！生下女儿后，我屡次三番托亲戚去圣城寻你，都被你轰出门。”慧菱凄凄凉凉地说，“两个女儿生来就得了重病，可怜那小小的生命刚降临人世便要遭受疾病折磨。”

“后来女儿怎么样了？”

“那是我的女儿，你配知道她们的消息吗？！”

岳天洪懊悔道：“你说的没错。当年名落孙山后我不想再过苦日子，让朋友引荐裴家小姐，后来获得了她的芳心。但裴家族老不知怎么得知我在老家还有一个厮守女子，便要挟我同你分手。为了表现忠心我才将你轰走，是我的一己私欲。”

“但我可以对你发誓，慧菱。”岳天洪诚恳地道，“关于女儿的事，我真的一点都不知情。肯定是族老暗中捣鬼，隐瞒了消息不让我知道。”

“你想知道女儿的下落？好，我告诉你。”慧菱尖声说，“女儿生下来都患有心疾，她们五岁时，我将祖屋田地变卖了为女儿医治，但即便如此只够救活一个人。我哭了三天三夜，两个女儿都是我的心头肉啊，如何能舍弃一个！”

“我选择了将小女儿送去救治，自己照顾大女儿。三个月后，小女儿心疾好了大半，大女儿则没有熬过那年冬天，就在我怀里静悄悄……走了。她走的时候还拉着我的手，对我说：‘娘，你不要难过，我不疼！’”慧菱冰泪滚滚滑落脸颊，含着血海深仇的目光刺向岳天洪，“这全是因为你！”

岳天洪老泪纵横：“女儿……爹对不起你！慧菱，你杀了我吧！”

岳天洪闭上双眼，引颈等死。

“好，我成全你。”慧菱摸出一把匕首，割向岳天洪的脖颈。

“停手！”断喝声从舱室外传来。

慧菱冰冷的目光望了过去，黎斯走入舱室，眸光深邃坚毅。

“黎大人……”岳天洪说，“你不要阻止她，都是我亏欠她们母女的。如今慧菱附体雪儿，就是为了找我寻仇，找我索命。”

“虽然慧菱的故事让人动容，但恶鬼附体实在荒天下之大谬。”黎斯对望慧菱，“莫要再装神弄鬼了，雪儿姑娘。”

慧菱冷笑一声。

“自萧陆死后，我一直存有疑团。”黎斯吸一口气道，“萧陆死时神情安详，宛如睡着的孩子。我想过他是入睡后凶手下的杀手，但萧陆足上仍蹬着靴子，这说明他死时尚未入睡。”

“一个清醒的人毫无反抗让人贯脑插针，唯一的解释就是凶手是他无比熟悉的人。”黎斯摇头说，“船上唯一符合条件的人就是你，雪儿姑娘。萧陆深深爱慕你，只有你可以在他毫无防备下给予致命一针。”

慧菱脸色变了变。

“杀死萧陆只是你恐怖杀局的始端。”黎斯继续道，“之后你假装昏倒，待岳天洪、单杰、季明、苏琴和我上了鬼船后，你也尾随上船。”

“黎大人，雪儿一个女孩怎么可能接连杀那么多人？”岳天洪无法相信道。

“有理，但事实上雪儿只是杀害了萧陆，杀害单杰、季明的另有其人。”黎斯淡淡道，“就是左手有三颗痣的神秘人。”

“神秘人在我们上船前就藏在船中某个角落，等候杀戮猎物的最佳时机。之后风暴肆虐而至，神秘人等来了第一个杀人时机，趁大家各自分开的时候，他杀了单杰。”黎斯微闭目，“然后待季明疯癫自去，他又杀了季明。”

“神秘人是雪儿姑娘的同谋，亦可以说是你花重金雇来的杀手。”黎斯倏然道。

慧菱嘴角牵动，鬼魅一笑，依然没有承认也没反驳。

“在风暴来临前，我们看到了对面的雪儿，那时浮梯已经断了，她怎么可能过来？而且若非慧菱之力，对面的人怎么都不见了？”岳天洪被鬼神之力魅惑了。

“浮梯是杀手砍断的，等我们回舱后将藏好的另一条浮梯扔到对面，让雪儿过来。至于全船人不见的事，我想是雪儿姑娘的杰作，只需在淡水里加点东西，便可令全船人昏睡不醒。”黎斯说道。

“我无法相信雪儿会这么残忍，杀了萧陆，还买凶杀人！她为什么这么做？”岳天洪茫然道。

“我尚有指证雪儿姑娘最重要的铁证。”黎斯走回舱外，再回来时身旁竟然多了另一个人，全身黑衣，正是同黎斯搏杀的萧陆。

两人搏杀跌入坑洞后，萧陆就被黎斯擒住了。

“他是萧陆？”岳天洪惊恐道。

“萧陆已死，他是萧陆的双胞胎哥哥萧川。”黎斯扬起了男子的手，左手果然有三颗黑痣。

“萧川便是雪儿雇用的杀手。”

黎斯凝望萧川道：“你可以说了。”

萧川双手被绑，只得老实说：“金雪儿给了我三万两白银，一万两买一条人命，三万两三条命。”

“三条人命，那除了杀单杰、季明还要杀谁？”岳天洪望着萧川。

萧川冷笑一声：“嘿嘿，还能有谁？就是你。”

“不会的，我是雪儿的爹，她为何要杀我？你胡说！”岳天洪犹落巨石压心，他对金雪儿百般呵护、视若掌上明珠，雪儿怎么可能有杀戮自己之心？

“真真假假，你可问你身后的金雪儿。”萧川不屑地说。

岳天洪身体一震，那狞笑的慧菱一点点变换表情，变回了神态正常的金雪儿。少女用晶莹眼瞳凝望岳天洪，用清脆嗓音说：“他说的没错，是我要杀你。”

岳天洪觉得天旋地转，他勉强站稳道：“你为什么要这样做？”

“因为慧菱是我娘。”

第八章 仇深似海

“你是慧菱的女儿……那也就是我的女儿？”岳天洪一惊一喜地说。

“我宁可生下来就死了，也好过有你这般禽兽不如的爹。”金雪儿笑着说，流露出无尽的憎恨和凄凉。

“慧菱的故事让我说完它吧。”

“小女儿得救，大女儿却病死在自己怀里，慧菱如同失去了半条命，若非小女儿需要人照料，她可能早随大女儿埋入黄土里了。小女儿七岁那年，慧菱被心病折磨得枯瘦如柴，两年里她几乎没有安睡过，每当夜深人静后她就朝着埋葬女儿的方向痛哭，泪水在她脸颊上留下了两道深深的凹痕，那里面盛载的不只有眼泪，还有仇恨的血水。”金雪儿眼中湿润，“慧菱一日日地自我煎熬，不人不鬼，小女儿再也不忍慧菱这般生不如死的苟活。在七岁生日的那晚，她用匕首刺入了慧菱的心脏。”

“那一刻是小女儿两年里唯一一次见到慧菱笑了，像是终于得到了解脱。”金雪儿微微闭眼，笑道，“她终于睡了，可以去找大女儿于另一个世界里团聚。”

“而亲手杀了慧菱的小女儿从此再无欢乐，嗜母的血令她夜夜从噩梦中惊醒。你们可知，她有多么想去寻慧菱和姐姐，有多少次她徘徊在河边，只需要闭眼一跃，苦难也可以结束。”金雪儿决绝道，“但不行！折磨了慧菱一生，残害了姐姐生命的元凶还逍遥在外，甚至过着难以想象的富庶生活，怎可就这么放过他……那一刻奔腾在小女儿面前的不是河水，而是仇深似海的仇恨之源。”

“小女儿投身戏班，十三年后见到了仇人。他观赏台戏，对小女儿赞不绝口，甚至在得知小女儿身世后愿收她做干女儿。好！抛弃的女儿变成了干女儿，多好啊，多么天大的讽刺！”金雪儿微微低头，难以抑制地大笑，“其实很明白了，我便是小女儿，仇人就是岳天洪。我答应陪岳天洪回乡祭祖，但在那之前我用他给的银子雇了杀手，并将当年参与迫害慧菱的恶人们一个个请到海船中，我要让这些人血债血偿。”

“呃，对了。幽冥鬼船，呵，其实是我预先买下了艘一样的古船，并在内部设置了机关暗道，再让杀手藏在船内，待合适时机登场。”金雪儿望了一眼黑幽幽的舱室，“我还准备了索命蓝纸，引这些恶人齐入地狱。”

“冰寒的大海深处就是你们这些恶人赎罪的刑场，杀局很顺利，唯一令我没有想到的就是大世鬼捕的出现，但无论如何……杀局已开，不死不休。”

“这便是我于无望大海上杀你的缘由，岳天洪！你可懂了？”

“我……”岳天洪面如死灰，缓缓跪在金雪儿面前，“我无话狡辩，你说的都对。你们母女的苦难都是我害的……慧菱若真有魂灵在世也绝对不会放过我，我实在是罪孽深重。”

“哼，你假惺惺的丑态我已经见了不止一次了。”金雪儿冷漠地道。

“你说当年迫害慧菱的恶人们指的是单杰和季明？”黎斯说。

金雪儿颔首：“单杰的爹是当年殴打慧菱的行凶者，父债子还。季明是引荐岳天洪同裴小姐相识的媒商，罪恶深重。”

“那萧陆呢？”黎斯再问。

金雪儿黯然神伤道：“萧陆，我对不起他。他是真心实意对我好，但可惜他爱的人不是普通女孩，是一个背负了血债的魔鬼。我发现杀手竟然是萧陆的双胞胎哥哥萧川，萧陆通过哥哥知道了我的杀局，劝阻我不要报仇，我只是搪塞。等上了海船，他突然告诉我，他会通知萧川停止这次杀局计划。我等待了十几年的复仇不能就这样放弃，在慧菱和萧陆之间，我唯有选择前者。”

“于是我杀了萧陆。杀人过程同黎神捕所讲相差不多。”

金雪儿凄然一笑："我猜那一晚萧陆知道我会杀他，但他依然笑得那般开心，直至长针刺入他脑中的一刻。"

"今生所欠，只能来世偿还。"

"果然是你杀了我弟弟！你这疯子，弟弟对你那么好，你也下得了狠心杀他。你同岳天洪一样，都是冷血绝情之辈。"萧川双眼似喷出怒火，喝骂道。

"从亲手杀了我娘那一刻起，我的血早已冷，我的情也早已绝，活着的目的只有报仇！任何阻拦我报仇的人，不管是谁，都要死！"金雪儿疯狂地说道。

"你利用蓝纸提示岳天洪所犯的恶行，让他自感罪孽深重只求赎罪，接着用恶鬼附体的把戏令岳天洪死在慧菱手里。但你同样担心蓝纸线索没被发现，或者岳天洪毫无悔意，故你花了一万两买他一条命。"黎斯叹息一声，"可对吗，雪儿？"

"是的。"

"索命蓝纸上故意留有胭脂印、血指印是为了提醒岳天洪。"黎斯说，"也包括在底舱饲养的深海回灵，亦是为了唤醒岳天洪对于'慧菱'的记忆。"

金雪儿点头。

"我尚有不明之处，便是幽冥鬼船之由来。既然无人驾驭，它又如何从大海里出现？"黎斯心中不解。

"黎神捕也有不解之事？"金雪儿徐徐说，"其实鬼船是有船员的，待岳天洪的海船靠近后，船员乘小舟驶往另外的海船。让鬼船漂流至岳天洪海船旁停下，鬼船之态就有了。"金灵儿说出了幽冥鬼船突现的真相。

"原来如此。"黎斯揉了揉鼻子，冰冷空气中似飘浮着某种异香。

黎斯语重心长道："雪儿姑娘，你的杀局已破，萧川也被擒，该放手了。就算岳天洪自私卑鄙，但他毕竟已是你在这个世上唯一的亲人了，非要赶尽杀绝，不留余地吗？"

"亲人？笑话！他怎么是我的亲人，他是我的仇人！我娘和姐姐才是我仅有的亲人，是岳天洪害死了她们。"金雪儿紧咬贝齿道，"若没有黎神捕，恐怕杀局早已成事，独独是我漏掉了你。"

"漏掉的只有我吗？"黎斯突然说出一句莫名其妙的话，听得金雪儿一愣。

“你这话什么意思？”

“杀局绝妙，但恐只是为他人做嫁衣呀。”黎斯神秘地说。

“为他人做嫁衣，你究竟在说什么？”

黎斯沉声道：“其实杀局最大的疏忽并非是我，而是他。”

黎斯闪开半个身形，露出了身后的萧川。

金雪儿凝视萧川，不解地说：“萧川？”

萧川一脸茫然：“该杀的人我都杀了，被你擒住只是一时大意，何来疏忽之责？”

“到了面对面的时刻，你还装模作样。”黎斯嘴角上挑，“我且问你，你真的是萧川？”

萧川眼皮一跳，哈哈大笑两声：“我若不是萧川，难道会是萧陆吗？”

“那得好好琢磨琢磨了。就让我把凶案遗漏的线索一一道来，你的真面目就不明而喻了。”

第九章 残缺

黑暗舱室内，黎斯之声犹如平地惊涛。

“进入鬼船后，我见过几次神秘的黑影人，发现他左手有三颗黑痣，之后单杰、季明惨死，我自然而然将凶手同神秘黑影人挂钩。”黎斯道。

金雪儿脸色变了：“等一下！什么左手三颗痣的蓝纸……我怎么不明白你在讲什么。”

“你是不明白，因为萧陆、单杰、季明的蓝纸是你写的，而我收到的蓝纸却并非出自你手。而是另外有人写给我的。”黎斯说完，金雪儿更加迷茫了。

“除了我还会有谁写蓝纸？”

“少安毋躁，且听我讲完。”黎斯平静地说，“当回灵之鱼乃是暗示绣女慧菱这个事实被发现后，岳天洪内心懊悔赶往货舱，我则失足坠入水池。在水池沉浮中，我倏然看到了池外的黑影人，黑影人掳走了苏琴。后来我从水池中逃生，再遇黑影人，并在隔舱板黑洞里识破了萧川就是黑影人。”

“不过我始终感觉蹊跷，直到我从单杰、季明的死状里想出了破绽。”

“萧陆有天生的遗传缺陷，左眼之左一拳内景物无法辨清，等同于失目。而同样的缺陷也发生在他哥哥萧川身上。”黎斯顿了顿道，“既如此，左眼缺失三分之一视力的萧川若挥刀杀人，为确保一刀致命，他必定从死者左肩割至右腹，而单、季的死状恰恰相反，两人的刀伤都是从右肩至左腹。”

“难道一个杀手会选择从视线的盲点杀人？这不合理。”黎斯道，“很快我又想起了在隔舱板里的一个细节，我将萧川的长靴打掉，无意间摸到了他的双足。足衣内竟然有花雕纹饰，在大世王朝只有女子才穿花纹足衣。”

“胡扯！都是你自己的无度揣测，谁规定只有女子才能穿花纹足衣？”萧川怒极而气，“休要污蔑我。”

“也罢，我就将铁证拿出来。”黎斯长吁道，“从回灵触下逃生后，我误打误撞潜到了另外一个神秘舱室。这个舱室里有大量寒冰，在寒冰围拢的中心我看到了……一个人！”

“一个什么人？”金雪儿出口问，而岳天洪依旧跪在金雪儿面前一动不动，若无魂之尸。

“一个死人。死了的正是萧川。”黎斯双目乍射逼人威芒，“虽有寒冰延缓尸斑，但根据肋下、背部这些接触冰块的肌肤所出现的鸡皮疙瘩，可判断出萧川死于我们上船前。”

“杀害萧川的凶手无疑就是之后冒充他的人。”黎斯盯着萧川脸庞说，“若你还想否认，我愿带你们去神秘舱室看萧川的尸体。”

“不用了。”萧川紧张的神情舒缓下来，笑了笑，“黎神捕说的没错，我并非萧川。”

“你究竟是谁？”金雪儿惊疑道。

“不若问问黎神捕。”萧川轻笑一声。

“我几乎说出了答案，能穿花纹足衣的自然是女子，整艘鬼船上除了雪儿姑娘，就只有一位女子了——苏琴。”黎斯缓缓道。

萧川点了点头：“我是苏琴。”

金雪儿凝望化为萧川的苏琴：“你为何要装扮成萧川？为何要杀了萧川，又杀了单杰和季明？”

“我同样问你，你为何利用恶鬼附身扮成了慧菱？无非是想让事情变得简单一些，我亦如此。”此刻不应再叫萧川，而应叫作苏琴了，“至于为何杀单杰、杀季明，你再问一下黎神捕。”

黎斯长叹一声："我想应该同苏琴姑娘的身世有关。苏琴姑娘虽从冰人世家而来，但谁也不曾去过冰人世家，也未曾有人深得苏琴姑娘的底实。"

"方才在隔舱板里除了摸到花纹足衣外，我还看到苏姑娘足腕上方有一块拇指大小的莲花样红色胎记。"黎斯说。

"好眼力，佩服。"苏琴承认了黎斯所说。

金雪儿突然情绪波动："当年我和姐姐生下来后，左足上都有一块莲花红色胎记……难道你是姐姐？"

苏琴默然半晌，点了点头道："这么多年了，有些东西终是无法泯灭，无法消忘。"

"姐姐！真的是你，你不是已经病死了吗？"金雪儿喜极而涕，不敢相信。

"死，也算是吧。"苏琴猛然撕下了那张制作精密的萧川的假脸皮，露出了苏琴的面容，但却并没有就此停下，而是慢慢轻轻继续在脸孔上撕拉，刹那后一块块连着鲜血的皮肤被撕了下来。

苏琴再次面对金雪儿，一张娇美的脸只余下了几块不完整的肌肤，其余都是凹陷或斜扭的骇人肉肌，苏琴惨然笑道："看到自己这张脸的那刻起，我就死了。"

"为什么你的脸……"

"为什么？"苏琴笑了，笑声几乎刺穿喉咙，"是因为你啊，我的好妹妹。"

"我？"金雪儿无比震惊。

"我这张残缺的脸乃是拜你所赐。"苏琴说，"五岁那年重病后，娘在你我之中选择了救一个，让另一个等死，你很幸运成为了前者。在你病愈回来的前一晚，我病情严重几乎命绝，娘担忧你看到我的病容而自责，便不等我咽气就把我埋入荒野深处。"

"那是你从未想象过的黑暗、孤独，我在草席里挣扎呼唤娘，但没有人回应我，只有刺骨的冰寒。我用尽力气挖破了草席，挖出一个洞爬了出来，而猎食的豺狼就在那时经过土坟，对着毫无反抗能力的我撕咬。那是我这辈子无法忘记的彻骨的疼痛，脸被一寸寸撕裂的感觉，就如同有一把刀子在一下一下地刮。"苏琴的血黑肉肌纠结成团，狰狞骇然，"第二天黎明我在血泊里醒来，无比庆幸自己没有被咬死。但等我在河边看到这张残脸后，我又懊悔为何不就那么被咬死，若被咬死该有多好，不用每日都守着鬼脸过活，虽活着却犹若在地狱鬼蜮里。”

“你可知我多恨、多怨，为何两个活一个偏偏是你活下去，你夺走了娘，更夺走了我的生命。”苏琴依旧微笑，笑容湮没于恐怖之容中。

“所以，正如你要复仇一般，我也要复仇。而我最大的仇人就是你！”苏琴缓缓说。

金雪儿木然，痴痴凝望似再不认识的姐姐。

第十章 执念一炬

“如魑魅魍魉般苟活了十几年，我寻找你跟岳天洪的线索。我终于有了你们二人的消息，竟是岳天洪要收你做干女儿的谬事。我暗中监视你的一举一动，发现你竟然雇用了杀手，那时我已然知晓你要做的事了。”苏琴血容惊人，“杀手都是为了钱，你给了萧川三万两让他帮你完成鬼船杀局，而我给了他六万白银，只是让他把你的计划告诉我。”

“得知了你的计划，我利用跟萧川见面的机会，对他下了毒，等我潜入鬼船后萧川刚好毒发身亡，我处理好尸体后再登上了岳天洪的海船。接下来，便等待杀局登场。”

“待岳天洪、单杰、季明一一步入为他们量身定做的大网后，好戏开始了。没了萧川，我就是萧川，利用风暴夜先杀单杰，再杀癫狂的季明，完全按照你的计划。”苏琴抑扬顿挫，如同在讲一部精彩绝伦的好戏。

“你跟黑影人同时出现，可谓神出鬼没，你是如何做到的？”黎斯问道。

“嘀，多亏了金雪儿设计好的机关暗道，只需要选一个同萧川相似的傀儡替身用索线控制行动，故意让你看到它后，便启动机关令其消失在暗道中即可。如此装神弄鬼，也是为了吸引你的注意。”苏琴说。

“你故意暴露萧川的身份，让我怀疑你。”黎斯接口说，“寻找左手三颗痣的蓝纸也是出自你手，利用熏香让我沉睡不醒，将蓝纸送进舱内。你想让我识破萧川，洞悉他乃是杀害单、季的凶手，然后你再用萧川的面目揭露金雪儿的杀局，置金雪儿于万劫不复之地。我可有说错吗，苏琴姑娘？”

“一言不差。”

“既除去了残害我娘的岳天洪，又能将我所怀恨的妹妹置于绝境，一石二鸟，岂非绝妙哉！”苏琴微笑道。

“姐姐，没想到你竟然这么恨我……我不想的，如果可以，我宁愿当年娘选择活下去的是你，而不是我。”金雪儿的泪水模糊了她的视线。

沉默了好久的岳天洪头磕着木板，一会儿朝着金雪儿，一会儿朝着苏琴：“我的错！你们姐妹的仇恨都朝我来吧……今日我便死于此地，幸则老天怜悯能让我在死前看到两个女儿，足矣！”岳天洪惨笑一声，突然飞奔至木柱旁猛力撞柱，鲜血飞溅，倒在了血泊里。

岳天洪身死。

“恶人终于死了。”金雪儿面对黑暗里的虚空，喃喃自语，“娘，我终于报仇了。那个禽兽不如的岳天洪死了，十三年的仇恨啊……但为何我感觉不到一丝丝的高兴，只觉心头像垒砌了一座毫无缝隙的石山，就要将我活活闷死，憋死。为什么，为什么啊！”

“无论他再怎么罪孽深重、不可饶恕，但他始终是你爹。女儿杀死了爹，如何能够解脱，只能是套上更沉重的桎梏而已。”黎斯从岳天洪血污的脸庞移开视线，深深叹息道。

“是吗……是吧。”金雪儿微微闭目，对苏琴和黎斯说，“杀局的目的达到了，你们走吧。”

“你呢？”黎斯问。

“黎神捕猜对了全部，只有一处没有猜到。我早在舱室后埋下了无数炸药，火药的引线就在我手里。岳天洪死了，我已生无可恋，便去了。”金雪儿笑了，“黎神捕，感谢你的到来，让我知道了许多从未企及过的秘密，不管是好是坏，我都感激你。”

金雪儿的明眸最后深深凝视苏琴：“还有姐姐。无论你怎么恨我，怎么害我，我都不怪你……就像小时候一样，不管我怎么欺负你，你都是笑呵呵地摸着我脑袋说：我不生气，谁让我是你的姐姐，只有你这么一个妹妹呢。”

“姐姐，我也想对你说：谢谢你，若再有一次生与死的选择，我希望活下去的那个是你，因为我也只有你这么一个姐姐呀。”泪水模糊了她的笑容，却无法遮掩她真挚的心灵。

“黎神捕，姐姐，你们走吧。”

苏琴倏然走向金雪儿，血面狰狞但眼神变得温柔：“你在这儿，岳天洪也在这儿，娘的灵魂也会守在这儿，傻妹妹，你想让姐姐去哪里呀？”

“我们已经在人世间分开了十三年，无家可归了十三年，这一刻，我不想再分开了。”苏琴轻轻拉起了金雪儿的手，两只冰冷的手紧紧握在一起，就有了温暖的感觉。

“姐姐。”

“妹妹。”

“不行，你们都得走。”黎斯想冲上来阻止执念的姐妹，但身体一软，眼前突然变得模糊起来，黎斯晃了晃脑袋，诧异地说：“迷香！”

黎斯记起方才曾嗅到了一股淡淡的异香，自己又着了苏琴的道了。

苏琴拉着金雪儿的手走到黎斯身旁，轻轻伏在他耳边说：“你是个好人，应该活下去。还有，留意身边的人，有人在盯着你。”

“你……”黎斯欲再开口，但黑暗灌入他的双眼，他再没了力气，昏倒了过去。

黎斯被送上小舟，慢慢漂向不远的海船。

金雪儿和苏琴对着藏于乌云风暴里的太阳莞尔同笑，轻语：“风暴终会过去，太阳还会出来。生死爱恨亦如此。”

“轰！”剧烈的爆炸声响彻海面。昏迷着漂流于大海中的黎斯眼角不自觉轻轻流下了两行泪水。

杀之境

楔子　画中信

多少年过去后，黎斯犹记得那天清晨墨绿色的小雨，仿佛心田中流淌过的溪泉，这是归云州一个名叫胡安的小镇，南方水镇，黎斯推开水阁的窗户，一封浅黄色的信笺就摇曳在风里。

风在吹，水阁楼下的画泥匠迎着和煦的光芒，熟练地捏出一个温婉动人的女子倩姿。

浅黄信面画了一串葡萄，葡萄透明如同纯净的珍珠，五十余粒紧密排列在梗端。梗端中间的一粒葡萄呈现独一的红色，如血般浓稠，仿佛可以嗅到腥甜冰冷的气息。

五十多粒葡萄上无序地写了二十六个字，黎斯将二十六个字拼凑成了话：

遥遥天涯，与君相望。念念清风，可记佳人。

归云州，陌镇，古潭村。

——沈柔

望着信笺，二十六个字沿独特轨迹排列成不规则的图案，黎斯心底突如其来一阵阵心悸，仿佛有看不见的阴影渐渐笼罩心底。

『沈柔？』黎斯将浅黄信笺用力捏住：这也许是个阴谋，不，很可能就是个阴谋。但只要有她一丝一毫的消息，哪怕是刀山火海，哪怕是鬼府地狱，自己也肯定会义无反顾。像是曾经对她的许诺。

『陌镇，古潭村。』黎斯听说过陌镇，但古潭村却没有任何印象。

短暂的沉寂，黎斯叫来了吴闻：『吴闻，立即动身。』

『哦，这么急啊，去哪里？』

『陌镇，古潭村。』

第一章 烟雨古潭村

一个烟雨的午后，黎斯和吴闻找到了陌镇，来到了古潭村。古潭村在陌镇水乡东南二十里，处在三座大山的夹缝里，只有一条路连接着古潭村同外界。第一眼看到古潭村，黎斯就想到了世外桃源，如果世间真的有一座世外桃源，应该会跟这里一样吧。

两人来到村口。村口有一棵巨大的桑树，足有四五丈高，桑树下的阴影里有一尊全身暗红色的石像。

村口突然冒出来一个十岁左右胖乎乎的男童，他望向黎斯这边，然后朝黎斯挥了挥手，像是要黎斯走过去。

男童用左手食指贴在唇角，露出白白的小虎牙道："你是不是叫黎斯？"

吴闻问："胖小子，你怎么知道他叫黎斯？"

男童眼珠子咕噜噜转了转说："我叫福小生，我爹叫福大宝。爹让我在这儿等一个穿青衣、眼睛细细长长、笑容很好看的人，爹说他叫黎斯。"

"福大宝……"黎斯心底掠过这个名字，没印象。

"你爹为什么要让你来等我？"

福小生吐了吐舌头道："我忘记问了。"

福小生扭头就往村里走："走啦，爹让我带你去个地方。快点哟，要不然会被雨淋湿了，嘻，大山里的雨下起来可是没完没了的。”

村口，黎斯看清楚了那尊石像，凶神恶煞般。令人印象深刻的是石像面部没有眼，只有两个乌黑的窟窿。虽然神像无目，但却给人一种它在盯着你的错觉。

福小生发现黎斯一个劲望着石像，便道：“这是古潭村的保护神，如果有坏人想图害古潭村，就会被保护神抓住，扒了皮吞掉。”

福小生脸红通通的，像个大苹果，道：“你们害怕了吧？”

“害怕了。那古潭村的保护神叫什么名字？”黎斯这么问，他有些好奇石像的本尊。

“镜神。”

古潭村被中央水潭一分为东西两半，潭水清澈见底。很快福小生把黎斯领到了一座二进院，福小生说：“爹让我带你来丁老财家，他是土财主，脑袋圆圆胖胖，没头发，眼珠子鼓囊囊像鱼眼，嘻嘻，可别认错人了。”

“这工夫丁老财一定在正房里睡觉，你去吧。”

“你不进去？”

福小生头甩得像拨浪鼓，道：“他屋里都是古董瓷器，我怕碰碎了，他赖上我。”

福小生说完就追着两三只蝴蝶跑开了，吴闻低声道：“大人，这福小生古古怪怪的，在这古潭村咱们人生地不熟的，小心别中了别人的圈套。”

黎斯细长的双眼一眯：“既来之，则安之。”

跨进内院，黎斯推开正房房门。房里只有一个人，圆乎乎的脑袋没毛，刻薄的三角鱼眼，跟福小生描述的丁老财全都对上了，毋庸置疑，他就是丁老财。

丁老财像根木桩子一样被钉在房间中央，听到有人进屋后缓缓一点点挪回脸，看到黎斯和吴闻。

丁老财咧嘴一笑，就在笑容完结的刹那，他整个人飞到半空里，一下子四分五裂……双手双脚分别朝着东南西北射了出去，躯干噗的一声坠地，脑袋则往上一冲，咕噜噜正滚到黎斯面前。

黎斯倏然想起了福小生说过的古董瓷器，丁老财真如瓷器一下子碎了。

黎斯也遇过类似的裂尸案。被害者被极快的刀剑所杀，之后用点穴手法封住伤口附近血脉，血脉在体内逆行一周后产生了巨大的压力，被割断的身体被这股压力冲得四分五裂，就如同眼前的丁老财。

屋里血肉一片一片，黎斯和吴闻废了好大力气才将丁老财的尸体拼凑回去，阵阵腥臭味灌入鼻中。黎斯忽然感觉有点不对劲，但找不到是哪里不对劲，正思量间门口突然传来一声惨叫："啊！"

原来是福小生。"哇！"总想吓唬别人的福小生被吓哭了。

第二章 碎尸迷案

这胖小子像是个水壶，比小女孩还能哭，吴闻盯着福小生问："你爹让你带我们来见丁老财，对不对？"

福小生点着脑袋。

"那你爹的嫌疑很大，说不定是他杀了丁老财。"

"才不是！我爹没杀人，他是好人……你们才是坏人，你们欺负我，保护神早晚拖了你们走，吞了你们。"福小生大哭道。

有村民听到哭闹声进来，看到了横尸的丁老财都吓坏了，没多久村长来了。

黎斯亮明了身份，村长叫童百泉，紧挨童百泉的有一个青年男子，目光呆傻地望着满地鲜血，嘴角一抽抽地笑，笑容有些瘆人。

这青年名叫童杰，童百泉独子，小时候因脑袋受了创伤变成了痴儿。

童百泉有所怀疑地问："这位黎……大人，为什么来到我们古潭村？"

童百泉问得有理，黎斯跟吴闻对望一眼，哂笑道："实话说，我来古潭村是为了找一个人。"

黎斯话刚落，一个四十岁年纪的妇人开口叫嚷着："哎呀！您是官捕老爷，来这儿难不成是为了找五年前的那个杀人疯子……"

"牛嫂，住嘴！"童百泉阻止了妇人继续说下去。

这牛嫂显然误会了黎斯的来意，但她失口说的杀人疯子引起了黎斯的好奇。黎斯施压童百泉说："童村长，若要尽快抓住凶徒，还是不要有隐瞒的好，否则难免有包庇之嫌了。"

"不敢不敢。"童百泉被黎斯一言吓得头冒冷汗，说起了那杀人疯子。

"那是在五六年前吧……村子里来了一个陌生男人，黑脸黑手，提着一个长长的包袱，开始大家把他当成了山客，好茶好饭地招待他。但就在当天夜里，这黑脸男人就发了疯，原来他那长包袱里装的是一把大砍刀，黑脸男人接连砍死了五个人，其他人都逃回了家。"童百泉嘴唇发白，显然这段往事对他的冲击仍未消退。

"杀人疯子横行霸道了三天三夜，但说来奇怪，就在第四天那杀人疯子突然不见了，在水潭边留了一摊血迹，后来人们又在村口神像旁也发现了一摊血迹，便揣测是……"

"是保护神吃了坏人。"福小生肯定地说。

童百泉苦苦一笑："小生说的有些夸张，不过从我太爷爷那辈起神像就守护着古潭村。"

"有人相信是神灵除掉了杀人疯子，但也有人不相信，他们认为杀人疯子逃跑了，兴许不知什么时候他还会回来。更有几个人看到祖坟墓地里，每每风雨交加的夜晚，就有一个身高丈许的鬼影。"牛嫂战战兢兢地说道。

牛嫂在怀疑杀人疯子并没有死，而且又回来杀人了。黎斯稳定了语气说："大家放心，目前尚未确定那杀人疯子回来了，即便他没死又回来了，这一次也不用古潭村保护神出面了，我黎斯第一个手刃他。"

黎斯细长的眼里射出两道光芒，包括牛嫂在内的多数人都感觉安心多了，童百泉让围拢人群都散了。

"话说回来，福大宝的行径让人诧异不解，童村长可觉得福大宝有嫌疑？"黎斯在童百泉耳边询问。

童百泉瞥了一眼福小生，如实说："福大宝是我们村的铁匠，是古潭村里最老实巴交的人了，说他杀了人，我是怎么都不相信啊。"

黎斯点点头，童百泉旁边的童杰突然蹲下身，用手指头蘸了蘸地上的血水送进了嘴里，然后怪模怪样地咧嘴一笑，神情如同地狱里噬血的食尸鬼："爹，这血好甜啊。”

童百泉打了一下童杰的手：“黎大人，我这儿子又犯痴病了，我得把他关家里去。村西头第一家就是我家，若查案有什么需要的地方尽管去找我。”

童百泉拉着痴儿走了，牛嫂欲言又止，瞧了瞧福小生，转身也离开了。

福小生也像有话要说，黎斯便直截了当问他：“福小生，你是不是有话想跟我讲？”

福小生鼓足了勇气道：“嗯。其实……除了丁老财家，爹还让我带你们去另一个地方。”

“去哪？”

“跟我来。”黎斯和吴闻便跟着福小生出了丁家老宅，穿梭于雨雾缭绕的神秘古潭村中。

第三章 花一样枯萎

九月一日，古潭村，雨。

福小生慢吞吞在前面带路，整个古潭村被山雾一点点笼罩，天空连同地面都变得模糊不清，让人有一种行走于真实和虚无两种世界之间的错觉。

雾里，下了雨。

“就是这座院子。”福小生停下脚步说。

干净的院落，吴闻推开了院门，首先看到的是一片浅红色的花圃，栽种着星星点点的碎星花。碎星花黎斯曾和白珍珠欣赏过一次，那小丫头这样对自己说：碎星花之所以美丽动人，是因为它易碎的生命，如同划过天际的流星，一眨眼就永远消失了。

花同人，人亦同花一般。

雨中的碎星花被冲刷得东倒西歪，一株株枯萎。

“好可怜啊，这么多花都枯萎了。”福小生也是个惜花的人，他尝试扶好一根枯萎的花枝。

“别摆弄花了，来这儿让我们见谁？”吴闻说。

福小生怯声道：“爹说见了丁老财后，去见……孙寡妇。”

孙寡妇是一个寡妇，一个美丽动人的寡妇。福小生转了个弯一指说：“看，靠在窗边的就是她。”

在淡雾蔼蔼的画面中，一个三十岁的女子身穿浅绿罗衫裙，眉骨微蹙似带嗔，斜依在窗边，随手甩了甩绢帕，她便是孙寡妇。

黎斯走到窗边，整了整衣衫道：“在下黎斯，冒昧打扰了。”

孙寡妇手指缝里的绢帕滑落，正落在黎斯脚面上。黎斯略略尴尬，弯腰捡起手帕，耳边突然听到了噼里啪啦声，就仿佛骨头被一块块敲碎的声音。

黎斯一怔，抬眼看。

孙寡妇的笑容保留在脸上，而她像是皮纸扎成的纸人被烧着了一样，肌肤迅速苍老萎缩，七窍里冒出刺鼻的黏稠黑血，眨眼间，孙寡妇已化成了一个水人，余下的躯体如同紫茄子般淬紫泛蓝。片刻前风韵犹存的脸庞也像被人当中砸了一拳，凹洼进去，神情扭曲。

福小生吐出了一大口黄水，吴闻见过不少死人，但在眼前由一个活生生的美人变成一摊尸水还是首次，不由得也是心惊胆战。只有黎斯保持着不变的表情。

孙寡妇又跟丁老财一样暴毙身亡，不同的是孙寡妇是被毒死的。

黎斯让福小生去找童百泉，黎斯和吴闻在孙寡妇家前后查探，黎斯心头又有了一丝不妥的感觉，但究竟是哪里不对劲呢？

吴闻在孙寡妇的枣木衣橱里找到了两只大号的足衣，孙寡妇穿不了这么大的足衣，肯定是别人的。黎斯先让吴闻收好了。

黎斯又从毒尸里抽出了绢帕，院子里人影晃动，来了不少人。

为首的是童百泉，身后是一大帮村民，牛嫂拉着福小生也在人群里。吴闻将孙寡妇暴毙的一幕描述给童百泉等人听，大家听了都心有余悸。

童百泉面色凝重道：“这可怎么办好啊，又死了一个。”

院中雨越来越大，黎斯说：“接连出了两起命案，这凶徒手段残暴，最可怕的是他仍可能藏在村里，唯今之策先派人去县城报官。”

“黎大人说的是。小三子，你马上带两个人去报官。”童百泉说，斜眼看了一下黎斯，又补充道：“别忘记告诉县令大老爷，说神捕黎大人也在古潭村里，让他们越早派人来越好。”

“知道了。”小三子赶奔村外。

黎斯而后道："在县衙官兵赶来之前，所有人不要轻易外出。"

村民们便都一哄而散，一是害怕凶手，二是这些人见不了成了一摊尸水的孙寡妇，尤其那些变成了紫蓝色的尸骨，多瞧一眼就忍不住要吐。

黎斯把福小生叫了来："福小生，我要尽快见到福大宝。"

"好，我去找爹来。"

黎斯缓缓来到屋外，在古潭村这一块天地之上仿佛笼罩了一层灰色的面纱，一切都开始变得混沌，甚至看不出日月星辰，分不清白天黑夜。

第四章 夜坟鬼影

黎斯和吴闻在村长童百泉家借住。黎斯翻来覆去睡不着，耳边是淅淅沥沥的雨声，他想起了来古潭村的初衷——沈柔。

是啊，丁老财和孙寡妇的死太突然了，没有一点时间容得他去寻找沈柔的下落，她也在这片烟雨朦胧中吗？

沈柔的音容相貌在脑海中闪现，然后渐渐暗淡，最后只剩下含笑的话声：傻瓜，你可还记得迦陵频伽吗？

古潭村的第二日，九月初二，雨。

不知什么时候黎斯睡着了，昏昏沉沉里听到叽叽喳喳的鸟鸣，伴随狗吠和人吼声。黎斯睁开眼，院子里童杰正朝着一棵枣树呲牙咧嘴，旁边是一条杂毛老狗。枣树枝头站着一只小鸟，尾巴是红色的，脑袋和身子是黄色和蓝色，跟一人一狗吵闹个不休。

不多会儿出来个老妇人，拽走了童杰。老狗扫了扫尾巴打盹去了，小鸟成了胜利者，耀武扬威地高亢歌唱。

黎斯靠在窗边瞧得热闹，吴闻来了：“大人，你面色很差啊，昨晚没睡好？”

“也是，沈柔姑娘到现在还没有消息。”

童百泉从正堂里走了出来，像是被小鸟的叫声吵烦了，道：“快点飞走！”

身后忽地人影一闪，童杰又跑了来，尖声尖语地说：“爹，我帮你！”

童杰抡起一拳砸中枣树，小鸟哀鸣着飞走了。童杰心满意足地笑了，童百泉不理会儿子，请黎斯一同去吃早饭。

好惊人的力气，黎斯看了童杰出拳后心里暗道。

早饭后，黎斯回到丁老财家寻找线索。巳时时分，去报官的小三子来找黎斯：“大人，山路发生了坍塌，山石洪泥把路全封住了，只能等雨停了再想办法了。”

小三子垂头丧气地走了。

山雨短时间内不会停歇，黎斯身体愈发昏沉，一整天无精打采，等回到童百泉家时，童家已准备好了晚饭。黎斯望了望朦朦胧胧的天空，他已经分不出昼夜了。

吃了晚饭，黎斯拖着疲惫的身躯回屋，估摸到了丑时，房外忽然有了轻微的动静。黎斯翻身而起，他发现墙外有一个黑影一闪而逝，想跑？

黎斯跟随黑影来到村子东南角，一大片黑沉沉的坟地出现在视野里，无数坟头犹如一只只挺高了脑袋的仓鼠觊觎着人间的一举一动。黑影闯进坟墓最深处，黎斯提一口气冲到黑影背后，挥出一掌，黑影用手臂硬扛黎斯一掌。

两人一触即分。黑影脸上蒙着一层黑纱，五官都藏在了黑纱后面，看来这人早有防范了。黑纱人身体魁梧强壮，跟牛嫂提及的杀人疯子相似。

黑纱人从黑衣后抽出了一把泛着冷光的砍刀，跟五年前的杀人疯子一样。黎斯愤然瞪着黑纱人，冷冷道：“果然是你，你就是五年前在古潭村行凶的杀人凶徒！丁老财、孙寡妇也是被你所害吧！”

黑纱人一言不发，举刀就劈。黎斯双臂撑住躯体，双脚横扫黑纱人，黑纱人撤两步，抡起密不透风的刀光罩住黎斯，黎斯则绕着黑纱人如泥鳅般缠斗，两人你来我往，转瞬便战了七八十回合。

黑纱人体大身重，而且手持一把分量不轻的砍刀，缠斗近百回合后已变得气喘吁吁，再用一招“力劈华山”欲直截了当把黎斯劈了。黎斯钻到黑纱人背后，双手如电连点黑纱人三大穴，用力扯断了绑在脖后的面纱。

“你这杀人狂徒，今晚我就要看一看你的真面目。”

黑纱须臾间从发间落到眼眉，从眼眉落到鼻翼，黑纱下露出了他的真面容……细长的双眼，倔强的嘴唇，还有再熟悉不过的深邃的眸光！黑纱后的人不是别人，正是黎斯……

黎斯眼中世界在颠覆、扭曲，他发出凄厉的喊声，轰然倒地。

在意识远离他而去的最后一瞥里，黎斯看到另一个他眼神里流露出无尽的孤独和迷茫，亦如自己。

这个世界怎么了？

浑浑噩噩的冗长的梦里，一个个泛起梦的泡沫，他看着梦被一个个戳破，流出了浓浓的伤痕和记忆，泡沫梦境的尽头是晦涩的朦胧，他醒来了。

耳边是叽喳的鸟叫声，伴随着狗吠和人吼。窗外还在下着雨，他走至窗边，院子里童杰朝着枣树呲牙咧嘴，旁边有一条杂毛老狗，枣树枝头立着一只小鸟，尾巴是红色的，脑袋和身子是黄色和蓝色的，小鸟跟树下的一人一狗吵闹不休。

很快，一个老妇人拽走了童杰，老狗睡觉，小鸟独自歌唱。

吴闻从旁边走了过来，说：“大人，你面色很差啊，昨晚没睡好？”

“也是，沈柔姑娘到现在还没有消息。”

童百泉来了。他冲着小鸟喊：“快点飞走！”

然后童杰奔来：“爹，我帮你！”他一拳打在枣树树干上，小鸟害怕地飞走了。

在纷飞的落叶里，黎斯走了出去，所有的场景和发生的故事跟已经过去的昨天清晨一模一样。

九月二号的清晨……又回来了？

像是掉进了时光轮回中，黎斯摸着脸道：“是我做了一个噩梦？还是我还在梦里……”

第五章　噩梦

大脑停顿，黎斯没有思考的方向。早饭桌上吴闻跟其他人一样神情自若，难道他不曾接触这可怕的梦魇?

“大人，你怎么一口也不吃啊？多少吃点吧。”吴闻说。

黎斯喝了两口热汤，回忆经历的过程：自己发现了一个可疑的黑纱人，跟踪黑纱人去了坟地，双方大打出手，自己揭开了黑纱人的面纱却发现——黑纱人跟自己一模一样。巨大震惊后自己昏倒，醒来后发现回到了前一天，也就是九月二号。

无论从哪方面想都太荒谬了，不仅看到了另一个自己，还仿佛跌进了轮回旋涡，回到了从前，这肯定是一个噩梦，跟发生的事恰巧重叠的噩梦。这类未卜先知的梦黎斯以前也做过，只是没这一次这么逼真。

食不知味地吃了早饭，黎斯锁定丁宅继续查案。大约巳时，门口响起了急促的脚步声。

“大人。”小三子来了，跟梦里的又一样，巧合吧?

黎斯看着小三子的嘴一张一翕，却压根没听清他说了什么，小三子说完就悻悻地离开了。

冷汗加上雨水都贴在黏稠的皮肤上，黎斯说不出地难受。吴闻发现黎斯的脸越来越苍白，过来说：“大人，你脸色太差了，回去躺躺吧，这边有我。”

黎斯顺从地点点头。

回到童百泉家，童百泉找来了村里的郎中。郎中姓邢，五六十岁年纪，留着山羊白须，他帮黎斯把了脉，一边捋着胡子，一边说："身体有些虚弱，可能初来古潭村水土不服，不妨事，我开些顺气暖身的方子，吃一副就管用，以后就好了。"

童百泉立刻派人去抓药煎药去了，黎斯吃了药，脑袋像装满了铅块，沉沉地睡着了。

这一觉睡到夜深人静才睁开眼。黎斯转头望着窗外雾蒙蒙的天色。

倏地心头一动，神秘的黑纱人会不会如噩梦里那般再出现？

外面静悄悄的，唯一的动静是山雨冲刷廊柱的啁晰声，看来什么黑纱人果然只是个噩梦罢了。之后黎斯又眯睡了一会儿，清晨很快来了。

黎斯洗漱完，跟童百泉一家吃了早饭。一瞥眼，黎斯发现童杰正举着筷子咿呀鬼叫，童百泉脸色一沉道："吴嫂，不是让你别给他筷子吗？他又不懂得用，别过会儿他恼了又把桌子砸坏了。"

"是，少爷，把筷子给我。"吴嫂夺走了筷子，童杰生气地一拳头砸在桌上，砸出了一个坑。

"唉，你这孩子。"童百泉叹了一口气。

黎斯问童百泉："令郎以前学过拳脚功夫？"

童百泉点点头："是啊。我担心我百年之后有人会欺负他，就给他找了个师父，学点拳脚傍身。但不承想童杰学别的一点指望没有，偏偏练拳练脚一学就会，师父也夸他是个百年难遇的练武奇才，只可惜人傻，白白浪费了这一身的天分。"

童百泉流露出失望之情。

黎斯不想再勾起村长的伤心事，从童百泉家出来，吴闻小心翼翼不时回头张望，过了一个小巷，吴闻拉住黎斯说："大人，其实昨天我有了一些收获，也有了新的嫌疑目标。"

"唔，快说。"

"我带你去见一个人。"吴闻同黎斯穿过小巷，古潭村平和安静，按道理村里应该家家养狗，但来到这儿后，除了童家的杂毛老狗，黎斯再没见过第二只狗，更没听过狗吠，黎斯有些纳闷，但这并不是什么大不了的问题。

黎斯和吴闻穿过村中央的水潭，来到了村东。

中间巷前有一排高约三四丈的楸树，树下有四五间青石屋。最外面的青石屋旁一个四十岁年纪，身穿素裙的妇人向黎斯招手，黎斯一眼就认出了她——牛嫂。

牛嫂开了家门，吴闻当先，黎斯紧跟着进去了。

牛嫂家收拾得很整齐，黎斯问："牛嫂，你男人和孩子呢？"

"他们父子趁乌么山冬雪前进了老山牙子，打些猎物卖了好过冬。"牛嫂说起自己的男人和儿子，脸上洋溢着自豪的神色，"他俩可是古潭村里最好的猎手。"

黎斯微笑着点点头。

吴闻说道："牛嫂，你把昨个同我说的话，再跟大人讲一遍。"

牛嫂有些为难地看了看黎斯："大人，我可以说。但我告诉你了，你可不能告诉别人是我说的，尤其是那个人。"

黎斯很好奇牛嫂所指的"那个人"是谁，便答应了她的要求："放心，我不告诉别人。"

牛嫂放心地吐了口气："其实吧，在丁老财死后，我就怀疑他了。因为就在前两天我见到'那个人'刚跟丁老财吵了一大架，好像因为'那个人'借了丁老财的钱却一直没还。"

黎斯跟上，问了一句："'那个人'到底是谁？"

"呀呀，你看我这脑子，以为你早知道了。'那个人'就是村长，童百泉。"牛嫂说话的动作像是一只不安分的喜鹊，把尾巴扭来扭去。

"童百泉？"

"就是他，我听到他跟丁老财吵了一架，结果没三天丁老财就死了。"牛嫂像在说一个天大的秘密，"还有后来死的孙寡妇，这些年她跟童百泉暗地里鬼鬼祟祟的，啧啧啧，做了不少见不得人的事。"

黎斯自然明白"见不得人的事"是什么事，他挑了挑细长的眉毛，正色道："这话如果没有真凭实据，可不能乱说。"

牛嫂以为黎斯不相信她的话，有些急了："谁说没真凭实据了，我有啊。跟大人说实话吧，童百泉年初刚死了女人，你知道她咋死的吗？"

“童夫人？”黎斯在童百泉家的确没见过女主人。

“就是童夫人，她是被童百泉活活逼死的。童百泉跟孙寡妇那些个事，她早就发现了，但童百泉威胁说如果把丑事说出去了就把她，还有那个痴儿童杰一并赶出家门，赶出古潭镇。”牛嫂叹了口气道，“童夫人为了儿子才忍气吞声装作什么都不知道，但她偷偷告诉我了，因为我是她出阁前最好的朋友。”

黎斯将牛嫂的话存在心里。

吴闻提出了质疑：“等等。杀死丁老财的是一个武功高手，但童百泉并不会武功啊。”

“他是不会，但他那痴儿童杰会啊。”牛嫂道。

“没错，童百泉也说了，他儿子是百年难遇的练武奇才。”吴闻想起了童百泉的话。

从牛嫂家出来，吴闻道：“大人，你觉得怎样？”

黎斯想了想说：“根据牛嫂的话，还有童杰的武功，童百泉值得怀疑。”

“对了，在孙寡妇家里曾发现过一双大号足衣，走，去孙寡妇家。”黎斯言罢，跟吴闻二人直奔孙寡妇家。

第六章 迦陵频伽

古潭村，九月三日，雨不停。

孙寡妇家，吴闻将足衣找了出来，足衣内侧绣有一个“童”字，八九不离十属于童百泉，看来童、孙的风流事并非空穴来风。孙寡妇的尸身还摆在厢房里，虽关紧了门，但丝丝缕缕的毒臭依然飘了过来，令人作呕。

吴闻摸着头想了好久，突然兴奋道：“大人，我想明白了童百泉杀孙寡妇的动机。”

“说说。”

吴闻道：“依牛嫂所说，童夫人死后孙寡妇便不愿意再偷偷摸摸的了，她要求童百泉明媒正娶，但童百泉却顾及一村之长的颜面不愿意娶个寡妇，孙寡妇就要挟他要把丑事公布于众，于是童百泉一怒之下杀人灭口。”

“至于丁老财，则是纯粹的金钱冲突。因为无法还钱又被丁老财屡次三番逼债，童百泉便唆使儿子将丁老财杀了。”

黎斯拍了拍吴闻的肩膀，给予赞许。吴闻推断得合情合理，既有足衣的物证，又有牛嫂的人证，也算有证有据了。

但直觉告诉黎斯，事情不应该这么简单。直觉这东西确实妙不可言，有时候它像臭虫，你厌恶得恨不得一脚踩死它；但有时候它又像你生命沙漠里的一眼泉水，成败生死全取决于它。

黎斯决定去丁宅里再查一查。丁宅里，黎斯道："先前调查丁宅，主要以正堂、厢房为主，这一次我们将范围扩大到庭院和跨院，包括游廊和垂花门。"两人简单分工，吴闻调查前头，黎斯负责后面。

东跨院没收获，连绵不绝的雨幕成了屋外查案最大的障碍。黎斯来到了西跨院，在月牙门后有一棵楸树，黎斯眼角余光像发现了什么东西，他来到楸树前。

树干上有一个茶碗口大小的凹陷，像是被人一拳砸凹进去的。

在阴影里黎斯又找到了一个鸟笼子，铁圈同样被人一拳砸凹了，鸟笼里早没了鸟，不过有几根羽毛，有黄有蓝，还有一根红色的尾羽。黎斯立马想到了跟童杰叫嚣的红尾小鸟，那只小鸟莫非是丁老财所养？

黎斯找来吴闻，说："人常道，花鸟为寄情之物，本身无情。但事实并非如此，有些豢养的家鸟将主人视作朋友，可以跟老狗一样护主。所以红尾小鸟若真是丁老财的鸟，那么它很可能是在为主人报仇。"

"还有这凹陷的轮廓。"吴闻眼睛发亮，"找童杰来比一比凹陷的轮廓，如果对得上，说明童杰曾在丁宅施暴，可作为童杰杀人的旁证，再加上牛嫂的证词和足衣，童氏父子无疑是最大的嫌疑者。"

"我们接下来该怎么办，要不要直接拿下他们父子？"

"先……等一等。"黎斯体内寒气愈厚，忍不住打了个激灵，"童百泉父子是有嫌疑，不过就此盖棺定论未免有些早了。"黎斯脸色越发苍白了。

吴闻瞧在眼中，劝说道："都怪我太粗心了，一忙起案子就忘了大人身体还有恙。从邢郎中那抓来的祛寒药汤今个也忘记喝了，我这就陪大人回去喝。"

黎斯说："我这会儿不适宜查案，这里就交给你了。我自己身体还行，没到需要别人照顾的地步，我自己回去。"

吴闻执拗不过黎斯，只得答应了。

黎斯从丁老财府里出来，决定去邢郎中的药堂。方才明明还好好的，但这会儿黎斯不光全身发冷、冒冷汗，还手脚无力，所幸再往前面走一会儿就到药堂了。

可就在此时，黎斯忽然听到了一阵歌声，若有若无，仿佛白云外的清灵之音，空透纯美之余竟那么熟悉，用心去听……黎斯听到了，歌声的内容是：

“星辰下的灵魂，天山上的白雪。我将守护你呀——迦陵频伽……迦陵频伽！”

黎斯的心脏在那一瞬间停滞，这是“迦陵频伽”！是她，沈柔……她在古潭村，就在我的身边。

“柔儿！”黎斯忘记了疲惫、寒冷，忘记了所有的事，犹如一只扑火之蛾，循着缥缈之音渐行渐远。

记忆咆哮如海，将黎斯的世界填满，在那一年……

那一年的午后，阳光明媚，黎斯躺在暖暖的花树下面仰望天空，清风徐徐，那个身穿白衣裙、笑容甜美的女孩出现在他的世界里。

那一年，他们熟悉彼此很久，他鼓足了勇气在初次相识的花树下对女孩说：“沈柔，你难道不知道这六年来，我每天来这里睡觉，其实是为了……可以看见你。”

女孩笑靥如花，轻咬朱唇回他：“你这傻瓜，你又怎么不知道，我每天来这里摘花，就是为了等你说这句话。”

那一年，他们融化于对方的眸光里。那个叫沈柔的女孩为他歌唱达摩族圣灵“迦陵频伽”最美丽动听的歌曲，期许他们的爱情：“星辰下的灵魂，天山上的白雪。我将守护你呀——迦陵频伽……迦陵频伽！”

那一年，他许诺永远守护她。

那一年，叫沈柔的女孩被神秘黑衣人在黎府掳走，他只找到了小桥流水下一只染血的绣花鞋，他心如刀割，发下誓言：不管掳走她的人是谁，哪怕流干生命里最后一滴鲜血，他也要将沈柔带回来，带回那片花树，再听她唱歌，将她拥入怀里，生死不离。

那一年，永远不会结束！

“沈柔！”黎斯呼唤。

视线里的古潭村消失了，只看到一条暗红色光芒的无尽头的甬路。黎斯不顾一切往前跑，但始终追不上沈柔，沈柔摇曳在甬路的前方，她半转身凝望他，朱唇轻轻翕动。

黎斯听不到沈柔的话，但他读懂了，沈柔在说："这条路你不应该来的，回去吧。"

沈柔的身影一点点氤氲模糊起来，黎斯看到沈柔渐渐消散的唇际轻轻翕动。

"呼呼！"环境骤变，暗红色甬道不见了，沈柔也不见了，黎斯掉进了刺骨的潭水里，阴森寒气包围了黎斯，他宛如一尊石像迅速坠入潭底。

"你发誓要救我回去，你已经骗了我一次，还想骗我第二次吗？"沈柔的话语似在耳边漂浮，自己不能再辜负她了！所以我还不能死……黎斯燃起了生的欲望。

黎斯咬破嘴唇，疼痛让他有力气冲上水面，冲出水面的刹那，黎斯恍惚看到在潭底有红色的眼睛在望着他。

第七章 密室血魔

古潭村，九月四日。

黎斯昏迷了一天，醒来后发现回到了童家。吴闻和邢郎中守在床前，童百泉站在稍远的地方，黎斯发觉自己连张嘴说话的力气都没了。邢郎中煎好药汤一口口喂黎斯喝下，黎斯感受汤水在体内流转，寒气一点点疏散，苍白的脸有了起色。

“大人，你本来就身染寒症，又这么不小心掉到了水潭里，那百年古潭的潭水比雪水还要冷十倍呀，这次恢复起来起码需要十天半月了。”邢郎中道。

吴闻面有不悦地瞪了童百泉一眼，童村长咳嗽了两声出了厢房，吴闻同邢郎中也走了。大约又迷糊了一阵，有人压低了声音在黎斯耳边道：“醒了吗？”

黎斯睁开眼，是吴闻。

“大人，本来不想这么快就惊动你，想让你多休息。但……实在是很重要的事。”

黎斯撑起身子说：“这点寒病不算事，你说吧。”

吴闻在黎斯耳边嘀咕了两句，黎斯神情几变，愕然道：“你确定？”

“是的，我跟踪童杰才找到的。”

“这就去。”黎斯披上蓑衣，走出厢房。正房还亮着灯，两人绕过正房，来到西耳房相邻的柴房外，吴闻推门进去。吴闻在柴房里面鼓捣了没多久，便道：“找到暗门了。”

黎斯端起桌上的油灯，也进了暗门，扶着暗门后冰冷的墙壁往下走，再走一会儿黎斯放心地点燃了油灯，豆大的光影里照出左右两间密室。在左侧密室中有阵阵令人作呕的恶臭气味飘出来，右侧密室没有异味。

吴闻说："我跟踪童杰发现了柴房里的暗门，后来听到有童百泉的声音，我担心暴露行踪就没有下去，不过我听出童百泉父子进了右边的密室。"

右边密室上了一把大铁锁，不过这对于跟小偷打了不知多少年交道的吴闻来讲，一点不是问题，吴闻摸出细铁丝往锁眼里挑了挑，很快听到嗒的一声，锁开了。

下了铁锁，密室里灯光昏暗。灯光所及一目了然，只有四五只大木箱子，别的什么都没有。吴闻吱呀呀掀开一个大木箱，忽地从箱内射出了道道金白之光，箱子里是一锭锭的金银元宝。吴闻又翻开另外几个大木箱，同样盛满了金银珠宝。

黎斯在一个金碗内侧发现了小篆"丁梅生"三个字，丁梅生应该是丁老财的大名，这密室里的几箱子金银原本是属于丁老财的，但此刻都藏在了童百泉家的密室里。

吴闻冷哼一声说："怪不得查了丁宅那么久都没发现过什么金银器具，原来都被童百泉偷到这里了。"

黎斯望着满目金银，童百泉真是披着人皮的杀人恶魔?

"不知道另外一个密室里藏着什么东西，我们也去看看吧。"吴闻道，黎斯点点头。

两人转到左边密室外，这间密室没上锁，黎斯轻轻一推，浓烈的腥臭味扑面而来，黎斯将油盏往密室里一送，不由得骇然地闭不上嘴。

在不足丈许的密室内堆满了一具具血肉模糊的尸体，皮被一层层剥了挂在墙上，仔细辨认后发现都是狗尸。倏然，就在最密集的一堆狗尸里伸出一个脑袋来，五官被血污涂抹得无法辨认，黑色的血迹顺着嘴角往下淌。

"嘿，是你们！"脑袋的主人傻笑了一声，两个眼珠子直瞪瞪望了过来。

吴闻惊诧道："童杰？"

童杰嘿嘿怪笑了两声，从血尸里爬了起来，原本挂在他脖子、肩膀上的狗尸一具具滑落。他咧开满是黑血的大嘴："爹说了，这里不允许外人进。如果外人进来了，就永远不能出去。"

童杰双拳"咔嚓咔嚓"地爆响，朝黎斯和吴闻逼来。

黎斯深邃的眸子一点点冷下来："原来古潭村见不到一条狗，是因为狗都被你吃光了。"

童杰头甩得像个拨浪鼓一样，怪笑道："我不吃肉，只是喜欢喝血。"他擦了一把嘴上的黑血，扑了上来。

"我要喝你们的血！"

如婴儿脑袋大小的拳头抡过来，黎斯身弱体虚，吴闻挡在前面也出一拳。两人拳头如两块石头相撞后，吴闻握着手腕急退，表情很痛苦，显然在硬碰硬的一环中吃了暗亏。

童杰得意地咆哮一声，吴闻抽刀剁向童杰手腕，童杰对吴闻剁手的举动很愤怒，露出了尖锐的犬齿跟吴闻呲牙，动作神情跟狼一模一样。

只见黑影一闪，童杰如鬼魅般扑至吴闻跟前，吴闻举刀就砍，不过童杰抓住了刀背，用力一掰，精钢所铸的刀一分为二。

吴闻被童杰掰刀的一幕惊呆了，眼见铁拳就要锤到吴闻，电光火石间突然多了一只手，看似无力地轻轻一托，童杰雷霆万钧的拳头便被托住了。

黎斯苍白至极的脸上出现了一抹潮红，手往上一撩，童杰嗒嗒嗒嗒被推回去好几大步，童杰错愕地看着病怏怏的黎斯，不敢相信刚刚发生的一幕。此时门外传来了几声咳嗽，吴闻回头，门口赫然出现了第四个人，童百泉。

童百泉语气悲恸道："还不快住手啊，你这孽子！"

童杰见了童百泉，方才暴戾的凶相不见了，低低说着："爹，是他们私自闯了进来……"

"你给我闭嘴！"童百泉厉声喝止了童杰，头一低，"黎大人，童某人有罪啊。"

童百泉瞥了一眼满室的血肉残尸："犬子除了脑子不灵光外，自幼还患有一种骇人听闻的怪病，他吃不下任何东西，只能喝血，就像老林子山洞中吸血的蝙蝠一样。我带他看了许多名医都束手无策，我本想扔了他，唉，但血浓于水啊，我尝试了几次都狠不下心，最后还是把他带回了村子里。”

“回村后，我担心童杰把人给咬了，就秘密修建了密室，等他犯了吸血瘾就把他关在密室里。之后我抓了野狗给他吸血，他把狗血吸光了，人也渐渐正常了，也能吃东西了。”童百泉摇摇头说，“但正常的状态只能维持一段时间，之后还得给他喝血。既然开了头也没有别的办法，我就想办法抓狗抓猫来给他吸。”

“就这么人不人鬼不鬼地过了十几年啊。”

童百泉抬眼对望黎斯：“但黎大人，我可以保证除了野狗野猫，童杰没伤害过人，更没吸过人的血。”

童杰喉结一上一下，凶神恶煞地盯着黎斯。黎斯退到墙边倚住，目光突如闪电般射向童百泉：“你撒谎！”

“童杰没伤害过人，那又是什么东西？”黎斯伸手一指，在角落里横放着一把宽约两尺的大砍刀。童百泉面容倏地一紧：“那把砍刀……唉，事到如今我也不对大人隐瞒了。五年前在古潭村大开杀戒后神秘消失的杀人疯子，他是被童杰杀死了。”

“杀人疯子荼害了五条人命啊。没人敢擒他，他又堵住了村口不让人去报官，我在万不得已的情况下放了童杰出去，那晚童杰跟杀人疯子血战，那家伙用砍刀伤了童杰，但他最后被童杰一拳击毙。”童百泉望了眼童杰说，“我对杀人疯子深恶痛绝，便没有阻止童杰将尸首扛回密室。至于那家伙的下场……你也应该想到了吧。”

黎斯扫了一眼密室血尸，点点头。

“后来村民谣传是保护神活吞了杀人疯子，我就默认了。那之后因为惩戒了杀人疯子的保护神的存在，再没有坏人敢往村里来了。”

“这么说，还应该谢谢他了。”吴闻唏嘘道。

“不是，我想告诉黎大人，当初杀人实在是情势所逼，迫不得已而为之。”童百泉无奈道，吴闻逼近他一步：“好，就算诛杀那杀人疯子是情势所逼，那么你指使童杰残杀丁老财、孙寡妇的行径，难道也是被情势所逼？”

童百泉听后神情大变：“这话是从哪里说！我根本没害丁老财和孙寡妇啊！”

“休要狡辩。累累铁证就在隔壁，你竟还厚着脸皮否认，实在恬不知耻。”吴闻指了指密室另一头，童百泉说：“原来说的是那些东西，那些东西是丁老财亏欠我的，跟丁老财之死没有关系。”

第八章 旋涡

阴森昏暗的密室里，童百泉否认自己是杀害丁、孙的凶手。

童百泉似气不顺，又咳嗽了几声："多年前丁老财的爹逃荒到古潭村，被我爹救了，之后丁父在我家做起了长工。但丁父不愿寄人篱下，跟爹借了钱去做皮货生意，没个五六年就挣下了一份产业。丁父想重金报答我爹的恩情，但他突然得了病一命呜呼。"

童百泉咬牙说："丁父死后，丁老财就忘了他爹的嘱托，不愿把银子还给我爹。不止如此，这该死的垃圾还四处造谣，说我爹当年骗光了丁父的银两。我爹气愤不过，得病死了。"

"爹入土后，这浑蛋还厚着脸来跟我要钱。"童百泉道，"我肯定不给他了，为了这事我们吵了不下一百次，他就是个贪婪的小人，死不足惜。至于那几箱金银……是发现丁老财死后，从他银库里搬来的。"

童百泉咳嗽得更沉闷了："黎大人，其实最早发现丁老财暴毙的不是你，而是童杰。九月一日一大早，我得知丁老财又造谣，便去找他理论。童杰一时贪玩也到了丁宅，后来我要进正堂却被童杰拦住了，他告诉我，屋里面的人死了。"

黎斯问童杰道："你没进屋，怎么知道丁老财死了？"

童杰呲牙不说话，童百泉骂了一句，童杰才用跟漏风一样的语气道："他没有心跳声，爹说没有心跳的人就是死人。”

童百泉顿了顿说：“我也观察了，发现丁老财真死了，之后我便跟童杰把银子都搬走了。这些银子原本就是我的，是他亏欠我的。”

童百泉的故事黎斯听完了，吴闻却不买账：“这些完全是你的一面之词，现在丁老财已然死了，死无对证，你就编造了些由头来欺蒙大人。哼，童村长，你不要把事想得太简单了。”

吴闻摸出绣有“童”字的足衣，一抖说：“依你所言，你跟丁老财是旧怨，那么你跟孙寡妇呢……难道是旧情？”

童百泉脸色一阵青一阵白，艰难地说道：“原来你们知道了。”

“我跟她是有些……纠葛，但总不至于杀人吧。”童百泉反驳道，吴闻接口说：“不至于？我却觉得很至于。”

吴闻将他推测的孙寡妇胁迫童百泉娶她，童百泉杀人灭口的动机说了一遍，童百泉被说得哑口无言，脸色煞白得吓人。

吴闻迫不及待道：“童村长，跟你牵扯不清的丁老财、孙寡妇都不明不白地暴毙，其中最大得益者就是你，你具备充分的杀人动机。事到如今，我劝你老实坦白了吧。”

“我……黎大人，你也觉得我是凶手？”童百泉眼巴巴望向黎斯。

黎斯脑海里此时黑白一片，偶尔绽放的彩色里全是渐渐远离的沈柔。若非在古潭村被丁、孙凶案牵绊，或许他会早一步找到她，但现在……

黎斯被如茧般缠绕的凶案压得喘不上气，他转望童百泉：“一次的巧合或许真是巧合，但一而再、再而三的巧合背后就隐藏着必然。如吴闻所推论，你就是杀害丁老财、孙寡妇的真凶。”

“哈哈哈，哈哈哈！”童百泉放肆大笑，之后一大口鲜血喷出，他咳嗽不止，继而身体颓然倒地，阖然而逝。

童杰像是傻了，他跪在童百泉身前摇晃着尸体，咧嘴笑：“爹，别在这儿睡。这儿脏，这儿凉，回屋里吧。”

童杰拉他爹的衣袖，但童百泉毫无反应，童杰接着咧嘴笑，但眼泪却一滴滴落在了爹的脸颊上。他很快擦拭干净，喃喃地说：“爹说过不能哭，不能哭……

爹说过我是怪物，只能吓人，不能在别人面前示弱。如果被人瞧出了我害怕，他们就会欺负我……爹说过我要像个男子汉一样……爹，你醒醒啊！”

曾经给予自己谆谆教导的人再也睁不开双眼了，童杰一声声笑着，眼睛变得血红，瞪着黎斯和吴闻：“你们都要死！”

童杰张开双臂如大鹏鸟罩住了每一个角落，黎斯想反抗，但先前托举童杰的重拳耗光了他仅存的体力，现在只能任人鱼肉。

黎斯先是听到了吴闻一声惨叫，接着是骨头被打断的裂声，黎斯一点点将目光转了过去，正看到童杰杀星般燃烧的如天杀意。

“你去死！”

冰冷的拳风已至，黎斯甚至没来得及感受撕心裂肺的疼痛，涣散的意识就先一步将他摧垮了，他往后一歪倒了下去。

整个人一沉一浮，如同漂流在浩瀚无边的死亡之河，记得地狱中有条河叫作忘川。传说人世间相爱却不能在一起的男女，只要喝了孟婆的汤，再投入冰寒刺入灵魂的忘川河水里煎熬千年，就可以换得一次同相爱之人转世相见的机会。

若传说为真，我愿意喝了孟婆汤，就此千年沉沦。

但是可惜，我漂流的地方不是地狱，我沉沦的所在也不是忘川河。

只是可惜，我醒来了。

耳边是叽叽喳喳的鸟鸣，伴随着激烈的狗吠和人吼，黎斯睁开了眼，感觉相当不安，来到窗口往外看。

瞬间黎斯只感觉脑袋里嗡的一声……

窗外，童杰正朝一棵枣树呲牙咧嘴地号叫，旁边是一条杂毛老狗，枣树上立着一只小鸟，尾巴是红色的，脑袋和身子是黄色和蓝色的，如画面中一般。

但很快，一个老妇人拽走了童杰，老狗睡觉，小鸟独自歌唱。

吴闻从旁边走了过来，说：“大人，你面色很差啊，昨晚没睡好？”

“也是，沈柔姑娘到现在还没有消息。”

……

待到黎斯的大脑可以重新运转，才发现自己早已经坐在了饭桌旁，跟吴闻和童百泉父子一起吃早饭。

童杰举着两根筷子艰难地夹菜，他生气地扔掉筷子，抓起面前盘里的菜肴大快朵颐。

“大人，你怎么一口也不吃啊？多少吃点吧。”吴闻道。

黎斯愣了愣，好一会儿他才问出一句话：“吴闻，你认真告诉我，今天是几月几号？”

吴闻神情诧异：“大人，今天是我们来古潭村的第二天，九月初二啊。”

“九月初二……初二……”黎斯犹如陷身于混沌中的巨大旋涡，一圈圈，一圈圈，被猛烈斡旋，转得头昏眼花，转得永永久久，仿若再也不会停止。

“嘭！”黎斯突然撑开了椅子，童百泉愕然地看着黎斯：“黎大人？”

黎斯将在场的每一个人都看了一遍，每一个人虽然五官不一样，但神情感觉就如同一个人。黎斯咬住嘴唇说：“我没事，我有些心烦意乱，想一个人去外面走一走。”

说罢，黎斯扎进了朦胧雨幕里。

第九章 神鬼一局

古潭村潮湿的土地上，黎斯越走越快，为什么……九月二号如同一个牢不可破的魔魇，如果说第一次回到九月二号让黎斯觉得那只是一个噩梦，那么现在呢……

第二个噩梦？

陌镇的古潭村，神秘的画中信，如泡影的沈柔，离奇的暴毙案，不可思议的时间倒流，还有失魂落魄的自己，黎斯不得不重新审视这座烟雨中的村落，外表娟美如画，但内里却暗藏惊天骇浪，古潭村究竟是个什么样的村子？

黎斯险些撞到一个人，是白白胖胖的福小生。

福小生擦了一把眼泪说："叔叔，我找不到我爹了。"

"怎么会找不到你爹？"

"我跟牛婶找了一整晚……呜呜呜，牛婶说，我爹说不定也被杀丁老财和孙寡妇的坏人害死了，呜呜呜。"福小生眼泪哗哗落了下来，瞧得黎斯心里酸酸的。

黎斯拉过福小生："别哭了，也许是你爹有事出村没来得及告诉你。你都这么大了，可不能老哭鼻子，跟个丫头似的。"

"叔叔，我爹会没事吗？"福小生投来无助的目光，黎斯心里一揪说："他不会有事的。"

福小生破涕为笑了，他指了指一条小巷深处的房子说："我家就在那儿，叔叔要不要进去坐？”

黎斯答应了。

福小生家只有很少的家具，他端来了一小盘不知叫什么名字的水果，黎斯嚼了一个，甘甜爽口。

福小生托腮瞧着黎斯，黎斯问：“你是不是有话要讲？”

福小生点了点脑袋：“叔叔，大家说你是神捕，专门破案抓坏人。我很好奇，真有那么多坏人吗？叔叔，你有没有抓错过坏人呢？”

“抓错坏人，呵。”黎斯笑了笑，忽然间黑沉沉的大脑里炸开一道霹雳……“抓错坏人”莫非就是关键！仔细回想——两次时光倒流都是在自己锁定杀害丁、孙的凶手后，立即就回到了九月二号。

因为自己找错了凶手，断错了案，才被推入时光倒流中？

福小生望着脸色大变的黎斯，不敢说话。黎斯脑海里千转百回：就是这样。虽然极其荒谬，但荒谬之中却隐隐相吻合。这是一个可怕的诡局，从收到画中信那一刻起，自己就落入了某人精心布置的诡局里……

画中信、暴毙案、时光轮回，甚至沈柔，都是这个诡局里的组成环节，自己则如一枚棋子被投入到以古潭村为盘，每一步都神鬼难测的迷宫里，不可自拔。

而要走出诡局的关键就是，破案！只有识破丁、孙案的真相，找出真正的凶手，才可以破开诡局；而相反的，每一次抓错人、断错案都将让他回到时光轮回中，永远停留在九月二号这一天。若破不了案，只怕就要永远被困在古潭村里了。

太阳穴冷汗直冒，自从进入古潭村后身体就变得越来越差，或许这也是惩罚手段。黎斯渐渐洞察明了，这荒诞绝伦的诡局，真可谓神鬼一局。

黎斯还想不通诡局主人是如何做到这一切的，让时光轮回、旧事重来，太神奇了……

黎斯匆匆离开了福小生家，来到村口，村口暗红色石像的双眼空空望着前方，全身笼罩着一抹奇异神秘的气息。

黎斯看了一会儿石像，然后往外走，唯一的出山路被山石、山泥封死了。

跟小三子说的一模一样，果然是出不去了，除了破案找出真凶外，已经无路可退。

黎斯回到村里，突然被人拉住了，是邢郎中。因为重新回到了九月二号，所以曾给黎斯诊病的邢郎中尚未跟黎斯熟识，他为何要找黎斯呢？

黎斯被邢郎中拉到了医堂里，嘱咐药童将门闩好后，邢郎中语重心长地对黎斯讲：“神捕大人，请原谅老朽的莽撞无礼，但实在是有紧要的事要告诉您。”

“先生有什么话但说无妨。”

“是，我想告诉神捕大人的是，我知道是谁害死了孙寡妇。”邢郎中捋着山羊胡说，“应该不差，就是她。”

“谁？”

“牛有庆的婆娘，就是那个最喜欢满世界瞎嚷嚷的牛嫂。”邢郎中说出了答案，黎斯一怔：“牛嫂，你怎么证明是牛嫂杀了孙寡妇？”

“我有证据。”邢郎中浑浊的老眼里冒出两道光，“证据就是紫胭脂。”

“紫胭脂，那是什么？”

“那是一种毒草，只生长在乌么山最险的悬崖上，生有巴掌大小的紫色花，花香令人痴醉。但这世上越是美丽的东西越危险，紫胭脂美丽妖艳却有剧毒。有许多进乌么山的猎户就是因为对紫胭脂的好奇，结果再也没有回家。”邢郎中介绍完紫胭脂，眯了眯眼说，“可就在去年年底，有一天傍晚牛有庆突然找我来看病，当时他整张脸都发紫，之后偷偷告诉我他中了毒，就是紫胭脂。”

“中毒后他还有时间回村？”

“神捕大人怀疑的跟我当时一样，于是我就问他。怕死的牛有庆一口气就说明白了，原来药商跟他收购紫胭脂磨制的花粉，用其做成胭脂能打动名门贵族夫人们的芳心。”邢郎中摇头道，“牛有庆在研磨花粉时不小心划破了手，这才匆忙来找我救命。也算他命大，我祖辈曾研究过紫胭脂的毒素，并留下了解药方子，我对照方子救了他一条命。”

黎斯心中渐渐明了：“先生的意思是，孙寡妇中的毒也是紫胭脂？”

邢郎中道：“没错，尸体发紫发涨，全身溃烂成了黑水，且散发着阵阵鱼腥般的恶臭，这同紫胭脂中毒后的症状完全相同，所以孙寡妇就是被紫胭脂毒死的。”

邢郎中瞟了黎斯一眼，又说：“而据我所知，整个古潭村就只有牛有庆一家藏有紫胭脂。不过牛有庆父子都进了乌么山，那么……”

黎斯替邢郎中说道："那么毒杀孙寡妇最可疑的人，就是牛嫂了。"

邢郎中如橘皮般的脸展露一抹笑意："神捕大人断案如神，自是心如明镜般明了。"

黎斯听完邢郎中的线索，告辞走出药堂，刚走到门口，邢郎中突然又想到了什么，喊住了黎斯："唉，人老了脑子也不好用了，差点忘了还有句话。"

"请说。"

"牛有庆的婆娘背地里说孙寡妇是勾人的狐狸精，勾引了村里许多男人，其中好像也包括她自个家的两个男人。"邢郎中说完了，黎斯回望他，这悬壶救世药堂里的老者看上去像极了一只老狐狸。

因为勾引了自个家的男人，所以报复杀人。足够分量的杀人动机，还有紫胭脂的杀人物证，牛嫂……黎斯暗自叹息。

走出药堂，黎斯往孙寡妇家走去，走到一半，身后突然又冒出个人来。

"黎大人，我有话想跟你说。"

黎斯一回头，身后的人是童百泉。

第十章 嫌疑者们

“何事？”

“在这里说不太方便，请大人跟我回家一叙。”童百泉说，黎斯答应了。

到了童百泉家，黎斯又大汗淋漓，身体虚弱得很。吴闻没在这儿，黎斯要了杯热茶，暖和暖和身子。

童百泉等黎斯神情平复，才徐徐说：“大人，我有些话不知道该不该对大人讲。”

黎斯看了童百泉一眼：“童村长有话直说，不必有顾虑。”

“好吧。”

童百泉正准备开口，堂外忽然传来了吵闹声，童杰举着一大把筷子在庭院里跑来跑去。童百泉脸色一沉，朝童杰喝道：“滚远点玩去！”

童杰钻进了厢房，童百泉转过脸说：“大人，其实丁老财、孙寡妇死后我就在怀疑一人了，这个人跟丁、孙二人的死都有牵扯。”

“你怀疑谁？”

童百泉把声音降下来说：“邢郎中。”

黎斯眉头一皱：“有何证据怀疑他？”

“首先，他跟丁老财有仇。丁老财发迹后看中了邢郎中的祖宅，威逼利诱下逼邢郎中卖了祖宅。"

童百泉叹口气道："两人为此心生芥蒂，邢郎中没少在背后咒骂丁老财，咒他不得好死，哼，结果还真让他说对了。"

黎斯暗自道：若论心生芥蒂，恐怕十个邢郎中也比不过你对丁老财的憎恶，丁、童之间仇怨冲天，童百泉有足够的动机去杀丁老财。但为何凶手不是他，黎斯仍然未找到关键一环。

"童村长，我听明白了。那邢郎中跟孙寡妇案又有何牵扯？"黎斯问。

"因为紫胭脂。"

"紫胭脂？"黎斯已是从第二个人嘴里听到这个名字了，"请说详细些。"

童百泉先讲述了紫胭脂，接着说："我过世的夫人告诉我，牛有庆曾因研磨紫胭脂而身染剧毒，后被邢郎中以祖传秘方救活。救人之后，邢郎中便对牛有庆索要救命银，牛有庆拿不出钱，邢郎中就索走了他一半的紫胭脂。"

"邢郎中鳏处多年，早就垂涎孙寡妇的美色，但孙寡妇始终不答应他。这老匹夫记恨孙寡妇，四处造谣说她偷人，甚至他不知从哪里听来的，说我跟孙寡妇有染……孙寡妇不堪羞辱，当众掴了他一耳光，这老匹夫丢了颜面，肯定要报复。"童百泉顿了顿道，"而孙寡妇中的毒多半就是紫胭脂。"

黎斯听罢童百泉的良言，走出正堂就又听到老妇人在喊叫："少爷啊，你别再抢筷子了……少爷，你不会用筷子就别用了。"

童杰额头青筋暴起，咋呼道："气死我了！为什么我用不了筷子，师父说我成不了绝世高手就是因为不会用筷子！我这就掰断你们，把你们统统掰断！"

童百泉制止痴儿，黎斯心底一震，竟是这样……黎斯淋雨冲出了童百泉家。

黎斯赶到丁宅，吴闻也在，吴闻望着面色忽青忽白的黎斯，问："大人，你怎么了？"

"没事。"黎斯冲进正堂。先前推论丁老财暴毙是遭到快若闪电的刀剑突袭，之后被封穴道待血脉逆转一周后尸体爆裂。黎斯检查了正堂边边角角墙壁上的痕迹，找到了因锋芒剑气所遗留的划痕。

最后黎斯长吁一口气："我终于找到原因了。"

"什么原因？"

“童杰不是凶手的原因。”黎斯说给吴闻听，“杀丁老财的凶手乃用剑高手，墙壁上的剑痕可以证明这一点。童百泉之子童杰，他天赋异禀，但就像教他武功的师父说的那样，他连个筷子都拿不住，更别说舞刀弄剑了，所以成不了绝世高手。”

“但也多亏了他不是绝世高手，无法用剑杀人，所以杀害丁老财的凶手绝不是童杰。”黎斯缓了口气，“我一开始对童杰疏忽了，才犯下错，被推入时光轮回里也是我咎由自取。”

吴闻听得迷迷糊糊：“大人，你什么时候怀疑是童杰杀了丁老财？我怎么一点都不知道。”

“现在知道也不晚，总之明白童杰不是凶手就对了。相对应的，童百泉也不是凶手。”

吴闻更迷糊了，门外突然闪进一个脑袋，胖胖乎乎的，不是福小生又是哪个?

“叔叔，我做了个梦。我梦见爹被保护神救了，保护神还把坏人给吞掉了。”福小生天真地说，黎斯笑笑，不置可否。

福小生像下了很大决心似的一拉黎斯的手，说：“叔叔，我要告诉你一个秘密，这个秘密我连爹都没有说过。”

“哦，什么秘密？”

“一个很大很大的秘密，叔叔，我带你去看。”黎斯接过吴闻递来的蓑衣，跟福小生钻入了无休无止的雨幕中。

福小生来到村口，指着暗红色的石像说：“叔叔，秘密就在那儿。”

黎斯望了一眼凶面石像，转看福小生道：“秘密是什么？”

福小生很自信地说：“我的秘密就是——古潭村的保护神是真的、真的存在，不是骗人哟，我亲眼见过，他有一双红色的眼睛。”

黎斯眉头一皱：“你什么时候见过保护神？”

福小生虔诚地拜了拜石像：“那是两个月前吧，我家阿黄突然不见了。阿黄是我养的大黄狗，爹说大黄被山里的野狼咬死了，我才不相信。那天晚上我一个人偷跑出来找大黄，转来转去就来到了桑树下，远远的我看见有人在桑树下晃脑袋，他一扭头，两只眼睛里就射出了红红的光，特别吓人。”

福小生颤抖道："我记得爹说过，保护神有一双血红的眼睛，而且这个人出现在神像旁边，他一定就是传说里的保护神。"

黎斯望着福小生笃定的神情，点头说："后来呢？"

"后来我想靠近一点，但他突然一甩头吐出来一块骨头，把我吓坏了，我就头也不回地跑回了家。"福小生后怕地说，黎斯心想：狗猫失踪八成是童百泉抓去给童杰吸血了，至于在石像前看到的身影会是谁？童杰的可能性很大。

福小生瞧着神情困苦的黎斯，他拍了拍黎斯的手说："叔叔，你是不是为了破案的事特别烦恼？不如我教你一个办法，可以排解烦恼哦。"

福小生笑嘻嘻地指了指脑袋顶上说："小时候爹生气就爱打人，我每次挨打后就爬到树顶上让爹找不到。后来我发现原来待在高高的地方可以让人心情愉快许多，看一看远处的风景，那些闷气就自己都跑掉了。"

黎斯摸摸福小生的脑袋，笑笑说："我知道了，谢谢你。"

福小生走了，黎斯望着桑树，一时间烦乱如麻。黎斯撩蓑衣，爬上了桑树。村口本就是高地，加上本身五丈高的桑树，更让人耳目开阔，整个古潭村仿佛伏在身下，只是被薄薄烟雨遮挡而看不清晰，但足以令黎斯心旷神怡。

黎斯微微闭目，冰凉的雨水打落在脸颊，如同想念某个人时的眼泪。

第十一章 隐示术

古潭村，桑树顶。有句古话说，站得越高想得越远，杂乱心境渐渐平息，黎斯冷静思考着。

首先，两次错误的判断，一次是盲目认定黑纱人的凶手身份，一次是对于童百泉父子不完善的推理，导致自己两次跌入时光轮回里，回到了九月二号。但也因此发现自己正处在一个神魔诡局里，对于丁、孙案的最终结论则是破解诡局的关键。

然后，前一次的嫌疑者在回到九月二号后，他们的嫌疑身份会自动消失。比如黑纱人在轮回后就再也没有出现；同样童百泉父子的嫌疑也被掩盖了，其实疑点还存在，例如童、丁、孙的恩怨纠葛，只不过因为缺少中间人指证这一环节而无法传达给黎斯了。诡局掌控者在约束黎斯新一轮的办案方向。

在童百泉父子排除嫌疑后，新一轮里又冒出了不少新嫌疑者，牛嫂、邢郎中，也包括福小生说的保护神，但嫌疑者众多，真凶是否是这些嫌疑者中的某一个？黎斯尚不敢下结论，一方面吸取了前两次的经验，另一方面嫌疑者们尚且均衡，没有谁具备凶手的显著表象。

但转念一想，诡局是否也有破绽……譬如判错案虽然会被推入时光轮回里，但在嫌疑者固定的情况下，是否可以采用排除法？每次排除一个嫌疑者，最后剩下的就肯定是真凶。但诡局的掌控者会留下这么一个天大的漏洞给自己去钻？

答案板上钉钉——不会。

黎斯的四肢传来一阵无力感，就是这个——每一次回到九月二号后，身体就会虚弱许多，以现在的身体状况恐怕只有五六十岁老爷爷的水平，若再轮回一两次，恐怕别说查案了，活着才是最大的问题。

正是如此，诡局掌控者给你机会，但不会让你肆意浪费机会，当你所失去的机会次数触碰到他的底线时，等待你的就是永恒的死亡轮回了。

但就算知道了规则，自己又应该怎么办？

牛嫂、邢郎中、保护神，也包括之前的童百泉父子，这些都是掌控者摆在眼前的嫌疑者，但黎斯觉得真相并不在眼前，而是藏在一些所忽略的地方，回忆来到古潭村后的每一个细节，实际上有不少时候黎斯都有不妥之感，在丁老财家、孙寡妇家，甚至走在古潭村空无一人的小巷时也有类似的感觉，这些都是自己的直觉。

但在眼见未必为真的局面下，或许应更多地相信直觉带给自己的改变。

深夜刮起了狂风，童百泉家，吴闻担忧地望着外面道："大人去哪儿了，怎么还不回来？"

童百泉说："外面的风这么大，黎大人应该快回来了吧。"

童百泉刚说完，身穿一身蓑衣的黎斯就出现了："抱歉，刚才发现了一处好风景，瞧得出了神，就忘了时间。"

童百泉疑虑道："这好风景在哪里啊，黎大人？"

黎斯故作神秘道："这可是我的秘密。"

晚饭上来了，吴闻趁没人注意偷问道："大人，到底怎么回事啊？"

黎斯端望吴闻，吴闻是诡局的又一个疑点。按道理讲吴闻和自己同时来到古潭村，见证了凶案发生，那么他应该跟自己一起陷入时光轮回才对，但事实恰恰相反，他每一次都以初涉案者的姿态回到黎斯身边，仿佛被洗了脑。

黎斯轻轻说："我没事，心里乱，出去多走了会儿。"

晚饭后，黎斯回屋，外面天色灰蒙蒙的，分不清是夜晚还是白天，其实包括作息、吃饭等行动都是以童家为参照，他们睡觉就是晚上，他们起床就是早晨，吃饭就是到了饭点，但实际上黎斯分辨不清具体的时辰……黎斯突然有了一个大胆的猜测，童百泉一家会不会也分不出时间？但却用一种假象来迷惑黎斯，让黎斯得到睡觉、起床、吃饭的提示。

大世第一仵作也是黎斯的老友——老死头——曾经给黎斯讲述过一种异术，类似于出魂术的偏门左道，名曰：隐示术。

大千世界里人类作为渺小的一族，其实许多领域都未曾真正涉猎领悟，这些领域里包含可能影响人类百年、千年进步发展的因素，老死头在讲述隐示术时这般对黎斯说，黎斯当时听得一头雾水。老死头讲：惶惶众生大多是胆小懦弱的，他们的行为举止很容易受到他人的影响，譬如你在一片未知的山林里饥寒交迫，这时你刚巧看到另一个人采了一个野果吃，你就照样采了同样的野果吃掉。但其实在你看到人吃掉野果前，你并不知道野果能吃，因为你看到前面的人吃掉了，所以得到了一个提示：这野果可以吃，于是你吃了。这就是肤浅层次上的隐示术。

通过足够的动作来给予你某种结果的提示，从而控制你的行为举止等过程，这就是隐示术的表象呈现。当然这只是肤浅的一面，隐示术不仅仅通过动作来达到控制的目的，还可以通过言语、气味、图案，甚至某一个眼神，达到更高层次的精神控制。

老死头当年犹如天书的讲述一股脑全冒了出来，黎斯越来越觉得古潭村像极了一个布满了种种隐示的隐示之局，但究竟是不是这样，黎斯必须试一试。

之前都在白日进行调查，这一次黎斯决定反其道而行，选在众人入睡后的深夜出门，第一个要去的地方是丁老财家。

黎斯熟门熟路就到了内院，绕着屋子走了两圈：现场查案无非是从尸体死亡特征、血迹、凶器物证等方面入手，但这些基本的常识应该都被掌控者计算在内了，很难从上述方面取得突破的线索，反倒是近在眼前、最容易被忽视的东西有可能匹配关键证据。正堂里除了常见的床榻、桌椅外，最显眼的就是摆在书架旁的一排古董瓷瓶。

古董瓷器一碰即碎的特点注定了其价值的高昂，黎斯轻拿起一个深蓝色葫芦样的瓷瓶，瓶底印着“玲珑阁”三字。黎斯在圣城时听说过玲珑阁的盛名，据说从玲珑阁出来的古董没有一件低于黄金一万两。

在偏远的古潭村里竟然也有玲珑阁的东西，漆红色的印记不似假冒。黎斯又拿起一个白莲瓶，瓶底同样印有“玲珑阁”，接下来黎斯查看了其他瓷瓶，令人瞠目结舌的是全部瓷瓶竟然都来自玲珑阁，粗略一算价值达到了黄金二十万两。

黎斯有些应接不暇了……不，“玲珑阁”也许又是掌控者的隐示，让自己把注意力放在瓷瓶的价值上，而忽略了别的东西。体内寒气从内往外直冒，黎斯忍不住打了个喷嚏，须臾后他听到了一阵细微的声音，深邃的眸光一点点集中在书架旁的剑痕上……原来是这样啊。

从丁老财家出来，又来到孙寡妇家。第一次来孙寡妇家时黎斯就感觉不妥，但找不到原因，究竟是哪里困惑着他？黎斯从正房到两侧厢房转了一遍，再回到正房，正房里有床榻、梳妆台、一个精巧的马桶、一对镶花枣木衣橱、练习书画的小书桌、古筝台等等，好像房间里一点男人的东西都没有。虽然孙寡妇是个寡妇，但一日夫妻百日恩，怎可一点旧情都不念，一点亡夫的东西也不留下？

即便不想睹物思人，但为了不让别人说闲话也应该留下一些亡夫之物，但整个家里甚至找不到灵牌位。黎斯忽地想到什么东西，自言自语道：“如果一切如自己所猜测的，那接下来要做的事将会是撕破伪装的第一步。”

黎斯蓦地一回头，发现了枯萎死亡的碎星花。黎斯低身扭下了一朵，但不小心手被花刺刺破了，鲜血滴在花靥间，黎斯一怔，肆虐的花香让他脑海一清，将残花收在怀里，然后走了出去。

穿梭于无人的古潭村，烟雨之下的黎斯首先来到了楸树下的牛嫂家，很快牛嫂睡眼惺忪地开了门，发现门口站着黎斯，茫然问道：“大人，这么晚了您怎么来了……”

“不要说话，先回答我一个问题。你……”

牛嫂愣住了，想了好半晌，也不知说什么好：“……”

黎斯缓缓点头：“好了，半个时辰后你去童村长家，我有事要说。”言罢，黎斯留下了不知所措的牛嫂，走远了。

第二个是邢郎中的药堂。

药童睡熟了，邢郎中亲自来开了门。黎斯不容邢郎中说话，便提前问道：

“回答我一个问题。你……”

邢郎中老眼浑浊地想了想：“……”

黎斯点头：“知道了，半个时辰后请至童村长家，我有事宣布。”

第三个是福小生。

问了同样问题后，黎斯也让福小生按时去童百泉家。

完成了计划，但黎斯还觉不妥，于是又随意敲开了多户人家的门，问了同样的问题，得到心满意足的答案后，黎斯这才回去。

童百泉家，黎斯是最后一个来到这里的人，一进门黎斯就看到了一张张脸，牛嫂、邢郎中、福小生、童百泉、童杰，吴闻走过来说：“大人，发生了什么事，半夜里把这么多人叫来？”

黎斯黑色的眼眶中翻涌着波涛，他用平静的语气说：“抱歉了，我之所以这么晚找大家来，是因为我知道了丁、孙案的真相，真凶在今夜将被揭破。”

所有人面面相觑，一阵寒风吹开房门，外面的哽咽风声中仿佛藏着一双眼睛，在觊觎房内的真相。

第十二章 破局

古潭村，童百泉家。

黎斯望了每一个人一遍："可以这么说，在场的许多人都同丁、孙案有牵连，是许多人，不是一个两个。"

在场的人脸色都变得不自然，童百泉干咳两声道："难道说杀丁有财、孙寡妇的凶手不止一个？"

"大人啊，我可不是凶手，我连鸡都抓不住。"牛嫂着急地撇清自己，邢郎中也急急说："我这身体谁也杀不了啊。"

"少安毋躁。"黎斯挥手让大家安静，房间里的喧吵声渐渐平息，他才道："我也曾怀疑你们每一个人，在你们中间我徘徊不定。但就在今晚，我发现了一些奇妙的证据可以帮助我做这个决定。"

"奇妙的证据？"吴闻听得新奇，不由得问，"那是什么证据？"

"先从丁有财案讲起吧。丁有财被用剑高手所杀，剑杀不见血，直到血脉逆行后自爆，这本应是丁有财被杀的过程。但直到我发现了一个奇妙的证据，倏然对这一切都起了怀疑。吴闻，将我蓑衣里的东西拿来。"黎斯道。吴闻从蓑衣下摸出了一个黑布包，黎斯解开黑布，里面是丁宅古董里的其中一个——白莲瓶。

"就是它。"

“这瓶子就是奇妙的……证据？我一点也看不出它有何特殊。”邢郎中盯着瓶子道。

“等一下，好像白莲瓶出现了一点细微的开裂，在这儿。”吴闻发现了疑点，说道。童百泉等几人也凑过去看，福小生好奇地绕着白莲瓶转了好几圈，因为黎斯不让触碰，胖小子只能看个够了。

“童某愚昧，还请黎大人明示。”童百泉说，黎斯道：“吴闻看到的瓷片开裂正是重点，我可以告诉大家，白莲瓶之所以开裂是因为一个喷嚏。”

“一个喷嚏？”

“当时我没忍住打了个喷嚏。要知道古董瓷瓶这类东西多数是名窑的作品，外形精美自不用说，其瓷胚本身更薄细均匀，怕碰易碎。再加上几百年的风侵水蚀，到了今时今日已变得脆如薄冰，朝它大声说话引起的空气震荡都有可能震碎它。”黎斯微一顿，“所以我一个喷嚏便令瓷瓶产生了开裂。”

“奇妙之处来了：凶手用剑杀了丁老财，引得屋内剑气激荡，从墙壁留下的剑痕显而易见，古董架旁就留下了两三处激荡剑痕。可奇妙的是，激荡剑气的威力要远远大于一个喷嚏，连一个喷嚏都能令瓷瓶开裂，为何凛冽剑气却丝毫没破坏满屋子的瓷器？这是一个玄而难解的奇妙所在啊。”黎斯道出了奇妙之处，吴闻听了啧啧称奇：“没错，这说不通啊，莫非凶手没用刀剑类的武器？那就无法解释在墙上留下的剑痕了，奇了怪了！”

“杀人证据同杀人手法、过程起了冲突，若没有合理的解释，那么整个凶案本身就变得相当可疑，不禁让人浮想联翩。”黎斯眼角余光不经意落在屋里一人脸上。

“那究竟是怎么回事？”童百泉的好奇之心被勾起。

“童村长静候片刻，咱们再来说一说孙寡妇的案子。”黎斯沉一口气说，“孙寡妇死于名叫‘紫胭脂’的毒草剧毒，一半尸体化成了尸水，另一半尸体变成了紫蓝色的毒尸。寻找下毒之人无疑是破案的关键，以此调查我也掌握到了几名嫌疑者，嫌疑者都具有报复杀人的动机。”黎斯习惯性地又停顿，屋子里牛嫂、邢郎中、童百泉均是面色一滞，很不自然。

黎斯瞧在眼底，接着道：“可就在我寻找下毒者的过程中，却感觉到有些东西越来越不对劲，于是我重新排查，终于发现了不妥之处——在孙寡妇家里，没有一点属于她亡夫的东西，甚至连一个灵位牌都没有，这岂非有些怪异？”

“是孙寡妇薄情寡义，还是另有隐情？我觉得后者的可能性更大，同时我脑海里迸发出一个大胆的念头，我决定先找其他人问一问。”黎斯猛地抬头，看向牛嫂：“牛嫂，我之前问过你的问题：你还记得孙寡妇的亡夫吗？他叫什么名字，长得什么样，哪一年死的？”

牛嫂愣住了，痛苦地想了好久说：“我，我想不起来了。”

“邢郎中，你呢？”

邢郎中表情也纠结，努力了一会儿后摇头：“我也想不起来了。”

“童村长。”

童百泉晃着头：“明明应该记得的，为什么一点都想不起来？”

“福小生。”

福小生说：“我不知道。”

所有人的反应跟黎斯猜测的一样，他继续说：“其实不止你们几个，我还询问了村里其他的人，上至六七十岁的老人，下到十几岁的少年，没有一个记得孙寡妇亡夫的名字，他是什么人，他长什么样，他为什么死的，所有人的答案都是‘不知道’，这跟我脑子里冒出的可怕念头惊人地吻合。”

“全村人都不记得的人，他就像个从来不存在的人一样。如果他不存在，孙寡妇也就不存在。如果孙寡妇不存在，孙寡妇的死也不会存在。如果孙寡妇的死不存在，那么孙寡妇的凶案更不可能存在！”黎斯一字字如灌顶雷鸣，让屋子里的每一个人惊恐万分，望着彼此的眼神就像见了鬼一般。

吴闻听得后背发凉：“大人，您的意思是压根没有孙寡妇这么一个人，也就不存在什么孙寡妇的暴毙案了？但……孙寡妇是我们眼睁睁看着她死的，看着她的尸身化成了一摊脓水，她怎么可能是不存在的人？”

黎斯沉一口气，说：“问得好。我们看到的场景都是某个人希望我们看的，所以他对我们使用了神秘的隐示术。”黎斯继而把“隐示术”的含义讲解给在场的人听，吴闻听得一知半解，问说：“如果有人用这种隐示术让我们目睹了并不存在的孙寡妇的暴毙，那这人是谁……我怎么一点不记得自己被隐示过？”

黎斯淡淡一笑："吴闻，你好好回忆一下，我们进入孙寡妇家首先看到的是什么。"

吴闻想了想道："是前院的碎星花，那些美丽的花都枯萎了。"

"女人如花，枯萎亦意味着死亡。其实从一进孙寡妇家我们就受到了隐示，只是全然不知罢了。后来经过暂称之为'隐示者'的言语隐示后，在窗外我们目睹了人随花落的孙寡妇的枯萎，死亡。"黎斯说完，吴闻满头冷汗，这个若天方夜谭的故事真实地发生在身边，让人难以揣度。

"话转回来，再说丁老财的凶案——它是跟孙案正相反的推理，因为杀人证据同杀人手法、过程相悖，所以杀人凶案并不存在。因为杀人凶案不存在，那么被杀的丁老财也就不存在了。"黎斯又道惊人言论，童百泉等人瞪大了眼珠子。

吴闻这次有了经验，道："那么我们之所以看到丁老财全身爆裂，也是因为隐示者的隐示？"

黎斯点头道："隐示者告诉我们，丁老财屋子里都是古董瓷器，怕碎。丁老财听名字就是有钱人，而拥有古董的都是有钱人，故在脑海里自然而然将古董和丁老财联系在一起，古董碎，就是丁老财碎。后来经隐示者的人物描述后，丁老财出现了，并在我们眼前碎成一块一块，如同瓷器。"

"说至此，吴闻，你应该猜到谁是隐示者了吧？"黎斯语气渐冷。

吴闻一道犀利的目光扫了过去，盯着他说："隐示者就是你——福小生！"

福小生依旧笑嘻嘻的，仿佛吴闻说的根本不是他一样，童百泉、牛嫂、邢郎中等人呆若木鸡，愣愣看向福小生。福小生望了黎斯一会儿，揉了揉自个肉乎乎的脸颊说："真不好玩，能告诉我你是什么时候猜出答案的吗？"

"从你告诉我秘密后，我就冷静了，有时候眼见不为实，需要的是直觉。直觉告诉我，自从我进入古潭村后，就如同被一只无形的手推着往前走，这只手似隐非隐，让我联想到了老死头跟我提过的'隐示术'，让我有了怀疑。而让我肯定答案的是这个东西。"黎斯从怀里摸出了一朵枯萎的碎星花，花刺上犹沾着血，黎斯望着花道："我不小心被花刺破了手指，流了血，但却无论如何闻不到血腥味，只有花香。"

"因为要突出碎星花的隐示作用，所以赋予了它强烈的排他性，也就是在它旁边闻不到别的气味，没想到你竟然凭这个微不足道的瑕疵窥得了隐示真相。”福小生似纯真幼童般微笑。

“在我确定十之八九处在一个精妙隐示局里后，就思考谁是‘隐示者’。”黎斯放慢了语气，“你很自然地跳了出来，从一开始的丁、孙案你就频频露出马脚，不由得我不抓住你。”

“还有指派你带我们去见丁、孙的福大宝明明是最有嫌疑的一个人，但自始至终都没有一个人怀疑过福大宝，对于他的评价也一样：福大宝是古潭村的铁匠，最老实巴交的好人，说他是杀人疑犯，没人会信。恐怕，这也是隐示的功劳吧。”

“我怕麻烦，所以排除了这个嫌疑者。”

“不过我困惑于轮回迷境中时，恰恰是你给了我走出来的隐示，就是那句‘叔叔，你有没有抓错过坏人呢’，帮我涤荡开轮回迷境，让我一步步走了出来。”黎斯认真地看着福小生，“你为什么这么做？”

福小生也看着黎斯：“你轻易死掉了，那么这个精心设计的局就失去了意义，太可惜了。”

“我相信你说的。”

“至于时光轮回之秘，其实并非真的是时光倒转，而是你给了周围人以特殊隐示让他们忘记了之前的事，记忆回到了九月二号，不停重复那一天做过的事。所以只是重复，并非轮回。”黎斯解出了时光轮回之谜，福小生点头：“他说的没错，你是一个聪明人，只要不被心魔所惑，展示出来的能力是惊人的。”

“他说，他是谁？”黎斯眉头一挑，从福小生的话中听出了玄机。

“这个你不需要知道，先解开隐示局吧。”福小生带着笑容说，“奇门遁甲、鬼神迷局，无论多么神奇的局境都存在立、破两点，立即死，破即生。若入局者沉溺于假象中，那么你就是死相；反之，若你找到了破点，那么就是生相，局境可破。”

“只是有些可惜……好了，你该把答案说出来了。”

童百泉、童杰、牛嫂，还有吴闻，此刻都变成了木偶般一动不动，黎斯问：“隐示者，童百泉他们是真实存在的吗？”

福小生神秘地说：“这是一个秘密，答案我不能告诉你。”

“你的时间不多了。”

“好，古潭村丁有财、孙寡妇的凶案，因为丁、孙二人并不存在，所以凶手也是不存在的，这就是真相！”黎斯大声道出破局之关键，霎时他仿佛头如重击，周边的空间天摇地动。黎斯最后听到的一句话是福小生说的，他略带感慨道：“答案你只找到了一半……”

轰！世界在黎斯眼中塌陷，黑了。

第十三章

彩虹之门

头疼欲裂，黎斯不敢睁眼，他静静听着，听外面是否有鸟鸣、狗吠和人吼声，他害怕自己再一次回到轮回梦魇里，但外面是一片死寂，黎斯缓缓睁开了眼。

自己躺在厢房里，院子里没有鸟、没有狗，也没有童杰，黎斯呼出了一口气，他知道隐示局应当破掉了。他走出厢房，兴奋地呼喊吴闻："吴闻，你在哪儿……"

童家没有吴闻，除了黎斯之外，没有第二个人。烟雨继续飘落，空空荡荡的古潭村巷里也没人，黎斯心突突地跳，他来到了牛嫂家，门敞开着，但里面没人。

邢郎中家也一样，福小生家也是。

整个古潭村里只剩下了黎斯一个人。难道吴闻先走了？黎斯冲出村外，冲过桑树下的石像，通往山外的路仍被密密麻麻的巨石阻挡着，自己明明破了局，为什么还是被困在古潭村里……为什么，哪里不对吗？

倏然，黎斯想起了昏迷前福小生的话："答案你只找到了一半……"一半，只找到了一半，也就是说，还存在另一半答案。

但所有人都消失了，另一半的答案去哪里找？

黎斯剧烈咳嗽起来，一抬手，看到了满手的鸡皮皱纹，他蹒跚地来到了水潭旁，水中倒映着自己的模样……一觉后，自己竟然变成了一个白发苍苍的老者，满脸是阡陌纵横的皱纹，面容刻画了岁月的流逝，黎斯沙哑着嗓子吼叫："不，这不可能，这不可能的！”

黎斯在如幽灵般的古村中咆哮，却不会有人跑出来看他一眼，古潭村仿佛被苍穹巨神轻轻一拨，拨到了永远不会有人发现的角落里，被整个世界遗弃。黎斯如游魂在村子里游荡，他耗尽全部力气爬上了村头的桑树，眺望村落。

另一半的答案到底是什么……垂垂老矣的黎斯半睁双眼，伸出手在虚空里摸索，嘴里喃喃地呼唤：“沈柔，我是不是又要辜负你了……”

沈柔的影子恍惚出现在村里的角落，似在凝望他。黎斯轻轻哼唱：

“星辰下的灵魂，天山上的白雪。我将守护你呀——迦陵频伽……迦陵频伽！”

沈柔，你听到我的歌声了吗？

黎斯的眼皮子倏地跳动不已，如果人消失了，那是否意味着另一半的答案不在人身上，而在人之外……古潭村？这个神秘的村落里隐藏着另外一半的答案？

实际上从来到这里后，黎斯并没有真真正正观察过这个村落。黎斯睁大了眼，将古潭村每一个地方记牢，他数清楚了村里房屋的数量，是五十三间，等等，这房屋的布局竟然那么像，那么像——那幅画！

自己在胡安收到的神秘画中信，信里画了五十余颗，不，就是五十三颗葡萄。这些葡萄在浅黄纸面上不规则地紧密排列着，位置跟古潭村五十三间房屋相同，在画中，留字的葡萄有二十六颗，排列的位置是在……黎斯绞尽脑汁，一一记起了二十六颗葡萄的位置和对照字意的顺序。

遥遥天涯，与君相望。念念清风，可记佳人。

归云州，陌镇，古潭村。

——沈柔

第一个“遥”字对应的是最东边从上数第三颗葡萄，黎斯找出了对应的古潭村房屋，然后是第二个“遥”字……第三个“天”字……黎斯的意识忽远忽近，记背十分艰难，但他明白需要一次记牢，因为他再没有多余的力气爬上桑树了。

终于，黎斯记牢了全部。然后，他爬下桑树，开始走到第一间房屋。

让黎斯有些失望的是，这是一间废屋，没有人居住的痕迹，房梁上结满了蜘蛛网，除了灰尘和落叶，别的什么都没有，外面的庭院中也是荒草丛生。黎斯失魂落魄地站在庭院里，不知道究竟要在这房屋内外寻找什么，难道只是一个纯粹的巧合？不会是这样。

就像之前侦破丁、孙案一样，线索就在身边，只是往往不被人注意，容易被忽略。自己是否又忽略了什么？黎斯将画中信再过了一遍大脑：字、画、葡萄！

葡萄，就是它。

黎斯竟然真在庭院一角找到了一缕葡萄藤。黎斯顺着葡萄藤将地面挖开，在葡萄藤根系的包裹里，他发现了如米粒大小的一粒红色晶石。黎斯摸出了在孙寡妇家找到的绢帕，将微小的红色晶石小心翼翼地包好。

黎斯并不知道红色晶石是什么，会带给自己怎样的答案，但他肯定自己找对了方向，接下来是第二间房屋、第三间、第四间、第五间……第二十六间，黎斯找到了二十六株葡萄藤，发现了二十六粒微小的红色晶石。红色，红色！黎斯想到了什么，他从药堂里找来浆糊，混了水稀释后，将二十六粒红色晶石一粒粒粘在一起，最终变成了一颗人眼大小的红色晶石。

红色的眼睛！失去双眼的保护神！是它的眼睛……

黎斯蹒跚地来到村口，将一颗完整的红色眼睛塞进了保护神的石像里，保护神倏地射出一道红光，但很快又暗淡了下去。还不够，还少另外一只眼。

但二十六间房屋都找过了，另外一只眼会在哪里？

黎斯忽然记起画中信里有一颗葡萄特别鲜红，仿佛浸透了鲜血般那么浓稠，它的位置在葡萄群的最中央，对应古潭村的话，黎斯缓缓眺望村中央的古潭。犹记得自己上次坠入古潭，在潭底仿佛瞥见了红色的眼睛，另外一只眼就在潭底，黎斯坚信。

潭水冰冷刺骨，黎斯凄惨一笑，以目前的身体状况，就算能在潭底找到另外一只眼，也不一定有命上得来，但这已是唯一的出路，只好听天由命。

黎斯“扑通”一声跳进了古潭，刺骨的触感如同无数双死亡触手瞬间包裹住自己。黎斯牙齿不停在打战，他深吸一口气潜到潭底。在清澈的潭底，黎斯发现了一株奇诡的红色葡萄藤，它扎根于潭底松软的泥沙里，红色枝蔓如同扭曲的血手蜿蜒朝上，在葡萄藤最顶端生长着一颗血红色的葡萄，突然，气压如巨锤般地冲击着黎斯，黎斯垂死挣扎着抓向了那颗红葡萄，然后身体翻滚着朝上漂去……

身体渐渐没有了知觉，甚至不知道自己手里究竟有没有抓到那颗红葡萄，如果抓到了，自己还有命逃出水潭吗？如果没抓到，那这冰冷清澈的潭底将是自己的葬身之地。

四肢失去知觉后，头脑反而出奇冷静，黎斯想通了另外一半的答案：画中信里二十六个字，它们沿独特的轨迹构成了一个扭曲怪异的图案，黎斯之前盯看这个图案就感觉心悸，其实这个图案的形象是一只眼睛，画中央那颗血红色葡萄乃是眼瞳——血瞳！自己其实并非来到古潭村后才陷入隐示局里的，而是从最开始收到画中信后就着了道，血瞳图案就是隐示之匙。

不知道“血瞳”究竟藏着何种隐示，让一切都变得不可思议。收到画中信后，自己和吴闻到了古潭村，所以吴闻也是隐示后的一种结果，他兴许压根就没来到古潭村，所以他才会随童百泉他们一起消失掉……但吴闻是真实存在的人，童百泉他们呢，他们是否也是真实的？不止这些人，还有自己！

自己受到血瞳隐示后，是否真的来到了陌镇，来到了神秘的古潭村？

这个答案不可得知。

真是可怕的魔力！若自己没有来陌镇，也没来古潭村，那么困在这里的我又是什么东西？人，还是魂……

老死头对于隐示的最后评价：隐示之惑恐怖的不是困人，而是困魂。当一个人的意识、思想、情感、记忆，都被困在一个永远走不出去的古潭村时，那么他也就等同于死了。

所以丁、孙案的真相只是破局的一半答案，另外一半的答案则不在他人，也不在神秘的古潭村，而在自己心底——心中千丝万缕的羁绊才是走不出这片阴霾的最终原因。黎斯找到了答案，心中一角沈柔的影子一点点消退，他渐渐放空了自己。

然后，漫长的沉沦后，黎斯漂到了水面上。

再然后，拿着血葡萄（也是另外一只血色眼睛）来到了桑树下，将血葡萄塞回石像空洞的眼眶里……轰！石像迸碎，巨大的爆炸将黎斯冲到半空中，黎斯感觉身体碎成了一块块、一截截，微微睁开眼，他看到：

笼罩了古潭村许久的雨霾消退了，露出了明媚的阳光，还有七彩的彩虹。

彩虹如同一扇敞开的门，将黎斯吸了进去。

再见了，古潭村。

尾章

黎斯醒来了，发现自己躺在胡安小镇的客栈里，脚边吴闻正打着盹，黎斯虚弱地叫了声："吴闻……"

吴闻醒来，激动地喊叫："大人，你终于醒了。你都昏睡了六天六夜了，不吃不喝，快把我吓死了。找郎中看，郎中说你根本没得病，真是的，你怎么就一睡不醒了？"

黎斯心里明白：隐示局破了，自己走出了古潭村，在地狱般的噩梦后张开了眼。

"别废话，我饿死了。"黎斯咧咧嘴说。

"哦，我这就买吃的来，你等等，马上就来。"吴闻一阵烟似的蹿了出去。黎斯尝试着伸了伸腿脚，酸麻无力的腿脚渐渐能动了，他感慨，活着真好。

风卷残云地吃了饭后，黎斯在客房里看了几遍："吴闻，有没有看到那封画中信？"

"画中信，什么画中信？是画，还是信啊？"

"是……"黎斯欲言又止，如果只是一个噩梦，不如就让它随噩梦去吧，随即他摇摇头说："没事，我记错了。"

休养了三日，黎斯和吴闻要离开胡安小镇了。在清晨长街上，黎斯路过一间药堂，几个男人抬着一张担架，上面侧躺着个人，担架后面有两个妇人。

妇人重重敲打药堂的门。

药堂开了门，郎中伸出脑袋只瞅了一眼，就摆手道："看不了，我早去看过他了，昏睡不醒整整七天七夜，没有任何病症病状，但就是醒不来。"

"大夫啊，求求您，您再治治吧，不能眼睁睁看着他死啊。"一个妇人泪眼婆娑地说。

"唉，不是我不治，是根本无从下手啊。而且七天不食不喝，就算神仙也饿死渴死了，走吧走吧。"郎中关了门，两个妇人抱头痛哭。

黎斯心中一堵，转到昏睡男子的正面，天啊！

昏睡不醒的男人赫然是……童百泉！古潭村的童百泉！

"他为什么会昏睡不醒？"黎斯走上前问道。

"不知道，我家老爷好端端的，突然就醒不过来了，这般死不死活不活，让我们怎么办啊！"妇人大哭道，另一个妇人扶起她，抬着担架走远了。

黎斯想跟上去，又停下了，吴闻过来说："怎么了，大人？你认识他？"

黎斯一怔，眼神变得遥远，缓缓说："有些人明明就在眼前，但其实他们还在很远很远的地方，远得让人感到可怕……他，我不认识。"

"走吧。"

两人走后没多久，胡安小镇渐渐热闹起来，长街小巷深处徐徐出现了两个人。其中一个就是多日来长街上的画泥匠，另外一个面上蒙纱，看不清模样，但身形纤细婉娴，无疑是个女子。

"能从古潭局里逃出来，算他命大。"画泥匠瞅了瞅旁边女子，语调阴邪道，"但如果没有你的帮忙，在隐示局里留下那么多破绽，恐怕他也不可能逃得了。"

"教主的宏图大业是欲将整个天下置于他的隐示巨浪里，区区一个神捕又算得了什么？偏偏教主又过分器重他。哼，早晚我会让教主明白谁才是强者。"画泥匠揶揄道。

"你的话太多了。不管如何，他从隐示局里逃了出来，也就完成了教主对他的第一个考验，之后的事就非你我可以插手的了。”女子声若清莲，“我劝你不要多事，以免引火自焚。”

女子婉婳的身姿消失在了人群里。

画泥匠冷冷望着她离开的地方，挂着一抹冷笑，撑起了他的画泥斗篷，高声吆喝道：“画泥，画泥，画你想象不到的奇闻异事，画尽人间魑魅魍魉。”